第十一天

〔德〕梁柯 著

上海文艺出版社

目录

楔子　　　　　　　　_1
第一章　　西西里　　_3
第二章　　碎尸　　　_23
第三章　　绑票　　　_53
第四章　　鬼医生　　_81
第五章　　群魔　　　_113
第六章　　战争　　　_159
第七章　　权力的王座　_201
第八章　　交易　　　_234
第九章　　罐头工厂　_255
第十章　　怒海　　　_304
第十一章　　救赎　　_348
后记　　　　　　　　_359

楔子

我估计,我跟大部分故事的主角都不一样。

我是个连环杀手。

我当然知道,有不少故事是讲连环杀手的。但我跟他们也不一样。

我是一个已经落网的连环杀手。

换句话说,如果你想听我讲我如何挑选受害者,如何杀人,如何跟警察斗智斗勇,你恐怕要失望了。

只要你留意国际新闻,应该会对以下这条消息有点印象。

"西西里高等法院昨天上午作出裁决,判处一名亚裔男子终身监禁。该男子因为在过去十八个月内接连绑架和谋杀九人而被称为'都灵屠夫'。这宗案件引起了新一轮有关非法移民的争论……"

总之,你读到这些的时候,我已经被关在景色优美气候宜人的乌查多涅。这里是意大利警戒级别最高的监狱之一。我被单独囚禁,每天只有一个小时的放风时间。一到那个时候,我要背对牢门,把双手从送食物的小窗口伸出去,让狱警给我戴上手铐。然后我要离开门一米,靠墙站着,等他们进来给我戴上脚镣,最后在五个狱警的环形包围下像一支特混舰队一样浩浩荡荡驶向操场……

本来我以为,我会这样在监狱里平静地度过余生。

但是就像钓鱼一样,不管你选的地方有多偏,总会有块白痴扔的石头把湖面打破。

水花飞溅,涟漪碎裂,一切再不能回到以前。

那是一封信,开头就告诉我一个事实:我的女儿失踪了。

就在那一刻,我下定决心,要走出监狱,去告诉某些人:你们犯了这辈子最大的错误。

第一章

西西里

西西里帕勒莫市，乌查多涅监狱。

一个东方男子被带进了监狱会客室。铁门关上后，五个狱警把他围在中间，两个面向外、两个面向内警戒，剩下的那个给他解除身上的手铐和脚镣。抬起头时，他发现只有一个人在等着自己，脸上顿时阴云密布。

防弹玻璃对面端坐着的是律师乔万诺·帕托瓦。此人今年五十岁，向来以敢于为穷凶极恶之徒辩护而闻名，他本人也颇以此为豪。然而今天，他好像有点后悔。

"陈默，你这个王八蛋，"律师的开场白显然有点不太专业。这也难怪，几天前陈默在电话里向他提出自己的要求之后，他简直吓疯了。"你不能！你不能敲诈黑手党！他会杀了你！他们会干掉咱们俩！"

相比之下，今天他非常冷静。

"在你发飙之前，先听我说，"帕托瓦看来心情很不好，"你付给过我一分钱吗？没有。你配合过我一次辩护吗？没有。你在电视上说过'我衷心感谢我的辩护律师乔万诺·帕托瓦，他是意大利最好的辩护律师'吗？没有。但是你他妈给我了这个！"

他指着自己的右颊上的绷带。

"他们做的？"

"没错，你这个王八蛋，"帕托瓦把声音压到最低，"植入麦克风。"

陈默明明告诉对方，去请文森佐来面谈。就目前的情景来看，他没有请动莫西亚诺家族的大公子。这可以理解。黑手党跟警察斗了这么多年，两者关系更像是一对闹了二十年离婚而不可得的夫妇，绝对知己知彼。你出个抢答题问莫西亚诺家族有多少人，警察肯定举手举得比莫西亚诺老爷子都快。

作为老爷子的独子，文森佐要是屈尊造访监狱，怕是会引起不必要的关注。

"嘿，你好吗？"帕托瓦无声地把嘴一张一闭，做着样子——真是够谨慎的，他那边根本没有狱警在盯着——电话里传来的却是文森佐那永远半醉不醒的声音，把陈默带回了十八个月前那个鬼气森森的别墅。

洗手间里满地鲜血，一把把用途不同的不锈钢刀在地上陈列着。最后一个受害者——一个吉普赛人——已经被打包成了七个塑料袋。陈默正伸手去拿第八个，背后忽然有一阵微风吹来。他看也不看，伸臂，扭腰，手中的刀旋风般向身后削去，然而却砍了一个空。

他感到后脑已经被枪口顶住。

陈默扔掉刀，举起双手。镜子里，他看到身后站着一个庞大的身躯，自己的脑袋才到对方胸口。真不知这么大的块头是怎么悄无声息地摸进来的。大块头的左边，是他的同伴，举着枪，看着眼前的一地鲜血，无所适从。紧接着，他们身后走来一个衣冠楚楚的年轻人。跟满脸恶心和惊惶的保镖们不同，他没有被眼前的血腥场面吓倒，反而像个进了迪士尼乐园的孩子。

"太酷了！"

这个变态就是文森佐。

"我从帕托瓦先生那里听到了一个惊人的消息，"今天，这个变态的声音听起来似乎没有那么轻松，"首先我要说，我很遗憾，为你的孩子。但是，请告诉我你的要求不是真的。"

"是真的。"陈默的声音波澜不惊，"我想请你帮我越狱。"

文森佐哑然失笑。

"哥们，游戏不是这么玩的……"文森佐嗤之以鼻，"再说中国有一百亿人，你回去能找到孩子？"

"我能。因为我只用了一年就找到了我要找的七个混蛋。"陈默深吸了一口气，"至于剩下两个受害者是谁杀的，你我都明白……"

文森佐·莫西亚诺，皮耶罗·莫西亚诺的独子，著名的花花公子。他没穿过阿玛尼以外的西装，手表只戴欧米伽和百达翡丽。整个意大利几乎所有高级餐厅、著名夜总会的常客，各大时装发布会的前排嘉宾。但是陈默知道，他最喜欢的，不是这些。

"你不是第一次干这个吧？"那天晚上，在别墅里，文森佐坐在单人沙发上微笑着问。

"不是。"陈默坐在他对面，脑袋后面顶着两支枪。

"巧了，"文森佐露出孩子般的笑容，"我也不是。"

文森佐从胸前口袋里掏出真丝手帕，垫着拿起吉普赛人的遗骸，就像在欣赏蒙娜丽莎："你还有别的照片吗？"

陈默一愣，眼睛往左右一瞥。文森佐点点头，两个保镖退开了两步。陈默慢慢把手伸进口袋，用两只手指把手机夹出来，悬在文森佐眼前。

"在网络硬盘里。"

"请便！"

陈默双手在手机上忙活了一会儿，然后把屏幕亮给文森佐看。

"这是艺术！"文森佐眼里冒出吸毒后常见的那种病态光芒，"这刀口真整齐，就像毕加索的立体时期……这很难，就是用电锯也不好弄……"

看了十几张之后，他激动得站了起来。

"我的作品就在下面的密室里，你有没有兴趣看看？"

陈默不动声色地把手机收起来，摇了摇头。文森佐倒是没有介意对方的冷淡。

"没关系,不看也好。我的水平,在您眼里肯定只是垃圾……不过我也尽力了,我只杀女人。女人脂肪厚,粘刀,所以……但是……"说到这里,文森佐好像进入了失神状态,"那尖叫和求饶声,是男人没法比的……"

大概过了十几秒钟,他回过神来,冲着陈默一笑:"抱歉,我在回味。你肯定懂的,咱们是一类人……这种快感没法阻挡,只要没人阻止,我们都会一直杀下去……"

"不,"陈默又摇了摇头,"我要杀的已经都杀完了。"

文森佐不置可否地一笑:"你杀了几个?"

"这是第七个。"

"七个就满足了?"

陈默余光扫了一下,发现时钟已经不知不觉过了午夜。他把背靠在沙发上,怪异地笑起来。但是片刻之后,他又有种想哭的冲动。

"您看,先生,"文森佐坐回到沙发上,"我出了十八万欧元的花红,好不容易找到一个笨蛋愿意替我做一件事情。我来这里,本来是要……呃……面试他的。结果你把他杀了,你说……"

"很简单,"陈默露出一丝疲惫的笑容,"杀了我。"

"你建议我杀了你?"

"对,杀了我,把我交给警察,我都无所谓……该做的已经做完了,我没什么放不下的……"

文森佐饶有兴趣地看着他,良久,扑哧一声笑了。

"我爸爸一定会杀了我,"他自言自语道,"先生,我有个更好的主意。我们的吉卜赛朋友肯定是不能按时上班了,你能不能?"

"文森佐,"陈默的声音依然如那天晚上一样冷静,"我替你顶了两宗谋杀……"

"我已经按约定给了你十八万欧元……"文森佐有点急,"连洗钱汇款都是我都帮你办的。你说要我日后帮你一个忙,我答应了,可我说的不是这种忙……"

"那你有没有想过,"陈默森然翻开底牌,"那天晚上我把手机放回口袋之前,可能开启了录音?或者我后来跟你见面的时候,弄到了别的证据?"

一阵沉默。

"毕加索,你太让我失望了……"陈默的话证实了文森佐长久以来的猜想,他的声音开始变得像生锈的刀,粗糙而刺人。

"我别无选择,我会不择手段。"陈默听出了他的杀意,"如果两天内我出不去,或者死了,这份证据就会有人寄到警察手里。"

电话里传来一声叹息。

"这超出了我的能力。"

"找你爸爸。"

"我爸爸他不知道……"

"不，他知道。他如果不知道，你就不会去找一个一无所有的底层小混混顶罪，而是会从自己跟班里找个低级成员，对吧？那样的话，你早就完了。先别说你的人有没有那么忠心，替你至少坐21年牢，单说一点：警察最近几年把你们盯得那么紧，要是有个莫西亚诺家族的人忽然自称是连环杀手，警察反而会更怀疑你们爷俩在搞内部清洗，会用一切手段去查，你就会弄巧成拙。你根本就想不了这么远。这都是你爸爸的安排。而且我肯定，你听到我的条件后，已经告诉了老爷子。"

陈默破天荒地一口气说了这么大段话，语气就像是在教训自己的儿子。文森佐被打败了，不管是气势还是逻辑。跟电影里不同，警察可不怕黑手党。1993年以后，黑手党家族一个个被连根拔起。警方的策略一向是抓一批杀一批，然后等着新势力在老霸主的尸体上滋生、茁壮，之后再进行扫荡，给自己的肩章上添几颗星星。

两人很久没说话。

"去他妈的！"忽然，文森佐开口了。他好像想开了，一幅破罐子破摔的气势。

"反正家族的人都拿我当疯子，我就真疯一回……"

"我不是帮你，我是为了艺术！"文森佐好像又吸高了，在电话里狂笑起来，"我是没法继承莫西亚诺家族了，那就让我以艺术家的名字传世吧！哈哈……"

"谢谢。"陈默紧紧握住电话。

"……不过,你只有两个星期!"

"两个星期?"

"以我们的能量,最多能把你的行踪盖住两个星期。"文森佐的声音里充满威胁,"你最好拿这个期限当真,否则我们在警察局的朋友会不高兴。那样的话,不管你跑到哪,我们都只能去找你,或者找你的家人……"

"我明白。"陈默郑重回答。

"你等消息。"

陈默躺在自己的囚室的床上,辗转难眠。他一直在看女儿的照片。作为重刑犯,他不能上网,不能打国际长途,跟家人唯一的通信途径就是写信。这张照片就是审判刚刚开始时妹妹寄来的。那是一个瘦弱的小姑娘,在阳光里谨慎地笑着。陈默看了不知多久,也跟着笑了起来。

他的头又开始疼了。有个念头不请自来,像电钻一样钻进他的脑子里:长得真像她妈妈……他抱着脑袋,像陷进流沙一样陷进了回忆里。

多年前,那个年轻人扔下新婚的妻子和刚出生的孩子,偷渡到欧洲。为什么?不知道。九安那个地方就是这么个风气。他只知道同乡们只要是能走的都走了,据说都在欧洲发了大财。然而他到了意大利之后,才发现发财不是那么容易。他在车间里硝皮子、割皮子、缝包。一天工作14个小时,从没离开过工厂。他一小时挣4欧元,几乎攒不下钱。虽然每次跟家里视频聊天他都说自己以后一定能做起来,但是算数他还是会的。

他怀疑自己这辈子还能不能离开工厂,能不能睡一个完整觉。

没想到这一天很快就到来了。警察突袭,查非法劳工,他跟几个同乡逃了出去。他不想回国——挣不到钱回家,那在九安属于特大丑闻,一辈子抬不起头来——那时的他还很在意这个。但他也不想再当没有身份的黑户。于是他去了法国,报名应征外籍兵团。

他通过了筛选,通过了新兵试用期。他被编入第二步兵团,派到了非洲。他身受重伤,但是挺了过来。在医院里,他拿到了法国身份。拿着那本法国护照,他哭了。他急不可耐地给家里打电话。几个月后,她来了。在机场,他抱住她,觉得所有的阴霾都已散去,新的生活就要开始了……

牢房的门打开了。一个壮汉被塞了进来。

"李小龙,"狱警说,"给你加个伴。上头的意思。"

进来的人大概有一米九,满脸胡子,浑身的肌肉鼓起,看样子体重有两百斤。他把自己的铺盖往上铺一放,然后爬上去,再也没有了动静。

陈默却睡不着。因为他不禁要想这意味着什么。

文森佐,你派人来杀我吗?

毕竟,跟帮他越狱相比,杀了他要容易很多。至于所谓罪证,天知道陈默是不是在诈他。

陈默下了床,趁着小便,偷偷把牙刷装在口袋里。那不是什么007装备,但是一头被磨尖了,完全可以用来杀人。他睁着眼睛躺在下铺。按理说他应该集中精力,防止上铺的那头熊来杀了自己,但是已经失控的思绪却像断掉的降落伞绳一样缠住了他。

那些日子是多么美好啊。他们商量好要开家中餐馆,天天查报纸上的广告,到处看店面。他买了机票,带她去意大利旅游,给她一个惊喜。看到机票的时候,她的笑容是那么灿烂,就像照片上这个孩子。

飞机起飞时,她有些害怕地握着他的手。飞机平稳了,她还是没有松开。

"等店开起来,就把女儿接过来吧。"她侧着头问他。阳光从机窗透进来,渲染出一个最美丽的侧脸。他点点头,吻了她。

床动了。那头熊下了床,坐在椅子上,盯着陈默。陈默把牙刷反握在手里,面不改色地坐起来。

"文森佐派你来的?"

对方点点头。

"那么,来吧。"

壮汉笑了,掏出一个东西。那是一颗胶囊。

"文森佐让你吃了它。"

这有点出乎意料。毒药吗?

"这个难以捉摸的混蛋……"陈默盯着那颗胶囊。假如是为了杀掉自己,这真是个绝妙的主意。吃了,可能会死,而且自己将成为史上最蠢的被灭口对象。但是不吃……

胶囊的红色让他想起了都灵的霓虹灯。那天晚上教堂前的酒吧招牌就是这个颜色。12点的钟声敲响时,他们从酒吧里出来,要回酒店。

她说,他虽然有时候还像个混蛋,但起码比新婚时成熟了。

她说,她比任何时候都要开心。

她说,她刚才滴酒不沾是有原因的。

她说,她怀孕了……

忽然,一个黑影擦着他们飞奔而去,手里拿着她的提包。

"站住!"陈默毫不犹豫地追了上去,把那声"别追"甩在身后。抢包的人很瘦,穿着连帽外套,一副小混混的打扮。刚才在酒吧有点喝多了,他一时没追上。小混混拐进一条黑巷,他也毫不犹豫地跟了进去。就在这时,他脑后毫无预警地挨了一棍。

天地间的一切都在晃动。他感到那些人在一起踢他,还搜他的身。血好像剧终的幕布一样在眼前垂了下来。

他听到她在尖叫。睁开眼时,发现她已经找到了这里。她趴在他身上,用身体为他抵挡棍棒。她被那些人拉开,她在叫喊,在呼救,在跟几个小混混厮打。然后她的声音就像被剪子剪断了一样。那些小混混一哄而散,他爬到她的身边,摸到了那些刀口,摸到了一些温热的液体。

"别……别……"他抱着她,说不出一句整话。她抓着他的领子,盯着他看,嘴唇一张一闭,像是离开水的鱼。

她想说什么呢?

拿着那颗胶囊,陈默终于想明白了这个问题。他早就发现,找到那些小混混,把他们全部杀死,并不能让自己摆脱心中的愧疚。那种感觉不停撕咬着他的五脏六腑,让他痛不欲生。也是为此,他才会答应跟文森佐做交易,把两条人命加在自己头上,以连环杀手的身份投案自首。与其在外面忍受无尽的煎熬,他宁肯死在监狱。然而进了监狱,他却发现死没那么容易。监狱里固然卧虎藏龙、遍地杀人狂,但是还没有人想跟一个连环杀手过不去。他发现,除了自杀,简直没有办法能够让自己好受一点。

然而现在,他蓦然发现,答案其实一直就在眼前。

她说的是女儿的小名。

她要的从来不是复仇。

她要的只是一个承诺。

"如果——"陈默轻声说,"我死了,你告诉文森佐,不是因为我蠢,而是我没法拒绝这个可能性。"他仰头把胶囊咽了下去。

一切好像在重演。天地间的一切又开始晃动。他感到好像有一颗炸弹在胃里爆炸了,血液被高压逼迫着,向两头流去。他倒在了地上,剧痛使他的手不听使唤,徒劳地想抓住一些什么。

真的是毒药！

他看到了那头熊的笑容，看到了文森佐的笑容。他口吐白沫，大声呻吟。他在天花板上看到了她的脸。他用尽最后的力气，把双臂伸向高处的虚空……

那头熊站了起来，满意地看了看陈默，拍拍他的脸颊，然后走到牢房门口，高声吆喝起来："看守！看守！"

陈默感到自己好像变成了一只鸟，在天空漂浮着，上下翻飞，躲开一片片云。那种感觉自由而舒适，让人想一直这么飞下去。

原来死后是这样的啊……他想。

一束光在前方亮起，一个声音在呼唤他："陈默，来！陈默，来！"

是她。

他的眼眶湿润了，掉转方向朝光束飞过去。那道圣洁的光越来越强，他的心跳得越来越快……

震耳欲聋的汽笛声。陈默一下子坐了起来，发出被噩梦惊醒的喘息。他的视线渐渐清晰，发现自己不是身处天堂。他还穿着囚服，手被铐在一张病床上。周围忽明忽暗，但是可以看清墙上乌查多涅监狱的标志。一盏应急灯从上方直直照在他眼上。刚才的感觉只有一条没错，那就是自己的确在上下颠簸。汽笛声告诉他，这是因为他在船上。

这么说，刚才那不是毒药，而是……

"FM2，对吧？"一个声音忽然响起，吓了他一跳。他眯起眼睛，发现是狱警鲁索倚在门框上。这家伙是最怪的狱警之一，打扮得油头粉面像个娘娘腔，但是动不动就抄起警棍揍人。

"分子式是 $C_{16}H_{12}$······什么的······也就是所谓的迷奸药。"鲁索说着，自顾自笑起来，"别不相信，我读书，我自修，我比大部分狱警知道得都多。"

"我在哪儿？"

"你？你在快艇上，去本土的大医院。他们说你心脏病发作了。"

陈默没有说话。他的手在颤抖。他知道，这是越狱的一部分。黑手党果然名不虚传——这是何等的效率！

那么，下一步是······医院？

但是鲁索的话却如同晴天霹雳："莫西亚诺在帮你越狱是吧？"

海浪不停地敲打着舷窗，闷雷声滚滚传来。陈默的眼睛圆睁，肌肉紧绷，露出浑身的杀气。

"你这个变态还会心脏病发作？你把人切成碎片的时候怎么没发作？你以为警察都是傻子？！"鲁索轻蔑地一笑。

陈默试着挪动身体。但是右手的手铐跟床边的栏杆碰在一起，叮当作响，告诉他，你什么也做不了。

一切都结束了。

"帕托瓦那个杂碎为莫西亚诺做事，"鲁索坐在陈默对面，咬牙切齿地说，"我知道。为什么？因为我也收莫西亚诺的钱。"

鲁索放肆地笑了起来。

"莫西亚诺说要我想办法负责押运你，"鲁索打了个响指，然后用食指指着陈默，"但是我看到你的病例，看到押运队才两个人，我就全明白了。狱警不都是笨蛋，起码我就不是。"

陈默把后背靠在舱板上，不知道自己是不是该松了一口气。

"但是我这么聪明的人，就因为没有学历，死活升不上去。所以我不收钱，就对不起自己。我不收足够的钱，就对不起我的聪明。"

鲁索的笑容渐渐淡了下去。一道闪电亮起，照出他脸上的伤疤和狰狞的表情。他毫无预警地掏出佩枪，指着陈默。

"莫西亚诺那个混蛋，拿我当吉普赛人打发吗？每次给那么少的钱，这么大的生意，才给500欧？！这是不是看不起我？！你说他是不是看不起我？！"

鲁索打开了保险。

"所以，别怪我，我只是要传递个信号……"

又是一道闪电从舷窗透进来，把小小的船舱分成两色世界。刹那间，陈默没有铐住的左手从黑暗里弹射出来，抓住鲁索的枪，往自己的肋下一拽。枪撞到舱板，掉在了病床上。陈默紧接着左腿一盘，缠住了他的脖子，然后往下用力一压。鲁索的脸憋得血红，拼命用公牛般强壮的双臂掰陈默的腿。但是那条腿就像铁钳一般难以撼动，一毫米一毫米地勒紧他的脖子。

鲁索的双眼开始充血，舌头开始往外吐。他在大脑缺氧之前决定孤注一掷。他左手松开陈默的腿，拼命去够床上的那把枪。陈默当然看见了，可是鞭长莫及。他的左手离得太远了。他大喝一声，晃动身体，希望能把床掀翻，或者最起码把枪晃到一边去。可是床脚是焊死在甲板上的。

两个人都用尽了最后的力气，剩下的，只能听天由命。

陈默眼睁睁看着鲁索的手离枪把越来越近……

枪响了。

鲁索一下子像被倒空的麻袋一样瘫在地上。陈默大声喘息着，不可思议地看着门口。开枪的人是罗马诺，押运队的另一名成员，狱警中话最少的一个。罗马诺连看都没看鲁索一眼，一扬手，扔给陈默一个背包。打开一看，里面是救生衣、指南针、手铐钥匙和其他一些杂物。

"这傻×，"罗马诺一边慢条斯理地穿救生衣一边说，"莫西亚诺先生当然不可能只给他一个人钱。快穿上，我设定了自动航线，你还有两分钟。"

陈默一愣，然后连忙打开手铐，急急忙忙往身上穿救生衣。

"别担心我，我可是西西里业余游泳锦标赛的亚军。另外我们知道你在外籍兵团受过水上训练，这里离海岸没几公里，你没问题。上岸后，打个电话，这样我才能拿到剩下的钱。"

"我还以为是医院……"

"没错，医院是很容易逃出去，但是之后就没那么容易了：通缉，调查,国际刑警……没人想要那些,对吧?"罗马诺笑了,"你知道吗,是我建议选用这个方案的。你可能对我了解不多,但是……"

他忽然把两个脚后跟一碰,行了一个纳粹礼。

"杀死更多黑鬼!"

说着,他大笑着跳进海里。

陈默觉得摸不着头脑,直觉告诉他,应该出去看看。打开舱门,海浪劈头盖脸地打来。他抓着栏杆,摇摇晃晃地来到甲板上。拼命擦干脸上的海水,他愣住了。眼前,山一样的阴影正在飞速逼近。

"罗马电。今日凌晨,一艘载满偷渡移民的船只在外海与一艘警用快艇相撞沉没。据警方估计,遇难人数约在600人以上。如果得到证实,这将是近年来最大的偷渡海难之一。据知情人士透露,该移民船很可能由黑手党操纵,出于不明原因,在该海域进行了长时间的停留。另据海军方面消息,由于事发海域风浪极大,打捞工作困难重重,预计确认遇难者身份及数量将持续至少数周……"

其实跟海浪相比,真正阻碍打捞救援工作的是意大利政坛的轩然大波。议会里各大党派炸了窝。"左派"党指责右派党不人道的移民政策导致非洲难民铤而走险,结果命丧大海。右派党指责"左派"党阻挠国家安全拨款,宽松的边境才是诱使难民铤而走险的真正原因。极左党在自己的小报上骇人听闻地指出,移民船是被警察快艇故意撞沉的,这是种族主义政府犯下的滔天罪行。极右党更是指责以上所有派别,说他们制定的政策只能导致一个后果,那就是非法移民占领意大利……

在这种形势下,不管执政党做什么,都会受到激烈的批评。于是总理不得不先施展手腕,平息议会内部的纷争。难民反正死了,迟点捞也不着急。至于失踪了一个警察和一个囚犯,更是根本排不上议事日程。

陈默暂时无人问津。

游到岸边的时候,大概是黎明时分。他躲在防波堤下,借着微弱的曙光,换上背包里的衣服。除了一部手机,里边还有三千欧元现金,一本意大利护照。陈默忽然发现文森佐有时候还挺小心谨慎的:这本护照不是伪造的,封皮都用旧了,里边的签证页也密密麻麻全是印章,仔细一看,有多次进出中国香港和内地的记录,大概是从哪个华侨哪儿弄来的。但是这种谨慎也导致了另一个麻烦:照片跟自己不太像。陈默无奈地摇摇头,把护照揣进口袋里。他知道,这也不能怪文森佐:在欧洲人看来,刘翔和刘德华长得都差不多。

他打开手机,通讯录里只有一个联系人:色情服务。他拨了过去,接电话的是个男人。

"到了?"

"到了。"

陈默把囚衣和救生衣装进背包,换上便装,然后开始慢跑。任何人看到他,都以为是个海边晨练的。半个小时以后,他跑进了火车站。七个小时之后,他走下欧洲特快,站在了法兰克福机场大厅门口。

当然不能从意大利起飞。审判过去了才一年多,他的脸不少人还有印象。法国也不行——由于外籍兵团的经历,他的案子在那边也引起过一定的关注。但是德国应该没问题。他走到汉莎的售票柜台,微笑着用法语说:"一张,去香港。"

"Nächste, bitte!"随着边防警察一声招呼,陈默不慌不忙走上前去,交上自己的护照和机票。不出所料,德国边检对亚洲人有脸盲症,没看出来。上了飞机,紧绷得要断掉的神经终于松懈了下来。陈默倒头便睡,直到飞机降落在香港。

陈默是九安人,飞到香港倒不是买错了机票。服役期间他回来过,也出过差,大概的边检尺度还是有数的。在欧洲你能用别人的照片蒙混过关,内地海关绝对不行。但是香港边检对欧美免签国家检查得不是那么严。边检老头看看照片,又看看他本人。陈默及时开了口:"两年前照的,我现在瘦了。"

"啪"的一声,护照上多了一个印章。

陈默没有出机场。他上次回去是取道香港,因此通关经验丰富:要是自己去口岸的话,就凭这照片,九成九过不去。但是乘坐商务巴士就不同了:司机把一车人的证件收起来往上一交,办事员大概点一下名,乘客连下车都不用。

他坐电梯来到T2层。十几家旅行社的柜台一字排开,身穿商务裙装的小妞们拉客热情堪比东莞。"商务巴士，前往内地，只要150元！"他随便找了个柜台买了张票，被人往手上盖了个戳作为凭证，然后往旁边的长椅上一坐，开始闭目养神。没过五分钟，一辆中巴开来。陈默快走两步，第一个上车，挑了司机背后最里边的座位。

车在黑夜里飞驰。同车的有两对内地情侣，都在叽叽喳喳，聊个不停。陈默头靠着车窗，出神地看着香港的夜景。大约半个小时之后，司机放慢车速，走走停停。陈默知道，前边就是皇岗口岸。

"Ricco Zheng 先生？"通过岗亭的时候，边检问道。陈默假装咳嗽，在车厢最黑暗的一角举了一下手。边检人员扫了一眼，盖下印章。

车子发动了，进入了深圳。

九安，我来了。

第二章

碎尸

第二天

她拖着沉重的脚步走在街上，面无血色，恍恍惚惚。路边的路灯依次亮起，把前途照得像一条降落跑道，这时她才蓦然发现，自己走在回家的路上。她停了下来，举目四望。

左边是水产市场，早上来过了。路对过是农贸市场，早上也来过了。她还去了火车站、长途汽车站、购物中心、花园广场……

这一天对她来说太长了，这个城市对她的双脚来说也太大了。到处是陌生的人流，永远匆匆忙忙，脸上挂着一模一样的戒备而麻木的表情。到处是吵吵嚷嚷的车，闪着令人烦躁的灯光，霸占着街上每一寸空间。

她从来没有觉得自己如此渺小，如此绝望。她再也站不住了，双手捂着肚子蹲了下去，手里的传单撒了一地。上面写着：你见过这个孩子吗？

一辆出租车停在她身边。司机打了双闪,跳下车来,把手搭在她肩膀上。她浑身一颤,抬起头。

"陈静,你没事吧?!"

她看着他,嘴唇不停地哆嗦。对方读出了她没说出口的问题,羞愧地摇了摇头。陈静抽泣起来,扑到他的怀里。

"我送你回家,走吧,你累了⋯⋯"

然而这一天她好像注定没法休息。打开家门,她毛骨悚然地发现有个黑色的人影坐在沙发上。她刚要尖叫,对方突然开口说话。

"是我。"

灯亮了,陈静愣愣地看着那张脸,身体像过电一样颤抖,好似看到了鬼魂。然后她冲了过去,紧紧抱住对方,用的力气可以勒死一条狗。

"哥!你怎么回来了?"

陈默用不信任的眼神瞟了一眼愣在门口的男人。

"这是我男朋友,赵亮。"陈静擦干眼泪,"亮子,这是我哥,陈默。"

赵亮恍然大悟,然后带着120%的殷勤伸出手:"哥,你好你好!咱咱咱们还没见过,我我我⋯⋯"

陈默压根没起身,敷衍地点了一下头。

"你不是已经被⋯⋯"陈静吞吞吐吐地问。

"假释。"

"这么快?"

"外国法律就这样，"陈默不耐烦地解释，然后，他的声音低了下来，"妈是……什么时候……"

"就是你……出事的那一年……"陈静看到小客厅的门开着，明白哥哥已经看见遗像了，"脑溢血……"

"你怎么没告诉我……"陈默把手捏得咔咔作响，头深深低了下去。

"告诉你有什么用，你能回来吗？嫂子出了事，你不但不回来，还跟失踪了一样，一年多没消息，咱妈担心得天天睡不着。我们左盼右盼，好不容易盼来消息，结果是你杀了人！你是怎么想的？！我们那段日子是怎么熬过来的，你想过吗？！"

陈静的声音越来越高，说完后忽然好像刚想起来一样扭头冲着赵亮吼起来："对，我哥是杀人犯，你要散咱就散！"

"不不……不是，陈静你……"赵亮显然没有心理准备，"哥，咱们先别吵……"

显然没有人觉得应该理他。陈默激动地站起来："我是为了报仇！"

"报仇重要还是家重要？！"陈静不甘示弱，也吼了起来。她一头撞在陈默怀里，抬手给了他一耳光，用拳头捶他的胸膛。陈默就像石像一样站在那里,任暴风雨抽打自己。最终,陈静失去了力量。她抱着哥哥，放声大哭起来。

这时，传来了敲门声。赵亮终于找到了自己的用武之地，飞速开了门。陈默想阻止他,但是没来得及。

门开了,他看见两个警察站在门口。

"陈静,"警察开了口,"你哥回来了……"

"这人是你……怎么称呼来着?舅子哥?"警察把一个人扶了进来,"今儿下午地桥分局的人说看他坐在世贸门口,神志不清,问他怎么了,他说旧病复发,走不动路了。问他住哪儿,他非说要到你这来,就给呼啦到咱们片来了……"

陈默这才认出,这是妻子的哥哥,自己的大舅子,赵宝钢。几年不见,他的头发全白了。

"孩子还没找着?"两个片警把赵宝钢交给陈静,顺口问道。

"张警官,我们报案了,你们立案了,不能光指望我们找啊!"陈静火气上来了,"我们把九安跑了七遍,你们也干点什么吧,我求求你们了……"

"哎呀我们是真尽力了,"姓张的片警赶紧把陈静拉到楼道里,小声安慰。在屋里只能隐约听见只言片语。

"咱们市七百多万人口……两百多万流动人口……我们全员加班70多个小时……地毯式搜索了五遍……警力不足……一定要耐心……"

另一个片警把赵宝钢安置在沙发上,抬头打量起陈默来。

"我是她哥。"陈默忽然自我介绍道,"老家的。来帮帮忙。"

赵亮一愣。

"哦,"片警点了点头,"长得挺像的啊。"

"爷爷那辈是亲兄弟。"

片警没说什么,出门拉着张警官走了。

陈默看着他们离去,若有所思。

赵亮则在心里安慰自己:"可以理解,他有前科,可能只是为了避免不必要的麻烦……"

"陈默……"沙发上的赵宝钢不知什么时候颤巍巍站起来,一把揪住了他的衣领,"你怎么……你回来干什……我妹妹她……雯雯她……"

然而赵宝钢最终也没说出一个完整的句子,委顿在地,老泪纵横。

赵宝钢比赵娟要大好多,两人走在路上,老被误认为是父女。事实上赵宝钢也有这种感觉。当初在婚礼上,作为大舅哥致辞的时候他就说:"我这个妹妹,等于是我一手拉扯大的!她结婚,我的感觉就像我闺女出嫁!陈默,我拉扯她不容易,你一定要……"

陈默知道,他的确不容易。父母早逝,三兄妹里的老二也车祸早亡,赵宝钢是家里唯一的经济来源,为了养育妹妹,结婚都耽误了好多年。结婚了又生不出孩子,两口子经常吵架。好像老天还嫌这些磨难不够,他壮年又赶上下岗,被迫开起了出租车。干了几年刚还上买夏利的债,上面又强令换桑塔纳,没处借钱的他再次失业,先后干过工地、扫大街、送牛奶,最后找了个看大门的工作,一直凑合到现在。

后来喜从天降,老赵老来得子,好像是要时来运转了。但是赵家人显然低估了老天玩弄凡人的能力。妹妹横死他乡,雯雯的抚养权被法庭移交给了他,老赵一下子有两个孩子要养。

陈默在心里始终对大舅哥是很尊敬的。他这人没钱,但是人品有口皆碑,出了名的诚实可靠。赵娟死后,他心里觉得最对不起的人就是赵宝钢,因此把那十八万欧元里的十五万分给了他。赵宝钢却显然没有原谅陈默的意思。据陈静讲,他都不太愿意让陈家的人探望雯雯。她也只能每两个星期去看一次……

"宝钢哥,"陈默扶着他的双肩,"我既然回来了,就一定要找到她!"

第三天

这是一条笔直的人行道,水泥做成的地砖勾画出毫无生气的花纹。陈默小时候上学就是走这条路。他记得当时人行道跟大马路隔着一条旱沟,沟两旁种着成排的柳树。现如今柳树和沟都被双向四车道的马路挤没了。这条路走到头,不到一公里,就是雯雯的小学。

关于怎么找孩子,陈静和赵宝钢都说了不少想法。他们这几天听警察介绍,也在"宝贝回家"之类的网站上看了不少信息。他们在微博上发寻人帖，在网站上发帖，在贴吧发帖，然后等人联系。陈默听了，嗤之以鼻。他绝不肯把命运交在别人手里。

"宝钢哥那天不舒服，就让雯雯自己放学回家。就这么点路，结果……"赵亮在介绍情况。

"她确实离开学校了？"

"嗯，警察问过了，平时放学是五点半，那天她值日，大概差一刻六点离校的。走了一段还好好的。"

"谁看见了？"

"她叫班主任锁了教室门，班主任把她送到校门口，学校保安一直看着她走出视线，都没出事……"

陈默的眼睛瞪了起来："保安怎么会注意一个普通学生？"

"因为她一个人走的啊……"赵亮不太明白，"哥，时代不同了，这年头，基本都是家长接送，大家都怕拐……"

赵亮自知失言，赶紧闭嘴。

陈默走到校门口。当时大概正在上课，校园里空无一人。他叫出保安，问了一下。

"我那天还真是留意了，"保安大概四十来岁，本地口音，"我想着这孩子一个人走别出事，一直看着她走到我看不见，没想到还是，唉……"

陈默一摆手，打断了他：具体哪个位置？

"就是那棵树。"

"那边有没有监控?"陈默走到树下,指着家的方向问赵亮。

"只有一个,"赵亮指着远处马路中间说,"BRT 站那里。不过派出所调过录像了,什么都没有——这里路牌一个接着一个,把人行道全挡住了。过了学校,那边那个十字路口还有一个,不过也没看到里边有孩子……"

陈默的眉头皱了起来。这个地方实在不像个合适的作案地点。绑了之后根本没有脱身路线。别说岔路,地上连个井盖都没有。

"肯定有车,很可能是七座大车!"陈默忽然拽着赵亮的领子让他转过头,"这么一条大马路,这么短的距离,两边没有建筑物,要是你想拐孩子,最简单的办法是什么?"

"啊?我?"

"就是停车,开门,拉上车,走人!十秒都不用!到下个摄像头,你只能看到车!"陈默忽然又平静了下来,好像在自言自语,"只能在这一段……窗口也就不到四百米,就几秒……要是这里有人,就是这里能看到……"

陈默忽然甩开赵亮朝着前方不远处跑去。赵亮看到,他的目标大概是路边的一个储蓄所。这是农行最低一级的储蓄所,门头还不到十米宽。

"有事吗?"大概是陈默实在不像个良民,门口的保安警惕地上来问他。陈默指着屋顶:"那个是监控吧?监控录像呢?!"

"哦,你是那家的,"保安如释重负,热情起来,"警察来问过了,我们都说了,监控坏了,当时什么都没录下来……"

赵亮气喘吁吁地赶了上来,点头证实了这话。

"那你看到什么没有?"陈默还不死心,"九号下午快六点的时候……"

"你到底是不是他们家属啊?我都说过了,我们五点下班,我最后一个锁门走的,没有注意,不过印象中是没有……"

陈默又回到路上。他前后张望着,试图抓住任何一根稻草。

"那天路上没有摆摊的?"

"哥,"赵亮小心翼翼地指出陈默思想观念的代差,"这年头都不让摆了。"

"有没有目击者?"

"那时候是下班的点,按说其实应该有,但是警察也发布消息在找,我们也贴条在找,还没找到。"

陈默没再说话,他把这短短的五百米慢慢走了两遍,边走边观察,一草一木都没放过,然而依旧一无所获。他开始焦躁起来。简直让人不能相信,一个大活人在这短短五百米的热闹路段上失踪了,竟然没有一条线索。没有时间,没有地点,没有嫌疑人,没有目击者……

"哥,你别急,"赵亮看他脸色很不好看,赶紧上来劝慰,"咱们再去别的地方找找。"

陈默坐在出租车的后座上,面无表情地看着街上的行人。赵亮小心地把着方向盘,一句话也不敢说。他已经把全市绕了两圈了,但是未来的大舅子在后边还是没有让他停下的意思。事实上,他感觉陈默不是在找线索,而是在愣神。

陈默的确走神了。昨晚他睡了没几个钟头就被惊醒。跟以前一样,他又在梦中回到了战场,端着突击步枪,在丛林里潜行。突然,眼前火光一闪,枪炮齐鸣,子弹像烧红的钢筋一样刺进躯体……

醒来后,陈默满身都是汗。这种噩梦自从退役就如影随形。反正再也睡不着,他就翻看起女儿的相册来。出国时,雯雯才两个月。加上在部队时回来探亲,他一共见过孩子三次。作为九安的男人,这不算什么稀奇事。这里的风气就是男人闯世界,女人带孩子。陈默也一度觉得这理所当然。但是此时他不再这么想了。他竟然想不起自己和女儿有过哪怕一次完整的对话。

门忽然被打开。陈默浑身肌肉一绷,弹簧一样跳起来,摸出了藏在枕头底下的匕首。而来人却是陈静。

"哥你干什么呢?"

陈默不知该怎么回答。陈静走了进来,坐在他旁边。

"哥,我怕……"陈静的声音在打颤,"我在网上看到那么多孩子被拐卖……我看到网上的人说,人贩子会把孩子卖掉,弄残去乞讨,还有的孩子路上被憋死,病死……我真是不敢琢磨雯雯到底怎么样了……哥,这比死了还难受啊……"

陈默腮边的肌肉条条鼓起，愤怒不已。其实自从得知雯雯出事他就发现自己并不痛苦，只是生气。他气的是有人居然敢动拿走赵娟在这世上留给他的唯一的东西。从那以后，只要他愣神，以前每一次杀人的细节都会在脑海中像慢镜头一样重演。他发现自己的身体在为杀人作准备，在为有人可杀而感到庆幸。然而现在，陈默就像一个跟风搏斗的力士，举起千钧的战锤，却发现看都看不到敌人。巨大的力气生生憋在胸膛里，简直要把他憋炸了……

"哥，"赵亮看到油表亮了，不得不开口提醒陈默，"咱们得加点油了……"

陈默点了点头。赵亮开了一会儿，靠边把车停下。

"你不是要加油吗？"陈默看到周围没有加油站。

"哦，我没钱了，那边有个取款机，我去取点……"

"赵亮！"陈默忽然抬起头，眼直勾勾地看着他。

"哥，叫我亮子就行了……"

"快，回去！咱们再去那个农行！"

"哥，"再次到了农行门口，赵亮有点为难地指着银行大门，"门口的监控的确是坏了……"

"我不是说门口，"陈默急匆匆下了车，"我是说那里。"

他指着 ATM 机。陈默大步跨进银行："你们经理呢？"

几分钟后，两人被赶了出来。经理表示很同情陈默的遭遇，但是 ATM 监控录像只能警察拿着立案证明去找总行，总行开出书面授权才能调。赵亮低头摸出一包烟要递，结果抬头就发现经理被陈默揪着领子拎了起来。

"我没有那个时间！"

霎时间银行里全是尖叫。

"抢银行啦！"

二十分钟后，派出所门口。

刚才在储蓄所里，赵亮好话说尽，对方才没有报警。但是陈默并不领情，出了门大步甩开他朝派出所走去。赵亮怕他再把警察打了，于是打电话把陈静叫来。结果兄妹俩吵了一架。

"陈默你他妈长点心行不行？"陈静脾气本来就不好，这几天又熬到极限了，来了劈头就骂，"你好好问人家不告诉你啊？！就知道动手！"

陈默倚着墙抽烟，不理她。

"你想想你这个脾气给咱们家惹了多少事！都这时候了你还想惹麻烦啊？！就知道打打杀杀！你觉得你挺英雄的？我看你成事不足败事有余！"

这话激怒了陈默。

"我是她爸爸，谁挡着我，我就弄死谁！你别管我！"

陈静也急了。

"你这时候想起你是他爸来了？！你离家这么多年，你管过什么？！你走了，孩子是我帮嫂子看的，嫂子走了，我整天带着雯雯跟她亲妈似的，弄得我男朋友吹了俩……后来又出那档子事，为了不让别人家说闲话，我一个女的，张罗着搬了两回家。相亲都相不上，要不是碰见赵亮……结果后来法院一判，我什么都不是……"

陈静气哭了。赵亮赶紧递上纸巾。

"别这样，咱就事论事……"赵亮试图劝架，可根本没用。

"你以为我傻？你以为我信你是被放出来的？！"陈静口不择言，在派出所门口冲着陈默喊起来，"好不容易回来了，你想再被抓进去？！你就这么不想咱们这个家能团聚一回吗？我们想不能替我想想，替雯雯想想？嫂子因为你死了，咱妈因为你死了，雯雯……我真后悔有你这么个哥哥！"

陈默看着妹妹，一句话都没再说。他狠狠用手指掐灭了烟，走到一旁。

过了好久，陈静终于冷静下来。在赵亮的陪伴下，她走进了派出所。然后他们就愣在了门口。

"陈姐！"前台的小警察热情地打招呼。

"你们人呢？"

"别提了，都出去了，就留我看门。"

"有消息了？！"陈静激动地问。

"出大案子了！别说是我说的啊——特大碎尸案！听说啊，一个女尸被切得啊，不到两厘米一块，几个区的警力都抽调光了，在臭水沟里拣呢……"

陈静两腿一软,一屁股跌坐在地上。

"陈姐你别多想啊!"小警察发现自己的八卦带来如此严重的后果,吓得赶紧从前台后面出来,蹲下把陈静扶起来,"肯定不是你们家的……"

"别说这个了,"赵亮都觉得此人话太多,"赶紧的,我们发现银行提款机上有个摄像头,想调出来看看……"

"那个?那个哪行啊,"小警察嗤之以鼻,"那玩意就能照三四米,看得到吗……"

一只大手落在小警察肩头。尽管对方没用力,他却觉得自己好像被铁锹拍了一锹。

陈默不知道什么时候走了进来。

"我觉得能看到,麻烦您赶紧给我们办证明。"

"这是你们家谁啊?"小警察拨了一个号码,趁着等电话接通的空,小声问赵亮。

"这是,陈静,她,一个,哥哥……"赵亮斟字酌句地说。

出于一个奇怪的念头,他昨晚匿名上网发帖询问:窝藏国外通缉犯会判几年?不过等了一宿也没人回答。

"杨所,我小齐,是这么回事……那个陈家的失踪案,有个录像……哦……哦,好,好,嗯嗯,明白了……"

他挂了电话,说道,不行,回不来。

"你就不能办吗?"赵亮急了。

"我警校还没毕业,我是来实习的……"小警察不好意思地承认了。

"那别的警察什么时候能回来?"

"不好说,我听那意思,晚上是够呛了……"

"先派回一个来不行啊?!"

"真是人手不够……你们耐心等等,明天肯定行……"

"这不人命关天,夜长梦多吗,"赵亮掏出一盒苏烟,"小齐,齐警官,来来来……"

"别别别,"小警察吓了一跳,"真不是这个意思!……诶!对了!"

"怎么?"赵亮问。

"有个人还闲着……"

"那玩意协警开不了吧……"赵亮有点失望。

"不是协警!是老资格!以前刑警队的……"

"那敢情好!"赵亮一听刑警队三个字,顿时精神百倍,"那他人呢?怎么没看见?"

"在家呢。"

赵亮和陈静走进了一个陌生的小区。这里的建筑看样子最少有40年的历史,外表已经成了铁锈的颜色。阳台都封着,挂着大大小小的塑料袋，整个楼因此看起来像个巨大的圣诞树。他们走进了3号楼洞。楼梯上铺着厚厚的尘土，扶手上铁锈剥落。又看了一眼齐警官写的地址，他俩飞快地跑上楼去。

刚才在派出所，齐警官告诉他们的手机号打了十几遍都是无人接听。齐警官无奈地说，看来你得去他家找他了。

"他怎么不上班啊？"

"哦，他啊，"小警察发现自己好像又说错话了，"他病了。"

"严重吗？"

"没事，急了也能办案子。"

陈静找到403，开始咚咚敲门。敲了好几分钟，里边传来一声懒洋洋地回答："别敲了！"

门开了。隔着防盗门，里边站着一个五十来岁的老头，身材高大，将军肚，大背头，看着不像个民警，倒像是个领导。

陈静闻到一股酒气。

"你们谁啊？怎么找到我家里来了？"老高没好气地打开防盗门，"所里人没告诉你？我病休呢……"

"有个案子，我们是受害者家属……小齐说……"

"嘿嘿，"老高干笑了一声，"那小屁孩也敢调动我了……"

"高警官，就是个很简单的事……"

"简单？复杂的事就想不起找我？嘿嘿，我破的案子，比犯罪分子干的都多；我抓的贼，比监狱里关着的都多……"老高借着酒劲絮絮叨叨，坐在沙发上点烟。

"局里的人都出去了……"

"哦，都出去了，才想起找我？我都不算警察了是吧？"这句话似乎是捅了篓子，老高又打开了话匣子，"我干了一辈子刑警，还有不到两年退休，你猜怎么着？妈的一封黑举报信，就把我弄成片警！你核实核实情况也行啊，还'等问题弄清楚了再回去'？！我不回去了！我这辈子都不再穿这身皮！"

陈静觉得自己要晕过去了，闹了半天摊上这么个问题人物。

"高警官我求求你了，我侄女她被人拐了！现在这个监控录像很重要，要是调晚了，她可能就再也找不着了！！我求求你了！看在孩子的面上！"

老高愣了好一会儿没说话。他双手揉了好一会儿脸，然后站起来倒了杯凉开水，一饮而尽。他掀开沙发垫子翻出警服上衣，犹豫了一下，又扔在一边。

"哦，孩子的事啊，"他披上一件老头衫，"起来，咱们走！"

老高气宇轩昂地走进农行，手里拿着立案证明。

经理带着谨慎的笑容上来说："您还需要向上级银行申请一个书面……"

"一边去……"老高一把推开经理，带着陈默一家朝监控室走去。

"喂！刘四，我！"他拨通了一个手机号，边走边吆喝，"我在你们北城分行呢,对,浅水街那个,我需要看你们提款机上的……啥?滚,书面的狗屁等我看完了你们自己去弄……哦,好!"

然后他把手机扔给经理:"你们总经理。"

在监控室等了不到十秒,经理讪讪地进来,指示职员调出录像。

"你们需要哪天的?"

"九号下午,五点到七点。"

"门口的你不要?"陈静发现老高这人即使没喝醉,嗓门也大得吓人。

"门口的监控坏了……"

"不出事它不坏?"老高把眼一斜,吓了经理一哆嗦,"那个什么银行管理办法上应该有规定吧?你没按时修?"

"不是,高队……"

老高瞪了他一眼:"拿话刺我?我不当队长了你就不伺候了是吧?"

"不是不是,您看您说的,"经理急忙掏出烟给老高点上,"我们呢,周一就发现了这个摄像头不太清晰,找来个电工修,结果妈的他技术不行,越修越烂,最后干脆没图像了,这不,转过来礼拜二才修好,所以耽误了……"

"没事没事,"赵亮赶紧打圆场,"我们知道,调提款机的就行了。"

职员操作了一会儿,鼠标一点,开始播放。这是标准的ATM监控录像画质,只能看清个人脸,背景勉强能看清,但是日光稍微强点，就成了一片白。

"这行吗？"老高吐了个烟圈问陈默。两人之前简单认识了一下，老高一眼就看出他才是这家说了算的人。

陈默点了点头："出事的时候是下午五点多，天色已经暗了。"

"哦，"老高说，"那赶紧的，拖到五点。"

职员开始拖动鼠标，画面上的人像默片一样滑稽地快速移动。

"两点，三点，四点……马上了……"职员自言自语。

陈默看到，自己的判断是正确的。随着日光的减弱，摄像头已经开始能够比较清晰地显示街上的图像。虽说看清车牌号不可能，但是如果孩子在街上被人拉进车里，绝对是能拍到的。

陈静开始激动起来，抓着哥哥的手。她都知道，这是最后的希望。如果这里都没拍到，那只能继续等着网上的帖子有人回应了。

"咦——"随着职员的这声感叹，一切都化为了泡影。画面突然变成一片漆黑。

"再拖！"陈默喝道。

六点，七点，八点……

屏幕一直是黑的，一直到第二天早晨才恢复正常。

陈静捂着嘴把脸转了过去。

"行了，死心了？"老高无奈地问陈静，然后开始训经理，"怎么说你们啊，两个都坏了？要不是我认识你们刘经理，更重要的是，要不是我知道人贩子都是穷 ×，我真该怀疑你们是不是跟拐孩子的串通好了——哪有这么巧的事?!"

对,没有这么巧的事……

陈默忽然抬起头来。他飞奔出去,弄得一屋子人不知所措。监控显示,他跑到了提款机前面,伸手摸了摸摄像头,然后把手指放进嘴里。

"他干吗呢?"老高问。赵亮摇了摇头。

陈默跑回来了,哐的一声撞开了门。

"是糖!"他喊着。

老高立刻反应过来,抓着职员的肩膀:"后退,看看录像黑掉之前最后一个用提款机的是谁!"

画面一帧一帧跳动,最后出现了一个年轻人。他在提款机前晃了两秒,然后把手伸向摄像头。画面调成了慢动作,大家都看清了,他的手指上是一块口香糖。

"打出来!"老高高声下令。随着打印机吱吱嘎嘎嘎,终于得到了第一个靠谱的证据,一张正面照。

老高拿着那张照片端详了一会儿,然后把陈默叫过来。

"这是个线索,但不是很硬的线索。"

"我知道。"

"他这个年纪的小屁孩,也可能是在胡闹。"

"我知道。"

"总之我要拿回局里查一下,他要是有前科,那能找到,要是没有……"

"我去查那个维修工。反正两个人里面至少一个有问题。就像你说的,没有这么巧的事。"

九安市科技大厦。

要论客流量,这栋大楼在九安各大购物中心里能排前五。跟其他四个不同,这里一进门就是一股方便面味。一个个柜台被分割成小块,出租给来自五湖四海的商户。以前他们卖盗版碟,组装电脑,现在主打手机、监控、打印机维修。总之这是个鱼龙混杂的地方。要是有人到这里查暂住证,起码一半的老板要扔下买卖逃之夭夭。

下午两点半,二楼南头的190号柜台的电话响了。电话铃隔一段时间就响个二十来声,把周围的柜台搞得心烦意乱。最终,修打印机的韩老板忍不住,接了电话。

"喂?哦,他不在。"来电的是个声音低沉的男人,要找修监控的郑建军。

"我是他旁边柜台的……我哪知道,你等他回来你再打……别说了你听不懂吗?!"老韩气呼呼挂了电话,然后把听筒倒着放在柜台上。

十分钟后,一个高大的人影出现在老韩柜台前。

"您要点什么?"

老韩满脸堆笑地回头招呼,结果被那人一把拉着领子从柜台里拖了出来。

"是不是你接的电话？"

老韩大声呼救。他那从老家带来的侄子二话不说，抄起椅子朝那人砸去。椅子生生落在那人背上，像砸在石头上一样碎成了木片，但那人岿然不动。这下连闻声来看热闹的商户们也都赶紧散去。

"别再耽误我时间，"陈默像抓小鸡一样把叔侄俩都按在地上，"我要马上找到郑建军。"

"我想起来了，"韩老板确认姓郑的大概是欠黑社会钱了，"他一般不在的时候，都是去柳子街建筑工地，那里的包工头是他老乡，老给他项目……"

陈默飞奔出大厦，跳上出租车。

"哥，没动手吧？"赵亮问。

"没有。柳子街。"

出租车飞驰在高架桥上，大约开了十分钟，拐下匝道，三个路口之后，赵亮靠边停了车。

"柳子街就这么一个建筑工地，哥，你等会儿，我给车队其他人打个电话，打听打听这里的包工头什么来路。"

"不用了。"陈默直接下了车，"谁都一样。"

赵亮不知道自己该不该跟着下车。不跟，怕陈默出事。跟着，说实话，他害怕。这个建筑工地上打眼望去全是人，光地面上运沙石的就有三四十个，脚手架上抹墙面的还有十来个，至于里边打隔断的,更不知多少。赵亮紧张得手出汗,他拿出手机,找到老高的号码,把拇指悬在拨号键上。

他看着陈默走了进去,找到个工人,好像是问了句老板在哪儿。那个工人朝着一个铁皮房一指,陈默径直跑了过去,一脚踹开了门。

"我操!我操!"赵亮慌了。

屋里传出几句"你是谁""你干什么"之类的废话,然后就是呐喊声,桌椅打砸声,惨叫声。一个人从门里飞了出来,又被拖了回去。

"我操!我操!我操!"赵亮吓得一哆嗦,拇指不经意按了拨号键。

"谁?!"

"高警官,我,赵亮!你快到柳子街建筑工地来一趟!要出事!"

陈默闯进去的时候,屋里有八个人在打牌。他问了句郑建军在哪,一片寂静。

忽然,一个脸盆飞了过来。有人低头想趁乱冲出门去,结果被陈默抓着腰带扔到墙上。

混战开始了。一个人举着板凳腿朝陈默招呼过来。陈默躲都不躲,左臂鞭子一样甩了出去,手刀铁棍般抽在那人的喉咙上。对手的脸登时变得通红,又瞬间变蓝,一口逆气憋住,倒在地上抽搐不止。第二个人已经到了眼前,陈默略一转身,用右臂架住他举着管钳的左臂,一缠、一压。"喀吧"一声,对方肩关节被拧脱臼,号叫着缩成一团。

　　腰力扭动，陈默肘尖如枪，横扫出去。身后的人脖子侧面被击中，哼都没哼一声，像一截木头似的倒在地上。第四个人犹豫了一下该不该退后，但是已经来不及了。陈默右手陡张，抓住他的头发，像古代战士操作攻城槌一样把他掼在墙上……

　　短短三十秒过后，地上躺着八个呻吟的人。

　　"郑建军？"陈默走上去，抓着第一个想跑的人的头发问。

　　"我不是，"那人艰难地一个字一个字往外蹦，"他在楼里，三层。"接着就是一声惨叫。陈默不太相信，所以把他的手腕拧了半圈。"那你跑什么？"

　　"我是他表弟……我以为他又欠赌债了……"陈默又问了两个人，得到相同的答案，立刻飞奔到还没完工的大楼里。

　　他上了三楼，大喝一声"郑建军！"

　　然后他看见有个人扔了安全帽，撒腿从窗口跳了出去。

　　就是他了！

　　陈默跟着跳出窗户，沿着窗外简陋的脚手架狂奔，看得人心惊肉跳。郑建军轻车熟路，转眼间围着大楼跑了半圈，但是依然甩不掉陈默。他顺着脚手架滑到二楼，陈默也跟着跳了下来，像疯了一样追赶着。

　　一定是他干的！要不然他不会跑得这么玩命！抓到他，就能找到女儿！

郑建军瞅了个空,从一扇窗洞跳进大楼。陈默也跟着跳了进去。光线瞬间被甩在身后,他的眼前一黑。一阵风声袭来,陈默浑身的骨节都是一紧。

埋伏!

身子一矮,一柄铁锹砍在水泥墙上,溅起一片火星。蹬地,挺身。陈默双手迅捷而准确地搭在对方背上,左膝闪电般飞起。郑建军感觉像是有把巨锤狠狠抢在自己肚子上,霎时浑身的血往两头涌。他"哇"地张口吐了一地,身子像面条一样软了下来。

陈默出现在大楼门口,肩膀上扛着郑建军。满工地的人都在愣愣地看着他,他却好像全然不察。他四下望了望,看中了一间独立的铁皮小屋,点了点头,朝那里走去。

郑建军醒了过来,他绝望地用一种方言狂喊起来:"他是朱老三包工队派来捣乱的!"

此言一出,工地上的老乡们立刻同仇敌忾。他们发声喊,抄起家伙朝陈默围了过来。赵亮浑身冷汗,暗暗庆幸自己没跟着过去。此时他无能为力,只能起祈祷老高赶紧赶到。

要不然,陈默性命难保。

抬起头时,他看到一根钢筋带着风声朝陈默的后脑打去。

"小心!"赵亮绝望地叫着。

钢筋停在了空中。

陈默不知什么时候把郑建军扔在地上,回身抓住钢筋,右腿像出膛的子弹一样直蹬出去,汽锤一样踹在对方膝盖内侧。那人的腿登时像被斧子砍折一样,以一个奇怪的角度弯了过来。他发出的号叫镇住了所有人。钢筋落在了陈默手里,没有一个人再敢上前。

"我是刑警队的!"他大声喝道。围着他的人顿时作鸟兽散,连被踹断腿的人都努力地爬开了。陈默抓住郑建军的领子把他拎起来,拖着进了那间小屋。

"我只问你一遍,"陈默把郑建军扔在地上,"小姑娘呢?"

"你说什么?我……我不知道……"

惨叫声打断了郑建军的话。他的手腕被拧脱臼了。

"那我换个问法?"陈默的脸色铁青,"银行的监控,谁让你弄坏的?"

"银行?不不不不是,我是嫌他们自己买了零部件,故意拖了一下……"

陈默一咬牙,把手一提。郑建军杀猪一般号叫,鼻涕口水流了一脸。

"现在想起来了吗?"陈默的声音冷得像一块冰,"那女孩呢?"

郑建军哭了。他看到陈默起身从一个工具箱里拎出把斧子。

"我说……我全说……我知道你是谁了,"郑建军的脸扭曲了,透着恐惧和绝望,"是我干的,我把她杀了!"

陈默觉得眼前一黑。他好像又回到了都灵的那个午夜。妻子好像又回到了他的怀中,用最后的力气打开嘴唇。

"雯雯……"

他的身体晃了晃,但是随即被暴怒惊醒。手中的斧子带着千钧的力量劈了下去。

一辆出租车急刹在了赵亮车后。老高急急忙忙从车里出来。

"警车呢?警察呢?"赵亮下了车,冲着他吼道。

"都出警了,就我一人。怎么了?"

"我哥他……他找到那个电工了……"

工地上已经空无一人。老高跟着赵亮来到工具室,推门,门锁着,他一脚把门踹开。血腥味扑面而来。他看到陈默手持利斧,半蹲着,旁边是满身鲜血的郑建军。

"别动!"老高掏出枪。

"是他干的!"陈默的声音轻得像是自言自语。但是旋即他就怒吼起来,震得顶棚晃动。

"他承认了!他杀了她!"

老高浑身一震,但是没有走神。

"那你也不能杀人啊!法治国家,你不能……"

陈默回头一瞥,老高浑身的肌肉都是一紧。从警三十年的经验告诉他,自己面对的完全是一头食人野兽。他的手心里全是汗,食指紧紧靠在扳机上。

一阵呻吟声把老高吓得差点扣动扳机。低头一看,居然是郑建军。他浑身颤抖,艰难地坐起来。片刻之后,他发出持续而高亢的尖叫,拼命往后爬。他看到了自己那被砸成肉饼的右手。

"我怎么可能一斧子就杀了他……"陈默阴冷的语气令人不寒而栗。

老高又把枪举起来:"你别干傻事,交给警察处理好不好?这样的禽兽,铁定是死刑,你不要把自己搭进去……"

"枪毙太便宜他了!"

"要讲法啊!"老高苦口婆心地劝着陈默,"你这样要判几年你知道吗?"

"我不管!"陈默的眼中要冒出火来,"我要剁了他!"

老高满头都是汗,他知道眼前的这个人失控了。于情,他不想下手。但是于理,他又不能不阻止。更何况三十多年的经验告诉他,如果不开枪,自己待会儿弄不好也可能会变成尸体。老高呼吸急促,满脸通红,声嘶力竭地做着最后一次努力。

"陈默!我要你手里的斧子!"

"你来试试看……"陈默头也不回地朝着郑建军走去。

"数到三,"老高明白自己没有选择了,"你不放下武器,我就开枪!"

"一!"

"二!"

"三……"

就在此时，郑建军的号叫变成了哭泣声。

"我真不是故意的……我们俩好了两年了，本来要结婚的……可是她外边有人了……我们吵架，我在火气头上，不知怎么就抄起锤子……我有罪，你们杀了我吧……造孽啊，我还把她的尸体切碎了，扔在河沟里……我怎么就走到这一步了……"

斧头从陈默手中滑落。他靠在墙上，紧绷的身体松懈下来，眼里矛盾地充满了劫后余生的欣喜和迷惑。老高收起枪，一言不发地走过去，架起了郑建军。走出工具室，他拨打了警队的号码。

"老杨，碎尸案……嗯，我这里有个嫌疑人……"他把郑建军铐在门口，长叹了口气，转身回到小屋里。他看到陈默还站在那里，望着屋顶。

"那个人，口香糖，有没有线索？"陈默问道。

老高摇了摇头。

"他的伤，"老高递给陈默一根烟，"是拒捕时自己摔的。你回家休息休息吧。以后别再乱来了。"

陈默点了点头，但是没有动。老高欲言又止，最终，在他肩膀拍了拍，走了出去。

赵亮走了进来。他掏出打火机，想给陈默点烟，但是手哆嗦得厉害，点了三次才点着。"哥，咱别急，一定会有线索的……"

陈默充耳不闻。

"陈静说得有道理，"他吐了口烟，"我这人成事不足败事有余……"

然后他就没再说一句话。

赵亮觉得心里一酸,过去站在陈默的身边。几经犹豫,他把手放在陈默肩膀上。"哥,这不是你的错……"

事实告诉他,这是个错误的举动。陈默像被打扰了午睡的狮子一样暴起,"咚"地一声把他压在墙上。匕首已经条件反射一样顶住他的脖子。

"怎么不是我的错?!"陈默对着面无人色的赵亮吼道,"怎么不是?!"

赵亮快吓哭了。虽然不明白怎么回事,但是陈默掠食者一般的眼神告诉他,他肯定没法活着走出这间屋子了。就在这时,他的手机响了。

陈默像是听到了闹钟,醒了过来。他放开赵亮,收起了匕首。

"接电话,"他的语气好像什么都没发生一样,"说不定有线索。"

"喂……"按下接听键之后将近一分钟,赵亮终于能说出话来了。

"你们在哪儿呢?快回来!"话筒里传来陈静焦急的声音,"收到了张纸条!"

第三章

绑票

"现（限）你们明天中午 12 点之前筹到赎金六十万，交钱放人。不准报警！等电话。"

四个人坐在沙发上，盯着那张纸条。沉默了好久，赵宝钢先开了口。

"这也算是喜讯吧，虽说……虽说……总比落在人贩子手里不知死活地强啊……"

"是啊，"陈静强打精神，挤出一个笑容，"是好事啊哥。咱们报警吧。绑架是恶性案件，肯定会来很多警察……"

"不是说不让报警……"赵亮唯唯诺诺地查了一句。陈静瞪了他一眼，他赶紧闭嘴了。

没想到赵宝钢站在赵亮的一边。

"能不报警就别报了，人总比钱重要啊，你说万一走漏了风声……"他用发抖的手又打开了一包烟，"我只想要雯雯回来……"

陈静看着哥哥。

陈默毫无高兴的意思。他知道这些人只是在安慰自己。事情明明是恶化了。假如是人贩子，那么雯雯至多是生死不明。但是如果是绑票，稍有差池，雯雯只有死路一条。

"我没当过警察，但是在非洲也处理过绑票……"他狠狠地把烟掐灭，"绑票一般没有48小时以后才想起要钱的……"

"别乱说！"赵宝钢和陈静异口同声。

"再说，哪有只给家属一天时间筹钱的……"

"陈默！"赵宝钢站了起来，"这总归是个希望对不对？不像我妹妹……它总归是个希望啊……咱们得试啊！"

"你看，"赵宝钢拿起茶几上的那条纱巾，"信封里的这条围巾，就是雯雯那天上学时戴的，这哪能有假？"

他脸上的肌肉在抽搐着。

"雯雯平时很听话，就是晚上不行，隔三差五就闹着要去意大利找爸爸……我这辈子就这样了，我就一个心愿，就是想看到你们父女重逢……"

陈默把围巾拿过来，放在脸上摩挲着，闻着。最终，他点了点头。

陈静把赵亮拉到一边。

"啥事啊？"赵亮问。

"我想……"陈静擦干眼泪，"我想跟你商量个事……"

然后她就说不下去了，停顿的时间足以让赵亮的脑子也转过弯来。

"陈静我告诉你啊，"赵亮忽然拿出大男子主义的架势，"你当我是一家人，就别说两家话！房子算个屁！人命要紧！我这就把首付取出来！"

陈静激动地紧紧抱住他。赵亮似乎也被自己的高风亮节所感染，眼眶有些湿润。不过他还是很快摆脱了陈静的双臂："那什么，你把我存折放哪儿了，还有密码是多少……"

"兄弟啊，"赵宝钢面露难色，"我经济条件本来就不宽裕，买养老保险用了一些，再加上两个孩子……"

"哥没事，"赵亮把存折往桌子上一扔，"咱再借……"

"不用了，"陈默一摆手，"不管是谁，他都没命花这个钱。"

第四天

月光透过半掩的窗帘照进屋里，把所有东西泡得发白。陈默脑袋枕着右臂，躺在赵宝钢家客厅的沙发上，眼睛沿着月光逆流而上，停留在星光的间隙里。明天是关键的一天，他知道自己该睡一会儿，但是却无论如何睡不着。那感觉就像在非洲站岗，明明很困，却不敢闭眼，因为一旦连自己都睡着，所有人都会有生命危险。他坐起来，走到阳台上，打开抽油烟机，点燃了一支烟。他知道在中国没必要这样做，可是早些时候进门时给嫂子留下的印象已经够恶劣了，他不想火上浇油。

赵宝钢的老婆对陈默一直有点成见，对他抛弃妻子在欧洲混了这么多年却又没赚到钱很是愤怒。后来赵娟出事，两口子一致认为陈默是罪魁祸首。要不是雯雯丢了有赵宝钢的责任，她八成不让陈默进门。所以今天她没给陈默好脸色看，还找机会刺了陈默一句。

"好好看看，"她打开电脑里的一个文件夹，里边全是雯雯的照片，"记住了你闺女长什么样，别明天救错了人。"陈默没看一眼，径直走开了。

"哥，"陈静悄悄推开门，"别抽了，鹏鹏还小。"

她说的是赵宝钢的儿子。陈默点了点头，把烟按灭在烟灰缸里。

"浇上点水还是咋，"陈静把烟灰缸拿到水龙头底下，"一看就没当过爹，不知道为孩子考虑……"

唠叨了两句，她好像忽然想到了什么。

"哥，对不起，中午我不该那么说你……"

陈默双手撑着阳台，呵呵笑了起来。他抬起头，用一种古怪的眼神看着星空。

"你说得挺对的。你看，我这个当爹的还要问你：雯雯是个什么样的孩子啊？"

"嫂子在的时候，"陈静走到陈默身边，跟他一起望着外面，"我经常帮她带雯雯。她小时候特别皮，晚上不肯睡觉，我有时候就抱着她，晃到半夜一点多……"

那时候，我在干什么？陈默问自己。

哦,皮革厂。

"后来,她就长大了,越长越快。三个月学会了翻身,六个月学会了坐,11个月会叫妈妈,一岁学会了走……"

硝皮子,硝皮子,硝皮子……陈默苦笑一声。

"会走了就难带了,到处乱窜,经常往桌子底下钻,钻进去就不知道怎么出来,一往外爬就碰头……"陈静说着,脸上露出了微笑。

开枪……行军……杀人……

"两岁半以后会说的话多了,可好玩了。不过挺犟的,随你。脾气也大。那时候嫂子不想让她吃太多糖,她又特别爱吃糖,嫂子一管她,她就说'妈妈坏,小姑好',来找我,揪着我裤腿,大眼睛可怜地看着我,求我给她糖吃。我有时候偷偷给她,她就抱着我,说,小姑你是我最好的朋友……"

杀人……杀人……杀人……

陈静突然说不下去了。陈默望着她,低下了头。

"我怎么就没给她买呢,"陈静开始抽泣,"她出事之前的那个周末,我领着她逛世贸,她看上那么大一袋子糖果,求我给她买。我看她有蛀牙,就没给她买。她又是说好坏又是耍赖,我就是没松口……才几十块钱,我怎么就没给她买呢……"

陈静把头伏在陈默肩膀上,身体剧烈地抽搐着。陈默轻抚着她的背,想跟她一起悲痛一回,却怎么也做不到。他只能默然无语。

早上七点半,赵宝钢的手机响了。他看了一眼大家,把手机放在茶几上,按下了免提键。

"带着这个手机,到广园教堂。你自己开车。"电话挂了。

赵亮一拍大腿,站了起来。陈默用眼神制止了他。

"宝钢哥,我跟你一辆车……"

"可是他们叫我自己……"

"我躺在后座上,就算有人观察,也看不到。赵亮,你开你的车,平行跟着我们——我们走内车道,你就走外车道。我们走高架,你就走下层。反正别跟我们在一个车道上。"

"明白了。"

"手机开机,打开铃声。记住两点,冷静,及时联系。我相信一定能成功!还有问题吗?"

陈默站了起来,扫视着每一个人。

"出发!"

出门时,正是早晨上班的交通高峰期。车主们都发挥了所有的主观能动性,变道、加塞、切线,所以赵宝钢竭尽全力,但是车还是走不快,直到八点二十分才到广园教堂。这里实际上这是一个城市广场。老旧的哥特式教堂被周围崭新的大购物中心、电影院包围着,车水马龙,赵宝钢找停车位就找了十几分钟。

车停下了,赵宝钢左顾右盼,不知所措。

"你说,再怎么办?拿着钱下车?"

"不,等着,"陈默躺在后座上,双手交叉在胸前,"我估计,他们不在这儿。"

"不在?"赵宝钢回过头来,"什么意思?"

手机响了。赵宝钢捂着胸口,痛苦地弯下腰。

"你怎么了?"

"没事,"赵宝钢皱着眉头,"早上忘吃药了,被手机吓了一跳。"

他把手机放在胸前,缓了一会儿,按下接听键:"我到了,你们在……"

"开车,到湘竹山庄。"

"湘竹山庄?"赵宝钢看着陈默,"那是在南头啊,咱们在北头……"

"开吧,"陈默依然躺着没动,"我估计还得折腾几次。"

通知赵亮之后,赵宝钢发动车子,上了二环往南开。这时候路况更加恶劣,赵宝钢拼了老命才在半个小时内赶到。一打电话,赵亮还被堵在二环上。

"这小子,"赵宝钢骂道,"技术不行,年轻司机都不如我们那时候了……"

"告诉赵亮,慢慢开,"陈默还是没换姿势,"这里应该还不是交钱的地方。"

果然,几分钟之后,绑匪打来了。

"往北,到紫川大桥。"

"那我是过桥啊还是不过桥啊?"赵宝钢问。

"到了再告诉你。"

赵宝钢忍不住骂了起来:"又成最北头了。他们想干什么?"

"很正常,"陈默说,"这是为了防止咱们报警,被警方盯梢。"

"那你觉得还要换几次地方?"

"一般不少于三次。"

"那怎么知道哪次是真的?"

"我不知道,"陈默坐了起来,"不过,我估计他要是哪通电话让咱们到闹市区,然后下车走到哪里,应该就是真的了。"

事实证明,陈默的估计还是太保守了。整个上午,赵宝钢就这么被调来调去,地点变化了八次之多。至于赵亮,接到第九通电话的时候,他还在赶往第六个地点的途中。

"你再说一遍?到哪儿?"赵宝钢没吃降压药,脾气已经变得非常急躁,直接冲着绑匪吼了起来。然而吼完了,他却又不得不听那人的指示。挂了电话,他的胸膛起伏了半天。

"他说到哪儿?"陈默问。

"地桥区工商银行。"

两人都没说话。他们开始不约而同地思考一个问题。这是真的绑匪,还是听说了这事来骗钱的?

"陈默,"最后还是赵宝钢把自己的担忧说了出来,"万一他们耍咱们一天,最后让把钱打到一个账户怎么办?"

"不管他,走!"陈默做了决定。赵宝钢启动时踩足了油门,让轮胎狠狠摩擦地面,替自己发泄怒火。这时候大概到了午饭时间,路上车又开始多了。赵宝钢边躲那些不靠谱的司机边骂:"你说肉联厂倒闭就倒闭吧,还改成海鲜市场了。全市的傻×都来买鱼。买就买吧,你们他妈的能不能别乱停车,乱变道?!你让不让我上高架……"

陈默在后边听着,一句话也不说,躺着慢慢盘算。他不得不考虑这帮人是骗子的可能性,毕竟变九次地点有点太夸张了。

可是雯雯的围巾假不了,骗子怎么会拿得到那个呢?

手机响了。

"肯定又是赵亮,"赵宝钢看也不看,接了起来,劈头就骂,"你会不会开车?你到哪儿……"

然后他的脸色变了,赶紧打开免提。

"你上高架桥了?"是绑匪的声音。

"上了。"

"开到顶,停下。"

"你说什么?我在那里怎么能停车?!"

"你想要孩子,就停下。"

陈默坐了起来,他有种不好的预感。赵宝钢回头跟他对视了一眼,他点了点头。赵宝钢一咬牙,一脚踩下了刹车,打开了双闪。顿时身后的车都像疯了一样在鸣笛。

"数到十,把钱袋子扔下来!"

"你说什么?孩子呢?雯雯呢?!"赵宝钢冲着手机喊道。但是对方已经挂了。

赵宝钢看着陈默,眼里全是慌乱。陈默推门下了车,扒着栏杆一看,明白了绑匪的用意。这是高架桥的最高处,距离地面车道有四米。除非你能像猴子一样沿着路牌和电线杆爬下去,否则绝对没有可能抓住提钱的人。

在乱成一片的鸣笛中,陈默和赵宝钢面面相觑。

怎么办?

"去他妈的!"陈默怒目圆睁,从腰间拔出匕首,又上了车。

"宝钢哥,"他在莫名其妙地往外拉安全带,"数到十就扔!"

"什么?!"

"让你扔你就扔!"

"你疯了?!孩子都没见着呢!"

"扔!为了雯雯,就这么一个机会!"

陈默的表情像是要杀人,让人不寒而栗。赵宝钢不敢再问,手一扬,那个旅行包带着最后的希望飞了出去。

"你在哪儿?什么叫你不知道?!沿着雅典洗浴中心前边那个路往东开!"赵宝钢打电话怒骂赵亮的空,陈默下了车,紧紧盯着下面的车道,试图在人流车流中找到那个包。远处突然响起一阵警笛声，吸引了他的目光。等他再把视线挪回来，那个包已经不见了！

"在哪儿呢？这可怎么办？！"赵宝钢在一旁慌了神。陈默没有说话，眼睛依旧在搜寻。

一定能找到！你一定要找到！

忽然，他的视线被一抹别样的颜色所吸引。

那个堵摄像头的……不就是个黄毛吗？

包在那人手里！他在跑！他在跑向一辆黑色面包车！

终于，所有的线索都对上了！

就是它了！

陈默飞身翻过栏杆，跳了下去。

"啊——"站在他旁边的赵宝钢吓得大喊起来。四米，除非你是超人，否则必定摔死。然而他马上就知道，陈默不是要自杀。他像蜘蛛侠一样，在下坠过程中手里忽然吐出一缕黑丝。只听"铛"的一声，黑丝在金属扣的带动下缠住了路灯横杆。陈默的身躯骤然停止在半空，整个路标被他坠得一震。

赵宝钢好像明白了什么，回头一瞥，看到了自己汽车后座被割断的安全带。

真有你的！

风声在陈默耳边呼啸，他感到自己好像沉睡了好久，终于又醒了过来。就像那次在非洲一样，他靠一根绳子在绝壁上缠住了树干，从绝路逃脱。肾上腺激素让他感觉无比舒畅，甚至有些怀念战场。

我其实是属于那里啊……

陈默距离地面已经只有不到两米，眼下还有别的问题需要担心。脚下，无数车辆轰鸣着奔流而过。他要是现在撒手，没准被哪辆车碾死。他借着惯性荡了两下，想找个落脚的时机,可是车实在是太多，找来找去，都没有个空档。

陈默胳膊上的肌肉像火烧一样疼。他看见面包车停下了，黄毛马上就要上车。再不追，一切都晚了……

"爸爸……"

他的脑海里忽然浮现出当初在视频上看到女儿第一次叫自己的情景。当时赵娟抱着孩子，在摄像头里显得有点苍白憔悴。那个小东西瞪着大眼睛，看着屏幕不知在想些什么。那时候他跟母女俩远隔万里，觉得她们有些不真实，却无比肯定她们是属于自己的。这种感觉让人觉得踏实，觉得现在虽然什么都给不了，但是以后肯定有机会给她们一切。然而现在，赵娟死了，女儿可能就在前方不到二十米，自己却要永远地失去她，失去她们俩。

"去他妈的，"陈默骂了一句，"死就死了！"

他松了手。

一阵刺耳的刹车声，随即是鸣笛声，车辆碰撞声。陈默外星人般的落地引起了相应规模的轰动。他砸在了一辆车的前盖上，托及时亮起的红灯的福，只被顶出去一米多，就地一滚就站起来了。司机们纷纷开窗，问候他是不是疯了。

陈默没空理会别的，撒腿朝面包车跑去。一阵钻心的刺痛告诉他，左腿可能被撞伤了。面包车发动了。陈默浑身汗毛炸起，像追逐猎物的狼一样疯跑，但是终究比不过四个轮子。面包车越开越远。他的伤腿忽然失控，整个人狠狠摔在地上。

"雯雯……"

妻子临终的画面又出现在脑海中。他好像清楚地听到她在呼唤着女儿。他抬起头，眼睁睁看着那黑色的背影在消失。他觉得自己的心开始不断下沉，好像要透过这柏油、石子、水泥，一直沉到地心去。

"停下！"他绝望地砸着马路，用尽力气怒吼着，"停下！"

吱——

一辆车刹在陈默旁边。后边的司机在急刹车之余，纷纷拍着方向盘叫骂：女司机！

车门开了，赵亮的脸露了出来。

"哥！上车！"

陈默坐在副驾驶座上，紧紧攥着双拳，盯着前面的面包车。绑匪们似乎没注意到有车盯梢，开得不紧不慢。

"保持距离，"他嘱咐赵亮，"咱们争取跟到他们老巢去，直接救人。"

赵亮点了点头，开得非常谨慎，不但没有逼近，还没跟他们开一个车道。然而两个路口之后，前面的直行红灯突然亮了起来，面包车停住了。

"我×！"赵亮发现眼前的左转车道空空荡荡，再往前，绿色的左转箭头大大亮着。

"怎么办？"赵亮降低了车速，试图拖延，引起了后面不耐烦的鸣笛声。

"不能拐，"陈默咬了咬牙，"打灯，挤到直行道上去。"

赵亮故意把车开得歪歪扭扭，假装是刚发现选错车道的新手，打着右转灯，强行往右插。但是直行道上的车太满了，他最终不得不跟绑匪几乎平行停下。左转的车辆费劲地从他们左边挤过去，依次打开车窗问候他们祖宗。

"看前面，"陈默正襟危坐，"别往右看……"

话虽这么说，但是他自己也是费了好大劲才忍住了没转过头去，看看到底是什么样的王八蛋吃了熊心豹子胆，敢绑自己的女儿。

红灯在倒计时。

十三，十二，十一……

赵亮握着方向盘的手在哆嗦。

"坚持，"陈默放缓了呼吸，把手放在他手上，"放松……"

五……四……三……

"啊——"

右边的车流里，忽然传来一声尖细的叫声！

"雯雯！"陈默忽地转过头去，眼睛好像要喷出火。然后他发现自己错了。后边一辆没关车窗的车里，传来了迈克尔杰克逊的《Scream》。

"坏了……"陈默心说。

果然，面包车突然以极快的速度启动，一个右转弯，扬长而去。

"追！"赵亮一踩油门，从车队的前面切了过去，紧追不舍。面包车越开越快，几个转弯，上了高速。

"来吧！"赵亮也被这一天耍得憋了一肚子火，满脸通红，"上了高速就好办了，咱们来飙车！"

高速上，两辆车风驰电掣，展开了竞速游戏。面包车几度加速，变道，都没有把赵亮甩开。但是赵亮尝试了几次，也没能超车逼停。

"×××的，"赵亮大骂起来，"公司定点保养的就是不行，这车才几年啊，加速加不起来！"

"再试一次！"陈默吼道，"他们不会回老巢了，咱们必须把他们逼停！"

赵亮坚定地点了点头，狠狠把油门踩到底。

他大叫着，从超车道飞速逼近，终于迎头赶上了绑匪。然而这也就是他的极限了。两车飞一般并行，谁也没法甩开谁。

"机会！"陈默忽然指着前面说道。赵亮抬起头来，发现前边有两辆大卡车稳稳占据了右车道和紧急车道。俩家伙看起来超重了起码五吨，拼命开也不会超过100。

"把它逼到那里去!"

绑匪也发现了这个问题,几次试图朝赵亮冲过来,把他吓开,但是赵亮不为所动,握紧方向盘,死死把住车道。

"这下没辙了吧?孙子!"赵亮意气风发,大笑起来。

"他要撞你了。"陈默忽然说。

"什么?"赵亮转头问。

话音未落,面包车狠狠撞在了赵亮车的右侧。轮胎在高速公路上画出长长的黑色蚯蚓。赵亮手忙脚乱,用尽浑身解数,才在翻车之前稳住。不过面包车也在撞击中短暂失控,没有挤出去。赵亮抬头一看,自己只落后半个车位。

"我操这是公司的车啊!"赵亮大骂。

"他们没经验,打的那一把太小,"陈默好像在说一件跟自己无关的事,"下次就不会了。"

赵亮发现陈默的说的是对的。透过驾驶室半透明的玻璃,他隐约看到绑匪双手扶着方向盘,蓄势待发,回头盯着自己,只等着两车齐头并进的那一刻。

"怎么办?"赵亮左右为难。不敢赶上去,也不敢慢开。

"主动撞上去!"陈默毅然决然地说。

"不行啊,哥,"赵亮吓得结巴了,"他比咱们沉好多,撞上咱们肯定翻车啊!"

"我们在后边!撞了先失控的是他们!"陈默命令道。

赵亮不敢反驳,犹豫着加速。

"瞄准车身中间靠后,后轮之前的那段,准备好了吗?"

赵亮机械地握紧了方向盘,点了点头。

"哥,要是有个万一,"他擦了把汗,"你告诉陈静,我是怎么死的!"

说完,他下意识地闭上眼,死命把方向盘向右打去。

然而撞击并没有发生。

赵亮在最后一刻软了下来,把车拉了回来。

"我不行,不行不行不行!"赵亮的脸像刚从坟墓里爬出来一样惨白,全身被汗水浸透,"哥你别逼我死,我不敢啊……"

"你……"陈默满脸杀气地揪住赵亮的领子,"你给我撞!"

就在这一刻,一阵鸣笛声传来。陈默回头一看,一辆比亚迪奇迹般地冲了上来,堵住了赵亮让开的空缺。驾驶室的侧窗打开了,赵宝钢叼着烟稳稳坐在里边。

"早说过你们小年轻开车不行,"他声嘶力竭地说,"还得看我们老司机!"

赵宝钢话音未落,他的车失控了。他开得太快了,跟绑匪的车齐头并进,被瞅准机会侧撞了一下。重量过轻的比亚迪毫无机会,瞬间横了过来,撞在赵亮的车头位置。两车黏在一起,撞开护栏,滑出了高速公路。

烟雾弥漫,警笛阵阵。陈默挣扎着在车内醒来。他不知道自己昏迷了多久，脸上有液体流了下来，搞得痒痒的。他抬手去擦，结果浑身忽然像散了架一样疼。

疼痛使他恢复了意识。他疯了一样踹开车门，跌跌撞撞爬了出来。脚一着地，他觉得好像踩在棉花上一样，一头栽倒。爬起来再走，没两步又跌了一跤。

就算爬，我也要追！

然而再次站起来，举目四望，面包车早已杳无踪迹。眼前只有一个目瞪口呆的交警。

"你……你别走……"他说。

一股无名怒火从陈默的胸中迸发出来，他大踏步朝交警走去。那一瞬间，他觉得自己什么也不想，什么也不顾，只想杀了阻止自己前进的人。

一阵呻吟声从身后传来。陈默这才想起，未来的妹夫和前大舅子还在车里。握紧的拳头松开了。他朝交警挥了挥手。

"快，帮我救人！"

"这么说，那个面包车一直撞你们？"

"对，"赵亮幸运地只掉了一颗牙，脸肿起来老高，"我们啥也没干。"

"为什么撞你们啊？"交警语气暧昧地问。

"警官，你看我这么大岁数，像是飙车的人吗？"赵宝钢吊着一根胳膊，满脸无辜，"不信你问前面的大车师傅，我们说的是不是真的？现在的年轻人啊，就是心急，被大卡车压住开不快，就朝我们撒气……"

赵宝钢一阵埋怨，听得交警烦不胜烦，潦潦记了几笔，就要走人。

"警察同志！"赵亮赶了上去，"你一定要找到肇事车啊！"

"肇事车？"交警愣了，"不用找，前边趴着呢——车胎爆了。"

"怎么回事？"

"大概是被你们掉下来的铁皮扎的吧……"

陈默撒腿跑了出去。果然，大约两公里以外，一辆黑色面包车横在匝道出口，车头在护栏上撞烂了。他不顾交警阻拦，打开车门上了车。车内空空如也。

"人呢？司机呢？"他跳下车，朝交警吼着。

"你冷静点，我们也在找，"交警不耐烦地打量了他一眼，"保险会赔，但是你打了人，赔不赔可就两说了……"

陈默又想说点什么，好在被赶上来的赵亮拉开了。

"哥你别急，现在有车牌，有高速监控，肯定很快就能查出他们去哪……"

"不用查，"陈默忽然眼睛直勾勾地望着前方，"我知道了。"

赵亮沿着他的视线望去，一个庞大的村庄像变魔术一样出现在地平线上。

"你先回去吧，我自己就行。"在村口，陈默想把赵亮和赵宝钢打发走，可是两人断然拒绝，陈默只好由着他们。这个村子境况一般，基本上没有了耕地，都被盖成了房子，看样子全村都在等待拆迁。赵宝钢掏出那张正面照的复印件，找了个村民开的小超市，打听有没有见过这个人。

"你干嘛的？"老板警惕地问他。

"我是他哥，家里死人了，找他回去办丧事。"

"哦，"老板是个上了岁数的人，觉得这种事比天都大，"他来过两次，我听说是老邢家的房客，早些时候我还看见他往家走呢。"

"怎么走？"

"不远，你沿着这条道走到头，往左拐，一个小二层，贴着蓝瓷砖，那就是。"

陈默立刻转身出了店门。

"唉，他们家到底谁死了？"老板在后面高声问道。

"他很快就知道了……"陈默头也不回地答道。

陈默没费多大劲就找到了那间房子。他找了个偏僻的墙角，等了两个多小时，直到夜幕完全落了下来。陈默像只猫一样窜到墙根底下，借助电线杆飞身上了墙。过了大概一分多钟，房子里的灯黑了，旋即又亮起。赵亮看到大门开了一条缝，陈默的头伸了出来。

"雯……"赵宝钢一进门就想叫，结果被陈默一把捂住了嘴。

"楼上说不定还有人……"陈默指着第三层悄声说。

赵宝钢和赵亮欣喜地对视，点了点头。

"看着这俩,我上楼去。"

这时候他们才注意到,眼前的客厅里,两个人被绑在椅子上。

这是两个二十来岁的青年,肤色黝黑,一个头发染成黄色,一个胳膊上文着一只老虎。他们被绳子紧紧捆在椅子上,嘴用胶带缠住,不停挣扎,却不能动,也不能发出声音。赵宝钢走上去,拿出在银行得到的照片复印件,挨个仔细端详他们。

拿口香糖堵住摄像头的就是这个黄毛!

"就是他!"他狠狠给了两人每人一拳。

"哥们,"赵亮也摆出一副恶狠狠地样子,"你最好没怎么我侄女。待会要是她带着伤下来,我哥起码卸你一条腿……"

一阵嘈杂声忽然从楼上传来。赵亮和赵宝钢面面相觑:真有人!

是上去帮陈默,还是在这守着?

事实证明他们多虑了。十秒钟之后,陈默飞奔下来,凶神恶煞地嘶吼道:"你们把我女儿弄哪去了?!"

"怎么办?"赵亮看着在院子里抽烟的陈默,悄声问赵宝钢,"报警吧?"

赵宝钢犹豫不决:"咱们要不自己先问问?"

赵亮叹了口气,上去小心撕开黄毛的嘴上的胶带:"说吧,哥们,孩子呢?"

黄毛咽了一口唾沫,然后毫无征兆地高喊起来:"救……"

赵亮慌了，赶紧捂他的嘴。

"宝钢哥，快，拿胶……"

赵亮惨叫着跳开了。他的手被咬得鲜血淋漓。

"赶紧把我们放了，"黄毛轻蔑地笑了起来，"我一叫，就会有人报警，你们这可是私闯民……"

然而宅字还没出口，他就哑巴了。陈默双手抓住了他的头，"卡吧"一声卸掉了他的下巴。赵亮和赵宝钢惊呆了。

"看到他了吗？"陈默走到文身男跟前，指着疼得直跺脚的黄毛，"想不想说？"

文身男的喉结上下滚动，点了点头。陈默撕掉了他嘴上的胶带。

文身男喘息了一会儿，抬头恶狠狠地盯着陈默。

"你敢动我们，你女儿就会死！"

赵宝钢气得上去要抽他，结果被陈默挡住。他面无表情地看了文身男一会儿，表示很理解。

"说得有道理，我考虑一下。"

他把胶带重新封上，开始在屋里翻箱倒柜。文身男一开始还有点洋洋自得，但是很快就笑不出来了。陈默找到了一把锤子。

"想好了吗？"陈默又一次问他。

文身男脸上豆大的汗珠留下来，但是还是下注一样摇了摇头。

"跟他废话什么，拉到警……"

赵亮的话还没说完，陈默一锤子砸在文身男的右膝盖骨上。

文身男的眼睛瞪得有橘子那么大，脸扭了好几道弯。要不是嘴上有胶带，恐怕会把全村人都吵起来。

"你知道吗，"陈默的语气像个大学教授，"膝盖骨一旦碎了，就不会像别的骨头一样完全痊愈。所以，你下半辈子只能当个瘸子了。"

对方的眼泪流了下来，嘴里好像在说一句草泥马。

"你不信？那我们可以做个实验。"又是一声闷响，文身男的左腿胫骨被砸中。他疼得前后晃动着，好像是要撞墙。

"几个月之后，你的左腿肯定还能走，右腿可就不行了，"陈默语气里全是遗憾，"要相信科学啊！"

然后他把目光转向黄毛。

"你有没有什么想说的？"

"你女儿……是我们抓的……"

黄毛的下巴被陈默复位以后，急忙开始招供。但是下一句陈默就不爱听了。

"可是我们真不知道她在哪儿啊……"

"这真是个科学难题，"陈默把黄毛的嘴重新封上，"哪块骨头可以影响人的记忆来着……"

锤子抡了出去，砸在黄毛的左肋。骨骼隔着皮肉发出咔的一声。疼痛使他浑身抽搐，鲜血从胶带的缝里流了出来。

陈默撕开胶带："记忆有没有恢复？"

"我全说,别打了……"黄毛哭得像个三岁孩子,"我们……我们是余江人,一直没有工作,年前忽然有个老板要雇我们,加入了才知道是拐孩子的活……"

文身男忽然开始呜呜地叫唤,好像要制止他。陈默二话不说,一锤子砸在他脚上。他的皮鞋立刻变得便宜旅店里配发的一次性拖鞋那样薄。赵亮捂着嘴冲出屋外。

"你接着说。"

根据黄毛的交代,这是个拐卖妇女儿童的团伙,有三十多人。他跟文身男会开车,所以担任司机。前一阵子老大忽然要来做个活,他分到的任务就是去堵银行摄像头。

"为什么是银行?为什么是我的孩子?!"

"我真不知道啊……我发誓,我一根指头都没碰过小姑娘,我就是开车,买点吃的喝的……但是前天我们俩开车去加油,回来一看,人都走了,小姑娘也不见了……"

"你胡说!"陈默把匕首顶在黄毛的腿上。

"大哥,亲爹,我真没说谎啊!"

"那赎金怎么回事?!"

"我……我们俩合计着,整个团伙就我们俩不是老大同乡,他大概不想分给我们钱。我,不是,他,就出了个主意,假装绑票,骗点钱,我们以后单干……"

陈默不死心,又想起了半死不活的文身男。

"你说,他是不是在说谎?!"

文身男脸色像纸一样白,摇了摇头。

"那你们老大叫什么,住哪儿?"

"我不敢说,他会杀了我,你去找他,他也会杀了你……"

"我说!我敢说!"黄毛看到了求生机会,赶紧坦白从宽,"他姓秦!是福建人!别的我真不知道了!"

"那他一般都去哪儿作案?"

"做活呢,一般在这附近三省。要是卖货,那就不一定了,全国各地都有过买家……"

"你觉得我女儿被卖掉了吗?"

黄毛支支吾吾的,陈默瞪了他一眼,他赶紧用极快的语速继续交代。

"可能,但是也不一定。女孩本来就不好卖,你女儿都六岁了,更不好卖。我当时就问我们老大,你怎么弄了这么个赔钱货……"

黄毛自知失言,停下了。

"我怎么才能跟他联系上?"

"他……他连个手机都没有,都是他打给我们……"

"我觉得你没说实话!"

"亲爹,是实话啊,真的联系不上了……"

陈默暴怒起来,又抽出了刀。

"大哥,别杀我……我说……老大每次卖孩子都是分几个小队,按地区分头卖,说是省时间……负责本省的那个,叫大林……"

"我怎么找到他!"陈默还在吼叫。

"我不知道啊……他们不信任我,什么都不告诉我啊……"

陈默一刀插在他大腿上。

"我只知道……"黄毛已经被陈默训练得非常自觉,惨叫都不敢大声,只是忍痛忍得泪流满面,"我只知道他们有时候也在网上卖孩子……"

"这有屁用!"陈默把刀柄慢慢一扭。

"贴吧!"黄毛尖叫起来,"他们有个ID叫'妈妈送孩'!"

说完这句,他彻底崩溃,垂着头痛哭流涕。

"我真全说了……你杀了我我也不知道了……"

陈默站起身,朝赵宝钢点了点头。

"这俩人,怎么办?"赵亮带着一丝侥幸问。

陈默看了他一眼,说,你们出村去等我。

赵宝钢答应了一声就要走,赵亮却没动。他虽然反应慢,可也不是傻子,他知道陈默要干什么。他看了一眼两个绑匪。几个小时之前在高速上,假如问他抓住后要怎么处理这俩货,他肯定会咬牙切齿地表示杀之而后快。但是现在看到两个活生生的人在眼前,他却说不出这话。

这很正常,因为他是个正常人。

更何况黄毛一直在哭。哭分很多种,但是能打动人的只有一种,那就是出于100%的绝望和乞求的哭。哪怕你对心理学一窍不通,但是遇到这种哭法,也能马上识别出来。

赵亮真想对陈默说一句:交给警察吧。但是这话他又说不出口。两个人的伤没法解释,故意伤人罪陈默是跑不了的。他左右为难,只好站在原地不动。

陈默看出了他心软了,但是没有发火。他蹲在黄毛面前,又开始问话。

"你说我女儿被卖掉后,会怎么样?"

黄毛抬起头来,不敢开口。

"别怕,你就说,孩子被你们拐来后,都怎么处理。"

"男孩都是卖掉,都想传宗接代,好卖。女孩……"

陈默收起了刀,又捡起了锤子。

"别别别,"黄毛慌了,"女孩有的能卖给没孩子的家庭,但是很多卖不掉,就卖给要饭的,上街卖花……还有的……还有地方有养童养媳的习惯……还有……"

"还有什么!"陈默怒吼着,冲着他的脚就是一锤子。锤子偏了,砸在地板上。但是这种威慑力也足够了。

"还有的会卖给鸡头!"

陈默回头看着赵亮。后者低下头,走了出去。

半个小时之后,赵亮和赵宝钢看到陈默一个人从村里走了出来。

"我……我……我有点怕陈默哥……"赵亮看着陈默在拍身上的土,觉得腿有点不听使唤。

"这也是逼不得已,"赵宝钢强作镇定,但是声音也不住地在打颤,"为了救孩子……"

"我不是怕这个……我是怕,怎么陈默哥平时像块石头,折磨人的时候就表情那么丰富呢?"

陈默走近了,他们没再敢议论。

"走吧,"陈默轻声说了一句,"还有很多事要干呢。"

第四章

鬼医生

第五天

凌晨,陈静坐在电脑前,两眼通红,不停点击鼠标。陈默站在她身后,手抓着椅背,紧张地盯着屏幕。几分钟过后,陈静摇了摇头。

"'妈妈送孩'……你没听错吧?"她问道。

"没错。"陈默斩钉截铁地说。当年在部队里他接受过基本的通讯训练,密电码都记不错,遑论明码短语。

"会不会……"陈静犹豫地提出早就存在的疑问,"那人骗你?"

"不会。"

陈默回答速度之快,让妹妹觉得他在逗能:"你怎么知道?你又不懂心理学。"

"我懂解剖学,"陈默不耐烦地说,"你再搜搜。"

"都搜遍了!各大论坛,都没有这么个 ID,那上面也没人敢买卖孩子……贴吧倒是有，我挨个搜的：收养吧，是收养宠物的，没这个ID。收养孩子吧，领养吧，经常被关，每年都换名字，收养孩子2009，收养孩子2010，2011……今年的我查了，没有。往年的已经被关闭，里边的ID也没法查了……"

"年份……"陈默自言自语了一句，然后恍然醒悟，"在后边加上今年的年份！"

伴随着键盘竹子拔节似的噼啪声，希望在陈默心中节节蹿升。然而最后盼来的却还是妹妹失望的脸。

"没有。"

"从2000开始……"陈默做着最后的努力。

依然是徒劳无功。

陈默焦躁起来，又点上一支烟，在房间里踱来踱去，心里不停思量着黄毛的每一句话。

"他是新来的，他不是乡党，他不受重视，不受信任，他被派去干最危险的抛头露面的活，他没有团伙成员的任何联系方式……那么，他是怎么知道有网上卖孩子的信息呢？还这么具体？"

陈默忽然把烟按灭在烟灰缸里："听来的！他一定是听来的！是拼音！搜拼音！"

陈静也恍然大悟。

几分钟之后，一个叫mamasonghai2016的ID跳入眼帘。它在领养吧，收养孩子系列贴吧，不孕不育吧，各种性病吧，外加所有女性板块——更重要的是还有九安附近几个城市的贴吧——都发了大同小异的帖子。

"真心送养！年幼无知，未婚先孕，被老公抛弃，但是孩子是无辜的！真心想给他找一个温暖的家！"

末尾，是一串 QQ 号。

陈静飞快地打开 QQ，向那个号发送了好友申请。她在验证信息一栏填上"不育夫妇，家庭富裕，想收养你的孩子"，最后加上了自己的手机号。然后就是漫长的等待。

陈默把手放在陈静肩上，抿着嘴，不停地微微点头。陈静知道他其实很激动，因为自己的肩头被捏得生疼。

"哥，你去睡会吧，我接着等。"

与此同时，在门外客厅，赵亮辗转反侧，无法入睡。他把陈默送回家，却被对方挽留在家里过夜。他没敢推辞，只好凑合在沙发上。大半夜过去了，他死活睡不着，一合上眼，脑海里出现的全是陈默那种轻描淡写却又恐怖骇人的表情。他越想越觉得事情不对劲，最后终于掏出了手机。

解锁之后，手机屏幕在黑暗的客厅里亮得像个探照灯，把他吓一跳。他赶紧钻进毛毯。光线隔绝了，他觉得安全了很多，打开百度，输入了"陈默"这两个字。得到的搜索结果是某公司高管、某演员、某公众人物……翻了几页，都没有合适的结果。他又输入"陈默,意大利",出来的结果又是一串没用的信息:某节目嘉宾、某翻译、某留学生……

"百度搜国外的事果然是不行啊……"赵亮悻悻地钻出毛毯,把手机放在胸口,暗暗琢磨。虽然陈默坦承自己在国外杀过人,但是瞧他着手法,这狠劲,不像只干过一次的人啊……还有,杀人罪虽说在外国可能会判得轻,但是一年就出来了,这有点太夸张了把?

他忽然有了个想法,急匆匆又用毛毯盖住头,在搜索里输入了拼音。

"Chenmo,Ita……妈的意大利怎么拼来着?"

赵亮调出英汉词典,一个字母一个字母的背下来,然后输入了ITALY。

搜索开始有外文结果出现了。他挨个翻着,一边翻一边摇头。这些信息对他来说分别有着以下含义。

看不懂……

看不懂……

还是尼玛看不懂……

就在他要放弃的时候,事情忽然有了转机。一条结果旁边,有一张小小的照片。赵亮眯着眼睛仔细看了半天,觉得有点像陈默。他愣了一会儿,鼓足勇气打开了链接。网络打开的速度很慢,好一会儿才全文显示出来。赵亮看了标题,就觉得这个没错。

"什么什么KILLER……killer?杀人犯啊,看来是……"

然后他又皱起眉头:"可是 Killer 前边这个词是啥意思啊?好像反恐精英那个公司的名字……"

他又打开词典,笨拙的把那个词输入进去,然而结果令他更加费解。

"连续剧?连续剧杀手?尼玛他是个演员啊怎么着?早知道在学校里好好学学英语了……"

抓耳挠腮了半天,他忽然想起上学时老师说过的一句话。

"一个单词,跟别的词组合在一起,意思有时候会变……"

赵亮把两个词都输入词典,按下了翻译。

两秒钟之后,他浑身的血液都冻住了。

Serial Killer。

连环杀手!

他痴痴地看着屏幕,口水不受控制地流了出来。

愣了不知多久,他"腾"地一下坐了起来,大口地呼吸空气,好像这样才能避免自己晕过去。

以前还没混上手机的时候,没活拉他就看地摊书刊解闷,其中就有不少是关于外国连环杀手的,所以这个概念他不陌生。他清楚地记得,书上是怎么描述这类人的:嗜血变态、手段残忍。更可怕的是他们杀人根本就不需要理由,完全是兴趣爱好,所以基本上逮谁杀谁……

赵亮慢慢转过头,用惊恐的眼神看着陈默睡觉的那扇门,又用气愤的眼神看看陈静房间的门,抓着自己的头发不知所措。他想起了当年父母的嘱托。

"到了九安那种大城市,不要轻易相信人……"

可是自己呢?自己完全被陈静迷住了,也不想想,人家一个城市姑娘怎么会看上自己这么一个开出租的外来户?还是三舅说得有道理,天鹅非往癞蛤蟆身上凑,肯定不是家庭有问题,就是人有问题……

忽然,赵亮打了个激灵,想到了另外一个可能性:书上还说,连环杀手的这种嗜血基因很多都是遗传的,很多干脆就是一家子一起作案……

想到这里,他坐不住了,浑身抖得像打摆子。恍惚之间,陈静仿佛已经幻化成了孙二娘,而自己,正躺在厨房的菜板上……

事不宜迟,必须溜走。

赵亮慢慢下了沙发,蹑手蹑脚走到门口。短短几米,他几次觉得自己的腿不听使唤。咬着牙坚持到穿上鞋,他把手放在门把手上,却怎么也没有勇气开门。

"要是出一点声音,陈默肯定能抓住我,要是被他抓住……再说我往哪儿跑啊?我家住哪儿,他们知道。我爸妈住哪儿,他们也知道……"

赵亮打了个冷战,赶紧又悄悄躺回到沙发上。他给了自己两个耳光,无声地骂了自己好几句白痴。似乎是疼痛刺激了大脑的思考能力,他忽然下定了决心。

"要脱险,也只能这样了……"

他再次打开手机,在通话记录里找到了老高的号码。

"在吗?我是赵亮。"他发了个短信。

极度漫长的五分钟之后,老高愤怒的回信出现在屏幕上:"你妈×当然在!这几点啊你看看!"

赵亮把毛毯掀起一点,四下打量了一下,确认周围没人之后,力透纸背地打了几个字:"明天,我有重要的事跟你说!"

手指悬在发送键上,他犹豫了几秒。想起跟陈静的过往,他于心不忍。可是转眼间,陈默拍拍身上土的画面又浮现在他眼前。他毫不犹豫地按了下去。

赵亮钻出毛毯,努力装出熟睡的样子,可是心跳和呼吸都快得吓人,令他的胸脯不停起伏。

"冷静,冷静,继续装睡!"他对自己说。

然而刚闭上眼,他就听到耳畔传来让人冷到骨髓里的声音:"还没睡呢?"

陈默不知什么时候出现在旁边的沙发上。

赵亮吓得一个字都说不出来。

"跟我出去一趟。"陈默说。

赵亮战战兢兢坐了起来,神经质地开始摇头。陈默死死盯着他。

"不是,我是说啊……"求生的欲望使赵亮逼着自己说话,"我我我车得明天才能修好……"

"不用开车,咱们出去买点早点……"

"等……等会吧……"赵亮找不到理由拒绝,但是更找不到理由去送死。接下来,他跟陈默就这么一言不发地僵持在客厅里。

不知过了多久,陈默起身坐在赵亮身旁。后者战战兢兢地低下了头,假装嗑瓜子。

"你怕我?"陈默忽然用很低的声音开口,吓了赵亮一哆嗦。他这才意识到,三十多个瓜子,自己全是连皮带仁吐掉的。赵亮抬起了头,脸色苍白。一句"别杀我"已经到了嗓子眼。

"快来!"旁边卧室里陈静突如其来的喊声吓得赵亮差点犯了心脏病。陈默顾不上管他,飞奔到陈静卧室。

电脑屏幕上,对话框在跳动。里面有一行字。

"你想要孩子?"

"……总之,我们想孩子都想疯了。只要能领养,我们一定像对待亲生的一样,疼你的孩子!"

陈静用尽了脑子里的肥皂剧台词,写了一大段话发了出去。对方的反应却没这么热情。他反复表示,已经有好几对夫妇感兴趣,自己难以决定。

"他是不想主动提到钱,"陈默说,"你自己提出来,10万。"

价码发出后,对方好长时间没说话,过了足有十分钟,才缓缓回信。

"你住在哪儿?"

陈静松了一口气。

"别说九安,"她正要回信,陈默忽然出言阻止,"人贩子不会卖到本地。"

陈静略一思考:"那就连云港?"

"太远了,"陈默摇了摇头,"他们想挣快钱。说黄镇。"

陈静点了点头。黄镇离这里不过两小时车程。

过了一会儿,回信使两人激动了起来:"我在九安。"

"真是他!"陈静大叫起来。

"你能不能明天过来一趟?"对方又问道。

"今天下午就行!"陈静赶紧回复。

"两口子一起过来,四点半,火车站。手机号?"

大功告成。

陈静发送了自己的手机号之后,站起来要跟哥哥拥抱。然而她忽然捂着头,身子晃动起来。

"没事没事,我就是有点低血糖……"

"你太累了,又没吃东西,"陈默把她扶到床上,"好好休息,我跟赵亮去给你买早点。亮子,走!"

赵亮彻底没了借口。扭头看到窗外天色已经微微发亮,他壮着胆子跟陈默出了门。

门在背后关上,赵亮后悔了。客厅里没开灯,外面看着是有点亮。可是在楼道里灯的反衬下,楼外还是黑漆漆一片。他不敢先走,在门口一直磨蹭。陈默自顾自走了下去。赵亮稍稍松了一口气,也开始下楼。可是走到四楼,他停住了。

三楼二楼的声控灯坏了。

看着下面的一片黑暗,他心里一阵阵发毛。楼梯延伸到未知的黑暗里,像是通往神秘的地洞,好像在暗示着里面藏着什么怪物。他真想返身逃回去。可是逃回去,不还是陈默家吗?

赵亮恨恨地咬了咬牙,给自己鼓了半天劲,然后扶着墙壁,一级一级楼梯往下蹭。他的手滑过墙上翘起的办证广告,开锁的硬纸招贴,各种不明划痕,脚下渐渐熟悉了楼梯的高度,走得快了起来。

忽然,他毫无征兆地迎头撞在一个人身上。

一只大手捂住他的嘴制止了他的尖叫,把他推在墙上。

"你是不是有什么话想问我?"黑暗里,陈默的声音响起。赵亮一个激灵,背后冷汗出来了。

陈默冷笑了一声,慢慢松开手。赵亮却依然后背紧靠着墙壁,想尽量离这个人远一点。

"我估计你也知道了,"陈默低声说,"我杀过不少人……"

"哥你你你别开玩笑……"赵亮的声带发紧,自己都不认识自己的声音。

"我不是普通杀人犯。我杀了七个人。当兵时杀的,更是数不清……"

陈默的眼睛在黑暗里熠熠发光,死死盯着赵亮。

赵亮觉得自己要哭出来了。

"你觉得我会杀了你?"陈默无辜地问。

赵亮浑身发抖,嘴唇苍白,舌头打结,一个字也说不出来,也不管对方看不看得见,胡乱摇了摇头。

"我杀的,都是当初弄死赵娟的人。"

赵亮的眼睛终于适应了黑暗。他看到陈默的目光从自己身上挪开了,空洞地看着窗外。

"你爱我妹妹吗?"陈默忽然提出一个不相关的问题。

"爱!"赵亮今天第一次毫不犹豫地回答,"哥,不瞒你说,本来,我们下个月就要结婚了……"

"她这臭脾气你还爱?"赵亮看到陈默好像笑了笑。

"她心眼挺好的,为人大方,小事少。我让着她,她就不会发脾气了……"

"将来——"陈默看了赵亮许久,然后悠悠说道,"要是有人伤害陈静,你会怎么做?"

"我不会让人伤……"

陈默打断了他的话:"万一将来就是有人伤害她呢?"

赵亮想了一会儿,坚决地说:"报仇!"

陈默把头歪向楼梯间窗户的方向,就像人无可奈何时常做的那样。赵亮感觉受了侮辱,一时间忘了恐惧,脸涨红了。

"我真的会……"

"我相信,"陈默拍了拍他的肩膀,说了句含义不明的话,"不过我不会让这种人活到将来……"

然后,他终于想起最重要的议题,又把话题拐了回来:"我不会杀你。"

赵亮的腰杆一下子塌了下来,重生般的兴奋充满了他的心。他正琢磨怎么道谢合适,陈默却还在说着。

"陈静很爱你,我看得出。我欠她这么多,再加上一个你,就真的还不清了……"

他的声音越来越低,最后几不可闻。赵亮也不知该说什么好。

"不管你信不信,我是个讲法律的人——"再开口时,陈默的声音里没了悲凉,只剩下冷静,"等这事了了,我还要回意大利坐牢。"

"哥,你你你何苦呢……"赵亮其实挺高兴听到这个消息的,但是出于客气,还是劝了一句。

"废话,"陈默还是没给他好脸,"中国有死刑。"

赵亮想起了老高,没敢接茬。

"所以我求你个事,"陈默第一次用平等的语气跟赵亮说话,"不要报警,给我点时间,让我救出雯雯。你能做到吗?"

赵亮看着陈默的眼睛。昨天那个杀人不眨眼的魔王不见了。眼前的这个人,眼睛里只有血丝、愧疚、决心和恳求。

他犹豫地点了点头。陈默拍了拍他的肩膀,笑了一下。

"我信得过你。"

当天下午,陈默兄妹来到火车站。赵亮的车坏了,陈默就让他在家休息,自己跟妹妹打车过来。他们在自助售票厅门口停下。陈默不停抽烟,陈静手里攥着手机,每隔几十秒就低头看一下。

"哥,他要是耍咱们怎么办?"

"不会。"

"万一呢?"

陈默看了她一眼:"你怎么就不信我呢"

话音刚落,他就想起了一年多以前的那通电话。报告了赵娟的死讯之后,他扔给家人的最后一句话是"放心,我不会冲动。"

陈默低着头接着抽烟。

陈静又等了一会儿,不耐烦地站起来,把手伸给陈默:"也给我一根。"

陈默惊讶地看着妹妹:"你什么时候开始抽烟了?"

"早就会了,"陈静直接从他兜里掏出烟盒,抽出一根香烟点上,"咱妈都知道,没告诉你。"

烟雾从陈静的嘴鼻中喷出来,带着焦虑和紧张腾云而上。她靠在大理石柱子上,整个人松软了下来。

"怎么就没告诉我呢?"陈默皱着眉头追问,"是不是高中那谁教你的?那个……李昌建,是不是他?!"

不知不觉间，陈默声色俱厉质问着妹妹，而妹妹也毫无惧色地回瞪着他。时光在一刹那间回到了以前。片刻之后，两人不约而同"扑哧"一声笑了起来。

"你还记得李昌建呢，"陈静捂着肚子说，"人家做好事，晚自习送我回家，结果被你吓得……"

"我没怎么打他，就是问了两句……"谈笑间陈默把双手插在裤兜里，双唇叼着烟，也靠在石柱上，仿佛又成了那个当年夜夜在宿舍院门口等着妹妹放学的少年。

"拉倒吧，"陈静擦着笑出的眼泪，"你跟个狼狗似的，追了人家好几里，从那以后高中班里没有男生敢追我……"

"是吗，"陈默毫无愧意，咧着嘴问道，"都知道了？"

"那是，赵娟一知道了，全班也就知道了……"

空气在瞬间冷却了下来。陈静愣愣地盯着地面，不再说话。陈默扔了烟头，望着远处的天空，过了好久才再次开口。

"我都快忘了，赵娟还是你介绍给我的……"

陈静抬起头来，强挤出个笑容："其实，她早就见过你。高二的时候吧大概——跟我同桌两年，她净打听你，把我打听烦了，最后干脆给你们创造机会了……"

说着说着，她扬起那张安静的带着泪痕的脸，露出一丝因昔日温馨划过而留下的微笑："我问她，我哥就那么好？瘦不拉几的，还没个笑脸。可她说，不知道好在哪里，可是见了一次，就忘不了了……"

忽然,手机响了。陈静手忙脚乱地接了电话。

"喂,我们到了,你在哪儿呢?"

电话里传来的却是个男人的声音:"我改变主意了。"

陈静的眼睛一下子失去了光彩。

"你别啊大哥,"陈静绝望地争取,"我们都来了,我们是有诚意的……"

回答她的是长久的沉默。

"挂了?"陈默问。

陈静看了一眼手机屏幕,摇了摇头。过了好久,对方终于说话了。

"你这个价钱吧,太低了。"

陈静松了一口气——原来是坐地起价。她正要加价,陈默一把抢过手机。

"我们只带了十万,不方便啊。"

"你干什么?!"陈静不敢相信地看着哥哥。

陈默朝她伸出一根手指。

"可以去取钱啊,你们要是真想要孩子,就再加五万……你旁边就是银行……"

陈默点了点头,同时开始四下巡视,试图找出谁在打电话。但是人潮汹涌,根本没有可能。

"好,你等着。"

陈默走进了银行，匆匆插卡，取钱，然后把钱装进旅行包里。

"再去哪儿？"陈默问。

"你到大厅里，我再打电话。"

陈默两人来到车站大厅，等了十分钟，电话才打来，让他们去火车站外两站路远的铁道宾馆。兄妹俩到了那里，徒劳地等了半个钟头，地点又换成了一公里以外的一家网吧。

"够了。"手机再次打来时，陈默在网吧门口狠狠扔掉了烟头。

"马上见面，再换地方，我们就回黄镇！"扔下这么一句，他直接挂了电话。

"你干什么？！"陈静给了陈默一拳，"他万一不再打来怎么办？雯雯怎么办？！"

"他会打来的。"陈默说，"他应该看到了咱们取钱。"

"什么意思？"

"跟绑票那次不同，他换的地点每次都离得不远。而且每次通话，他都气喘吁吁地。我觉得他刚才就在火车站，看咱们外表是不是可疑，还看着咱们取钱。然后他一边往回赶，一边给咱们电话指路……"

正说着，手机果然响了起来。

"哥们脾气挺大啊，"对方好像好不生气，"别多心，我只是试试你。你从网吧后边那条街走，过两个路口，牛肉面馆旁边。"

陈默挂了手机。兄妹俩按照指示走了过去。他们看到目的地是一家诊所。

老高喜滋滋地打开门，手里拎着两瓶酒。昨天抓住了特大碎尸案的主犯，局里全震了。年轻警察自不必说，连那些对他有意见的老资格都对他另眼相看。

"嘿嘿，傻×！"老高抿了一口酒，笑骂起来，"查了这么久，查出我什么问题来了？什么涉黑，什么经济问题，还不是嫉贤妒能，想趁这个时机扳倒我吗？切，片警，停职，去你妈的！你们上百号人忙活一天，最后谁破的案？我！"

老高满饮三杯，脸开始红了起来。吃花生的时候，他忽然想起了什么。

"这个陈默，好像练过啊，这孙子也真够冲的，"他摇了摇头，"也是个傻×！不会动脑子，要不是碰上我这么好说话的，这会儿就进去了——可是我为什么要帮他呢？"

老高默默地嚼着花生，发现自己其实知道答案。

"孩子啊，你××××的，"他长叹一声，"舒服一小会儿，烦恼一辈子……要是那小子活到现在……"

他知道自己要失态了，赶紧关掉脑子里的感性阀门。

"你他妈也是个傻×，"老高开始骂自己，"关你什么事啊？那个那个，开出租的，赵什么来着，连盒烟都没给，你说你屁颠屁颠地忙活什么？你说你贱……"

老高的筷子忽然停住了。被酒精浸泡几十年的脑子告诉他，有个事你忘了。他拿出手机，翻出短信记录。看了很久，他纳闷起来。

"你 ×× 这个赵亮,不是说有重要的事吗?"

她坐在冰冷的长椅上,呆呆地看着眼前那道门。来到这个城市三年了,来这里已经有十次,但是始终习惯不了。肮脏的椅面和墙角的霉斑让她觉得浑身发痒,潮湿而浑浊的空气不停朝她鼻子里灌,使她心情也浑浊起来。她盼着那道门能赶紧打开,完事了好回去工作,但是内心深处她又怕那道门打开。

她怕里边藏着的东西。肮脏,羞耻,粗暴,疼痛,欺骗,危险……

可是她别无选择,尤其是这次。她掏出手机,低头玩游戏。手指烦乱地在屏幕上乱点,心里在咒骂那个不知名的男人。让你用点保护措施就那么难受吗?你不怕艾滋病我还怕呢!还有值班经理,你丫不找人揍他一顿也就罢了,丫给我个三百块的红包补偿,你还不让收?你真当自己创文明城市呢?她更恨那个神龙见首不见尾的男朋友。吃自己的花自己的,有事了不见人,还得自己跑诊所……

然而仔细想想,这些人哪个也恨不起来。毕竟,其实是自己需要他们。需要靠他们来挣钱,来生存,来劝说自己这个世界上还有值得自己继续生存下去的理由。

她叹了口气,抬起头来。眼前的门依然没有开的迹象。她把手机收了起来,眼神空洞地把头倚在墙上。过了不知多久,她回过神来,发现自己的胳膊下意识地放在肚子上。她忽然想起,前几次为了这个来,自己也是这样。

到底是自己在电视剧上看到的孕妇都这样呢,还是天性使然?

第二个可能性以前也想到过,但是从来没有像今天这样固执,在脑海里挥之不去。在那一瞬间,她发现自己很想回到若干年前,把生活重新过一遍。离家时迈出不同的脚,在十字路口选择不同的路,在不同的小站转车,看看另一条铁轨究竟通向什么地方……

就在这时候,门开了。那张丑陋的脸跟着出现在眼前。
"又来了?"
她没有回话。他身上血迹斑斑的白大褂让她胆战心惊。
"看病还是解决问题?非今天吗?我待会儿……"

她泪眼蒙眬地看着他,捂着嘴在哭。她觉得一切都是个错误。她想马上离开这里,离开这座城市,离开所有的一切,却又发现自己无处可去。她只知道,自己今天无论如何也不想进这个门,但又没有勇气一走了之。除了在长凳上颤抖、哭泣,她什么也干不了。

一只手温柔地搭在她肩膀上。她抬起头,发现是在另一边长凳上等待的一个高挑的女人。她身后,站着一个沉默的男子。

"你怎么了?"那个女人在问她。

她再也受不了了,摇了摇头,抓起手提包跑到门口,抬起卷帘门逃了出去。

"既然她走了,"那个女人看着她的背影,"那轮到我们了吧,大夫?"

白大褂把陈静和陈默请到里屋。屋子里有一张写字台,一张来源可疑的手术床,还有一个金属小推车,上面摆着各种医用工具。这是他的诊室、办公室兼手术室。

"坐坐!"白大褂很热情。

"大夫……"陈静迫不及待地要开始谈孩子的事,却被对方打断。

"免贵姓郑,"医生点了一支烟,"叫我老郑就行了……"

"哦,"陈静恍然大悟,不过旋即又满脸疑问,"发帖的不是个女的吗?"

"啊?哦,那是我媳妇……"

"不对啊,不是说她老公不要她了吗……"

老郑笑了。

"那就是我妹妹,都是明白人,别装这个。钱带了是吧?要男孩女孩,多大的?"

陈静正要开口,陈默却站了起来:"我去上个厕所。"

"哦,你去隔壁牛肉面馆,就说是看病的。"

陈默点了点头,走了出去。

陈静真想杀了他:这是人贩子!你真不怕我也被拐卖了啊?!

"你们真生不出孩子?"老郑知道男人不在,什么正事也定不下来，于是跟陈静闲聊，"查过了吗，谁的问题？"

陈静脸红了，支支吾吾了半天，说："都有问题……"

"我看你……不像！"老郑潇洒地吐了个烟圈。

陈静开始紧张了。

这话什么意思？他看出来了？

"你看你，小脸白里透红的，身材也……那什么，"老郑放肆地打量着陈静，"不像有毛病的，八成是你老公。你们在哪里看的啊？要不我给你检查检查？我跟你说啊，我有个祖传秘方……"

正说着，陈默进来了。老郑赶紧正襟危坐。陈默把手提包往桌上一放，把拉链拉开一半，红灿灿的钞票露了出来。

"十五万。咱说正事吧。"

"好，爽快人！"老郑翘了翘大拇指，"我最近有三个孩子要转让，都是小姑娘不小心怀上的，年轻，身体好，当妈的身体好，孩子身体素质也绝对好！我在这一行小有名气了，绝对信得过。你再加两万，准生证，上户口，都能搞定……"

"不，"陈默冷冷地看着他，"我想要个大一点的。"

老郑一愣："多大？"

"六岁。"

"哎哟大兄弟诶，"老郑大笑起来，"你真是外行啊。你听老哥哥一句话，还是小的好！"

陈默不置可否。

"你怎么就不明白呢，六七岁的太大了，"老郑连连摆手，"养不熟。再说了，长得跟你们不像怎么办？领回去邻居要说闲话的……"

"再加五万你能找个跟我们长得像的？"陈默问。

老郑盯着他看了一会儿，又笑了："行，行，这事有难度，但是也不是不能办……"

"看清楚了，"陈默忽然从兜里掏出个东西，"就要长这样的！"

那是雯雯的照片。

老郑一下子跳了起来，手指着陈默，手不停哆嗦："你……你到底是干什么的？"

"你这话问得真奇怪，"陈默冷笑一声，"找你要孩子的……"

老郑忽然暴起，撞开陈静跑了出去。陈默也不追赶，扶起妹妹，慢悠悠走到门外。黑洞洞的门厅里，老郑绝望地靠在锁死的卷帘门上。

"兄弟，兄弟，你听我说……"老郑被陈默像揪小鸡一样揪着领子扔到手术床上，"你是哪条道上的？我跟你无冤无仇……"

啪！

陈静听不下去了，上去给了他一耳光："你这个人贩子！你伤天害理！你把我们家雯雯拐到哪里去了？！"

"哦，闹了半天不是道上的啊……"老郑松了一口气，旋即换上一副苦口婆心的面孔,"兄弟你真是误会我了,我不是人贩子。人贩子是坏人,你看我像坏人吗?我干的都是慈善事业啊……"

"放屁!"陈静又要打他,被陈默拉住了。

"大妹子你听我说,你是不知道啊,这年头小年轻不小心大肚子的有多少。你说她能怎么办?把孩子扔了?掐死?淹死?要是没有我,她们就得这么办,多残忍是吧?但是有了我牵线搭桥呢,这些孩子就能活下来,还能找到愿意养他们的爸妈……我只收点中介费……你看,我不过是个热心肠,我真是好人啊……"

"大林……"陈默一句话就让老郑面如死灰,"你认识吧?"

"不,"老郑坚决地摇了摇头,"不认识……"

陈默点了点头。老郑还要说些什么,但是忽然一只手掌像铁棍一样打在他咽喉上。他顿时眼前发黑,呼吸困难,喉咙里发出"嗬嗬"的嘶叫声。

"你出去。"陈默朝陈静指了指门。

"我在这看着。"陈静倔强地摇了摇头。

"随你。"陈默不再理她,把失去反抗能力的老郑绑在手术床上,然后慢悠悠穿上一身手术衣,还郑重其事地戴上了发罩。

"再好好想想,"陈默看到老郑恢复了呼吸能力,走上去轻声说,"大林在哪儿?"

"我……我真不认识……"老郑气喘吁吁地说。

"好。"

陈默伸手拿了一把纱布,堵住了他的嘴,然后回身在小桌子上挑拣着什么。老郑听着金属碰撞声,徒劳地呜呜叫着。陈默选了一把钳子,朝老郑晃了晃。

"到底认不认识?"

老郑犹豫了一下,还是摇头。

陈静看到哥哥把钳子一夹,一拔,一片带血的指甲掉在地上。老郑叫唤得像一头被埋在沙子底下的猪。陈默还不肯放过他,拿起手术刀一刀插在他大腿上。老郑浑身乱颤,屁股拼命往上顶。他是多么想从那张床上下来啊。

"哥……"陈静强作镇定,"行了,他应该会说了……"

"差得远呢,这种老滑头……"

陈静忍不住了,捂着嘴到处找垃圾桶。好在办公桌旁边有一个。然而揭开盖子,她直接吐了一地。她看到里面有个手脚俱全的死胎,半个脑袋被搅碎了。陈静跑了出去,关上门。她靠着墙,滑坐在地上,不由自主地哭了起来。

陈默静静地等着老郑的挣扎平缓下来,把纱布拉了出来。

"我要大林。"

"兄弟!大兄弟,"老郑老泪纵横,"我求求你,你打个电话,地桥区老大小潮哥,我认识啊,我跟他喝过酒!你不能……"

他的嘴又被堵上了。陈默拔出手术刀,把刀刃抵在老郑耳朵根上。老郑的眼睛瞪得要把眼角撕裂了。"呜呜"的叫声被纱布堵得严严实实，好像要跟恐惧一起把他憋死。

"我看你听力不好，留着也没用，"陈默冷静地说，"大林的老大拐了我孩子。你是想给我孩子，还是想我给你动个手术？"

老郑像见到鬼魂一样，疯狂地摇着头。陈默又一次扯出纱布："说吧。"

"兄弟，我是真害怕啊，"老郑眼泪流得满脸都是，"他们那伙人可不是一般的人贩子，他们有枪啊，我说了，你可千万保密啊……"

陈默点了点头。

"他们老大姓秦，是……"

"这个我知道了。"陈默用手术刀柄敲了他脑袋一下。

"大林我、我跟他也就是偶尔做个业务，卖给他几个不好卖的孩子，好卖的我自己就卖了……他现在在哪儿，我真是不知道啊，"老郑战战兢兢地回答，"一般这个季节，他们就到外地销货去了。"

"你们怎么联系？"

"都是他找我，他们那个团伙一个主要特点就是谁都不用手机……"

"那你知道什么？"

"我知道他可能在哪儿——我跟你说啊，千万保密——上高速，往柳村那边开，浅湾出口下去，有个加油站，到了那里，你找一个白胡子老头……"

陈默好像出了神，坐在那里对老郑的绝密情报没有任何反应。

须臾，他暴跳如雷，一手抓住老郑的头发，一手拿起手术钳，夹在他的门牙上。

"你说不说实话？！"陈默的怒吼声把妹妹吓得战栗不止，"你再编瞎话我就把你的牙一颗一颗拔下来！"

陈默没有给老郑改过自新的机会，干净利落的把一颗门牙生生掰断。老郑这次嘴里没堵东西，"啊啊"的惨叫不止。但是这点声音在周围八个饭店的嘈杂中，根本是沧海一粟。

陈默好像失去了最后的耐心，扔掉钳子，从小桌上抄起一把斩骨刀。老郑这里的工具组合很有创意，光看家伙也不知道他是外科还是牙科，是治人的还是杀猪的。

"快说！"陈默把刀高高举起，瞄准了老郑的脖子，"快说！"

"我说！"老郑真急了，舌头都打结了，"他他他有个姘头，就在九安！我有她微信！你看我手机，她叫莉莉！"

"放屁！你刚说了他们都不用手机！你怎么会有这个女人的微信？！"

"我……我们睡过……"老郑这回彻底崩溃了，泪如泉涌，"她一开始想跟我合作，我不答应，她就跟我……我真的全说了，亲爹，你饶了我吧，我不想死啊……你一定要相信我啊……"

陈默看着老郑，点了点头。

"我信。"

然后一刀砍了下去。

门开了,陈默快步走出来,拉着陈静就往外走。

"别回头看!"

陈静木然点了点头。然而卷帘门打开了一条缝的时候,她还是忍不住回头一瞥。看到的东西令她停了下来,再次吐了一地。陈默无奈地把卷帘门关上给她拍背,却被她一把推开。

"你怎么了?"陈默纳闷地问。

"我没事……我没事……"陈静嘴里说着没事,脚却不停往后挪。

"快跟我走!"陈默火了,"不能留在这里……"

陈静的后背撞在墙上,却还想往后退。她脸色苍白,颤如筛糠,像一只受惊的猫一样看着哥哥。

陈默终于明白,妹妹害怕自己。

毕竟,心里想把别人千刀万剐是一回事,亲眼见到这个场景又是另一回事。自己当年第一次目睹秘密审讯,也是难受了好几天。

"不这样,"陈默无奈地叹了口气,"他就不会开口,这样的人渣……"

"可他也不是块肉啊……"陈静的嘴唇哆嗦着,眼泪不受控制地往外流。

"为了找到雯雯,"陈默的眼神变得阴冷坚决,"我什么都干得出来。"

"你以前不是这样的啊……"陈静滑坐在地上,"我打毛衣还是你教我的,我抓来鸟养死了你还说我……哥啊,你是什么时候变成这样的……"

陈默点上一支烟,默默地抽着。

"赵娟也说你变了,"陈静开始冷静了下来,声音不是那么哽咽了,"到了法国,她经常跟我聊,你们两口子每次吵架我都知道……"

陈默心里像敲进颗钉子一样疼。

"她说你晚上做梦老是骂人、惨叫,吓得她也睡不好。她还说你变得话更少,在家经常愣神,问你你也不说在想什么。你还变得脾气暴躁,动不动就摔东西,她觉得根本不认识你……哥,你到底是怎么了?"

陈默低下了头,喉头开始发紧。如果死可以使时间倒流,他宁肯现在就朝自己脑袋开一枪。

"你这次回来,我本来还盼着你能找到雯雯,再成个家,好好过日子,咱们一家人再一次正常一回……可我看你,根本没这么打算过……"

"别说了……"陈默再次恳求妹妹。可陈静却还是不肯停下。

"哥,你就不想过正常日子吗?"

"我试过,我真不能……"陈默的回答快得出人意料,"我出国前什么样你记得吧?上学不行,工作不行,做小买卖也不行,整天打牌……到了欧洲一开始也是一个球样,浑浑噩噩,自己都不知道自己能干什么……可是在兵团,我有生以来第一次找到了自己的长处。我擅长射击、格斗、跟踪、潜伏,我操作价值几十万欧元的武器,我自己拿一杆枪决定过一场战斗的胜负。提起中国人陈默,军官个个都翘大拇指!国防部长亲自给我授勋!"

"可是退了役呢?"陈默忽然冷笑一声,"我连个初中文凭都没有,找工作只能当保安。想开中餐馆,可是算了算,盘下店面,退役的那点钱就没了……我好不容易锻炼出来的长处,在和平中毫无用处……在战场上一扣扳机就能解决的事,在和平世界怎么就那么难……"

"哥,这些事你跟赵娟说过吗?你们两口子要……"

"她理解不了!"陈默忽然大吼起来,"你知道为什么吗?因为我上过战场,我杀过人!血把我变成了男人!真正的男人!什么是真正男人?!你们女人根本就不知道,根本就不知道……几万年来,男人生来就是为了去杀人!去放火!去霸占别人的部落!去抢别人的东西!把一切烧成平地!再重建起来!一次!两次!无数次!这才是男人该干的事!你让我结婚,做饭,打扫卫生,看孩子,猜你们女人在想什么,我做不到!!"

陈静被哥哥歇斯底里的表情和不可理解的逻辑吓住了。这段陈词似乎耗尽了陈默的精力,他气喘吁吁,喃喃自语。

"我做不来这些,那种生活,我过不了,过不了……"

黑洞洞的房子里，血腥气渐渐弥漫开来，使得空气渐渐变得黏稠，最终把兄妹俩的绝望像琥珀一样裹在其中。

赵亮遇到老高的时候，正在小区的小卖部门口。他今天在家死活睡不着，百无聊赖。眼看天都黑了一半，陈静还没回来，他就下来买包烟。远远看到老高，他转身想走，却被对方的大嗓门及时捕获。

"站住！"

同往常一样，老高没穿警服。但是赵亮以及在场的十几名群众一致认为，这时候谁走谁就有被击毙的危险，于是都愣在原地。

"你小子，找我有什么事？"老高问。

赵亮支支吾吾。他确实不是脑子反应很快的人，这么久了，还没想出个瞎话。

"是陈默？"老高一句话，把赵亮吓了一跳。有那么一瞬间，他真想全招了算了。可是陈静的脸，还有陈默的那句话，却又阻止他这么做。

"我信得过你！"

"哦，是是是，"赵亮脑子一个急转弯，赶紧顺杆编下去，"我哥他挺急的，在家也不吃饭也不睡觉，我怕他急出病来，所以就想问问有什么线索没有，不好意思，打扰你了……"

"哦，这事啊。"老高点了点头。

赵亮赶紧赔着笑脸，把刚买的烟递了上去。

"戒了。"老高板着脸。

赵亮想了想,掏出一盒黄鹤楼敬上。

老高满意地抽出一根。

"你说,"老高抽了一口烟,"陈默是老家来的?"

"对对对,不是亲哥!"赵亮赶紧声明。

"那他还对孩子挺亲的啊,"老高慢悠悠地说,"这都他妈八竿子打不着的亲戚。"

赵亮冷汗下来了:"他他——这个人就这样,他们家挺团结的……"

"哦,"老高表示理解,"家风好……"

"对对对!家风!家风!"

"不过我跟你说啊,陈默这个小子脾气太暴,手底下没数,你跟你媳妇得看着他点,我总觉得你们要是继续把这小子撒出去找孩子,他早晚弄出人命来……"

这时候,老高的手机响了。他掏出来一看,把烟碾灭。

"×,又死人了。"

赵亮冷汗下来了。

"我我我我知道,我跟陈静都说了,我们现在都不让他出去……"

"他今天没出去?"老高一边往小区外边走一边问。

"没有没有!他今儿个就在家负责发帖子啊,求助啊,什么的……"

"对,别急,要依靠警方,依靠政府……"老高看来完全没了怀疑,和颜悦色地说着套话,急匆匆走了。

赵亮走进楼洞,觉得腿有点软。在楼梯上坐了一会儿,他烦躁地上了楼。他不知道的是,老高并没有走远。他看着赵亮走进楼里,仰头数着窗户,找到了陈家。看着那扇黑洞洞的窗户,他冷笑一声。

"喂,是我,"老高掏出手机打了个电话,"你给我查一下陈静的资料。"

第五章

群魔

第六天

早上七点,闹钟响了。曲梅拿起手机,把闹钟关掉,闭着眼睛把手机放在胸前,想利用最后的时间在床上赖一会儿,然而丈夫却不放过她。

"起来吧,今天进了一批 iPhone6,好几个约好的客人。"

"你先起吧……"曲梅撒起娇来,"好困啊,我今天在家行不行?"

"你个懒虫……"金鹏一把把被子掀了起来,把她冻得睡意全无。

"讨厌啊你……"

"人啊,舒服起来习惯得快,"金鹏呵呵笑了起来,"现在有了保姆,都不用你做早饭了,也不用你工作孩子两头忙,你够幸福了已经……"

曲梅一下子笑意全无,坐起来默默穿衣服。

"怎么了?"金鹏莫名其妙,"小胡不是挺好的吗?哦,你光嫌人家年纪轻,这么能干的你到哪儿去找?你就这么不相信我吗?"

"去去去,自作多情,"曲梅白了他一眼,幽幽地说,"把孩子交给一个外人带,我心里老是有点不放心……"

"都带了一个星期了,你怎么这么多疑,"金鹏压低了声音,"家里还有监控呢,有什么好怕了?"

"她上次干吗要带虎子下去玩?"

"孩子嘛,也不能整天关在家里。那天咱们还没看录像,她不是主动告诉咱们了吗?再说了,劳务市场那是很正规的,姓名、籍贯、身份证复印件咱们都有,你还怕她能带着孩子飞了啊?"

话音刚落,卧室外传来开门的声音。

"行行行,别说了啊。"金鹏亲了妻子一口,然后穿上衣服,推门走进客厅,"哟,小胡,买了这么多早点啊?"

小胡是个淳朴的农村姑娘,两腮带着被乡间的风吹出来的抹不掉的红润。听口音她显然来自苏北,但是普通话说得也不是太差。

"大哥,俺知道你爱吃油条,大姐爱吃粽子,虎子爱吃糖包,俺就一块买了……"

"哎呀,"曲梅从卧室走了出来,"那几个摊隔得好远的。辛苦了……"

"大姐,应该的!我去叫虎子!"她麻利地把早餐摆在饭桌上,走进小卧室,"虎子!乖虎子!起床喽!你看阿姨给你买了什么好吃的……"

不一会儿,一个四五岁的小男孩从卧室冲出来,以迅雷不及掩耳之势坐在饭桌旁。

"大姐你怎么说虎子爱赖床呢?"小胡脸上依然挂着淳朴的笑容,"小伙子起床多麻利。"

"那是因为妈妈做早饭不好吃!"虎子不满地抗议。

曲梅抱着儿子,在他胖胖的小脸上亲了一口:"阿姨好还是妈妈好?"

"阿姨好!"

"那你跟阿姨到她家好不好?"曲梅假装生气。

"那,"虎子显然觉得这个问题有点挑战性,"妈妈跟我一起去我就去!"

"小胡,你赶紧吃点吧!"夫妻俩吃完早饭,发现小胡还在厨房忙活。

"不要紧,"小胡抬手擦了擦汗,"就这几件衣服了,俺洗完再吃。"

夫妻俩对视了一下,曲梅不服输地一撅嘴。

"走了,在家听阿姨的话!"抱起虎子又是一顿亲,两口子离开了家。

防盗门关上了。小胡停下了手里的活,静静听了一会儿。确信金鹏夫妇已经走远之后,她擦干了手,站起来伸了一个懒腰,做了一个高难度的瑜伽动作。浑身的骨节发出轻微的响声,她觉得很舒服。然后她走到沙发跟前,往上一跳,舒舒服服地拿起茶几上的零食往嘴里塞。她拿出手机,点开微信,飞快地打着字。

"老公,我受不了了,什么时候提货?"

没几秒,对方回话了。

"我在外地,你再坚持两天!"

"阿姨,"虎子吃完了糖包,跑到她面前,"我可不可以看电视?"

小胡抬起头来剜了虎子一眼,眼神里全是冷漠和不耐烦,虎子吓得不敢说话。旋即她的表情就柔和了起来。

"看吧!"她打开了电视,虎子高兴地跳上沙发,开始看"喜羊羊"。小胡抚摸着虎子的头发,若有所思,脸上露出了一种只有诈尸的东西才会有的空洞的笑容。

手机"嗡嗡"响了起来。那是一条微信信息。

"我想见你!"

太阳升了起来,把客厅照亮,照在愁眉苦脸的赵亮身上。昨晚陈默兄妹俩八点多才回来,陈静脸色苍白,直接进了卧室。陈默看样子也很累,不过他进卧室之前没忘了给赵亮交代任务。

"明天能不能用车?"

"哥,我车得后天才能修好……"

"那包一辆。"陈默不容商量,把装满钱的旅行包扔给他,然后好像忽然想起一个不重要的话题,"对了,微信你玩不玩?"

陈默说,手里微信有个联系人叫胡晓莉,他的任务就是把这个女人引出来。应该说,陈默还是比较知人善任的。谈情说爱虽非赵亮所长,但是跟陈默比起来,他的水平简直是宇航员的高度。然而没想到对难度还是估计不足:赵亮好话说尽,那娘们死活不答应出来。理由就是一个,不方便。赵亮又纠缠了一会儿,对方还生出警惕来了。

"你是郑杏林吗?你吃错药了?"

赵亮好像怕烫手一样把手机扔在一旁,就像昨晚他端详手机,发现键盘的空隙里有血迹时做的那样。

"真不行?"陈默在旁边干着急。

赵亮摇了摇头:"我怕再问下去,她就发现了……"

陈默左顾右盼,无计可施。最终,他的目光停留在妹妹的房门上。他这才注意到,妹妹似乎从昨晚回来后,还没出门。

"陈静,"陈默走过去,有点犹豫地敲着门,"你出来一下。"

"你走吧,"妹妹的声音缓缓从门缝地下飘出来,"你反正早晚要走的……"

"别这样,我真要你帮忙……"陈默硬着头皮说。

"你总是这样,"妹妹的声音像抽了捆绳的扫把,散成一条一条,"你要做家务,你要找女朋友,你要人看孩子,你要人照顾妈,总是往我身上一推,忙完了,你就不见了……"

陈默低着头,停了好长时间才继续敲门。

"你就是知道,磨到最后我总会帮你……"陈静继续在屋里幽幽自语,"每次我都提出个条件,你都满口答应。可是最后,你却总是不兑现就走了……我就那么傻,傻傻地追着你,收拾你跑得太快口袋里掉出来的东西,盼着哪怕有那么一天,你会停下来……"

陈默终于停止了敲门。他把额头顶在门上。一种神秘的感觉告诉他,妹妹也在这么做。

不知等了多久,门打开了。陈静面色苍白地走了出来。

"我这次就一个条件,你要是我哥,答应了你就做到:别再乱杀人了……"

陈默看着妹妹,良久,他伸出手,给她整理了一下耳边的乱发。

"我也有个条件,"他轻声说,"找到雯雯以后我想留下来,睡哪儿?"

陈静一把抱住他,无声地哭了起来。

"抓瞎了吧,"陈静哭完了之后心情不错,坐在赵亮身边啃着苹果查看聊天记录,"当初我那么好追,你就缺乏锻炼。"

她轻蔑地笑了两声,然后开始打字。脸上的表情不停变化,时而紧张,时而惊诧。过了大概五分钟,她把手机沙发上一拍:"她不爱郑杏林!"

赵亮和陈默都看傻了。乐嘉也没这么快啊。

"你是说……"

"她跟郑杏林肯定没感情,老大不情愿,"陈静伸出一根手指头在空中比划,好像福尔摩斯在分析案情,"我敢肯定,他们之间是利益交换。"

"你是说……"

"老郑还说,她在装保姆拐孩子对吧,那她肯定是卖家。所以呢,我就说有大买家,问她手里有没有货……"

"那她怎么回复的?"陈默终于跟上了妹妹的思路。

陈静得意洋洋地一亮屏幕:"十二点,回龙广场见!"

前湾派出所。

老高叼着烟,坐在会议室的椭圆形长桌前,不耐烦地看着表。玻璃墙外不时有同事走过,但是都假装没看见他在里边。偶尔有人不慎歪头往里看,也赶紧避开回头,避免跟他目光接触。

"切,"老高不屑地吐了个烟圈,"一群势利眼。"

不过老高心里明白,易地而处,自己恐怕也不会更有人情味。那个小兔崽子的事,的确很难说清楚,这时候谁也不会闲着没事干往自己身上揽事。

"妈的爱怎么处理怎么处理去,"老高恨恨地骂了一句,"身正不怕影子斜!蹲监狱也比在这晾着强……"

话虽这么说,他还是觉得很心寒。当初谁见了面不是一口一个高队,高科。然而现在,虎落平阳被犬欺。当面说难听话倒是不至于,但是被所有人孤立也不好受。谁也不敢跟他说话,谁也不给他安排任务。在派出所玩了一个月连连看之后,老高愤而罢工——声称自己有病,不来上班了。一开始还开病假条,后来干脆招呼都不打。即使这样,领导还是不闻不问,好像警局本来就没这个人一样。

会议室的门被推开了。所长带着几个人走了进来。

"老高,检察院那边来信了,铁案。"所长尽力维持着不太冷淡但是又不过为热情的表情,"你立大功了!"

"别别别,"老高连连摆手,"这哪是我的功劳啊,明明是你们几百号人翻阴沟翻出来的嘛……"

所长脸上挂不住了,但是又不好发作。

"你还是这么爱开玩笑啊……"他强压着火,拍了拍老高的肩膀,"总之,继续努力吧。"

肩膀上的震动沿着脊柱下传,给老高带来一阵熟悉的温馨。以前在刑警队,每次破了案,兄弟们都是这么拍着肩膀称赞他的。当时自己只觉得得意,欣慰于自己智慧比其他人高那么一点点。但是现在他发现,自己真的怀念这种集体内部的肯定。然而骨子里脾气是改变不了的。老高化悲痛为力量,嘴上丝毫不放松。

"对对对,"老高站了起来,双手抓住所长的手一阵摇晃,"领导说得好。唉对了,你说我要是这么一直破案破下去,是不是就能升回队长了?"

所长甩手而去。

"老高你这张嘴啊,"副所长看不下去了,把会议室门关上,"听我一句话,该服软时得服软啊……"

"是！坚决服从命令！"老高朝副所长严肃地敬了一个礼。

"你还真是不识好歹人啊！"杨副所长被臊得脸通红，无奈地摇头，转身要走。

"别走啊老杨，"老高得意洋洋地又点上一根烟，"我托你办的事呢？"

杨副所长紧张了起来："你要那个干吗？"

"破案啊……"

"你怎么对这个案子这么感兴趣？"

"你们不管，推给我，我关心关心怎么了？"老高一脸无辜。

"你不能这么说话，"老杨很不高兴，"他们家小孩刚一走失，我们立刻动员起来了。可现在都多少天了，地毯式搜索也没结果，肯定早到外地了，我们不能做无用功……"

老高也不说话，笑眯眯地看着他："哟，杨所长教我破案呢。神探说的我可得听听。对了，名师出高徒，你师父是谁啊？"

老杨没了脾气，连连示意老高坐下。

"看在师徒一场的面上，我都给你拿来了。你就在这里看，看完给我，千万别拿走啊！"

老杨出去了，老高看着他的背影，不屑地嗤之以鼻："忘恩负义的东西，要不是我，那次抓捕你早挨枪子了！"

向昔日的小跟班求助，对老高来说是一种侮辱。他决定以后再也不做这种事了。但是研究了一会儿材料，他不得不再次去找老杨。

"陈静以前的资料呢？怎么这么少？"老高倚着门框问。

"她又没前科，能有多少资料？再说刚搬来咱们片没两年，大概在别的片存着呢……"

"你给我调来。"

"你是不是诚心给我找麻烦啊？"老杨有点急了，"我得用自己的用户名查，万一……"

"最后一次！"

老杨叹了口气，无奈地打开电脑："我也不打印了，你就在这儿看吧。"

老高重温了往日有求必应的快感，背着手走到老杨背后，一边看一边递给他一根烟："拿着，日后我不会供认你受贿！"

老杨脸上一阵红一阵白，气呼呼地离开了办公室。老高一笑，舒舒服服地坐在转椅上，叼着烟操作鼠标。

"陈静……嗯，长得不错……年龄……怎么这岁数还没结婚啊……民族汉……文化程度……政治面貌……家庭成员……"

老高把眼睛贴近了屏幕。

"……兄……陈默！"

久违的兴奋充满了老高的胸膛。

"这孙子果然有问题！"

自打见到陈默，他就觉得这人不像个良民。那种身手，那股狠劲，到处散发着一种刑事罪犯的气味。再加上他对陈雯莫名其妙的关心，还有赵亮可笑的谎话，老高心里早已有九成九确信，这人有不可告人的背景。

"孙子，跟我玩？！让我猜猜：前科？在逃？"

老高表面上无所谓，其实心里还有个可笑的希望。

"你说我要是这么一直破案破下去，是不是就能升回队长了？"这个问题他真的想找人问问。他恶狠狠按下回车键，查询陈默的信息，然而别说照片，连基本资料都没找到。系统显示户籍已注销。

这他妈怎么回事？死了？入别国国籍了？还是又是个偷渡出去的？

老高琢磨了一会儿，决定从孩子那里入手，然而这也是一条死胡同。陈雯的户口是重新上过的，母亲显示赵娟，已故。父亲那一栏直接是空白。

老高又点了一支烟，仰着头在思考。

办公室的门忽然开了。

"我说杨所啊……"

管器械的杨其昌喜气洋洋地探进头来，看到老高坐在那里，话都没敢说，立刻把头缩了回去。老高顾不上尴尬，脑子继续在转。他不得不做一件很不愿做的事，那就是怀疑自己的判断。

"难道……是重名？就像这俩姓杨的孙子一样？"

老高百思不得其解。最终，他决定从最容易的环节入手，那就是再去探探赵亮这个嫩瓜蛋子的口风。他清清嗓子，抓起电话。

"交警队吗？我前湾的杨其昌。你给我准备辆车……"

回龙广场，九安市最热闹的购物中心。两座大厦像双塔般耸立，门口人流如织，广场外车行如爬。陈默坐在出租车后排，抽着烟，赵亮战战兢兢地在前边开车。他跟一个同事商量了一下，1000块钱包了他的车一天。

"哥，今天不会再撞车了吧，这是别人的车……"赵亮载着陈默绕着广场转了三圈，还是没找到会面的人在哪儿，"微信头像靠不大住啊哥，现在的女人，照个相不经过三次Ps她根本不敢往网上放……"

陈默充耳不闻，只是吩咐他："发信息问问她在哪儿。"

赵亮四下瞅了瞅，看到前边花店门口有辆奥迪正要开走。他一踩油门，以出租车司机特有的霸道抢到了那个宝贵的停车位，后边的几辆早就觊觎这个位置的私家车徒唤奈何。赵亮得意地笑笑，拿起手机。

"别发文字，用语音。"陈默嘱咐他说，"发个超长的，一分多钟最好，一开始几秒别说话，然后说话声音小点，含糊点，瞎哼哼就行……"

"她听出不是……那谁……怎么办？"

"所以我让你含糊点……"

几十秒之后，陈默用拳砸了一下车窗。

"在那呢!"

赵亮望去,看到一个女人,把手机附在耳朵上费劲地听着,然后抬头四下张望。

"模样……是没错,就是她"赵亮也兴奋异常,然而片刻之后,他就目瞪口呆,"……我操!她怎么还带着个孩子?"

胡晓莉在回龙大厦门口四下张望了半天,还是没有看到老郑的踪影。虎子又在一旁吵闹着要去儿童天地,搞得她格外烦躁。早上的微信对话把她弄得心神不宁。郑杏林已经快一年没因为生理需要找她了,她因此庆幸地以为,他已经对自己失去了兴趣,可是今天他忽然破天荒地对自己甜言蜜语起来,最后还说有大生意要谈,摆明了又想把自己搞上床。想起当年为了在九安搭上这条线付出的代价,她就恶心得难以抑制。虽说为了大林在这里站稳脚跟,她毅然决然地做了,而且不止一次,但这并不代表她真的适应。想起那张丑陋的脸,她即使三伏天也要打冷战……

就在此时,有人拍了拍她的肩膀。她转过身,发现是个身材高大的陌生男人。

"您是胡小姐吗?"

"是我……"多年的从业经验带给她一丝不祥的预感。这种直觉救了她不知多少次,因此这次她也不打算怀疑。一瞬间里,她的脑子被猜测塞满。她觉得此人可能是便衣,可能是心怀恨意的同行,可能是意图不明的黑社会分子……她强迫自己冷静,告诉自己,不管是谁,都没什么大不了的:只要马上喊"救命"或者"拐孩子",不信脱不了身。然而事情的发展却出乎意料。

那个男人像变魔术一样从身后拿出一丛玫瑰花。

"我是鲜花公司的,请您签收一下。"那人板着脸,一副公事公办的语气。

"什么……谁送的……"胡晓莉有点反应不过来。

"那位先生委托我们问您,要是接受这花呢,他就在那边的出租车里等您。"

小胡接下花,放在鼻子下闻了闻,随手扔进了垃圾桶。她在原地攥紧拳头,气得浑身发抖。以往睡就睡了,两人之间是纯洁的利益交换关系,可是今天这老东西又是情话又是送花,令事情格外可疑:"难道,他真想得到我?"想到这个可能性,她打了个冷战,觉得事情有失控的前兆。她暗暗决心今天要跟老东西说清楚,别闹到最后不可收拾——可千万不能让大林知道啊……

她看见远处的出租车门口,有个人从车窗里朝她挥手。她俯身问虎子:想不想跟阿姨去个好玩的地方?

她带着虎子,快步走到出租车前。

"郑神医,你这岁数还玩这个呢……"她脸色铁青地朝老郑打招呼。

"进来谈吧……"老郑手里还有更大的一束花,把脸都遮住了,含糊地说。她不假思索地上了车。车开了。这时候她才发现,开车的人是送花的男子。

"按我说的写:我——妈——病——重——须——回——乡——对——不——起……"在九安郊区的水库大堤上,赵亮领着虎子扔石子打水漂,陈默留在车里,拿刀逼着小胡写了张纸条。写完后,他下车忙活了一会儿,然后把赵亮叫过来,把纸条塞到虎子口袋里,让赵亮开车把虎子开车送到最近的派出所门口。然后空无一人的水库区,只剩下他和小胡两个人。

"你……你是要做啥子嘛……"小胡惊吓过度,露出四川乡音,"我就是个小保姆,大哥你要钱我真的没有撒……"

陈默抓着她的胳膊把她拉到一个涵洞底下。

"我不是警察,你不用跟我装——大林在哪儿?"

小胡浑身一震,脸上无辜的表情顿时不见了。

"不知道。"她冷冷地说。

"我一般不杀女人,"陈默用手捏着她的下颌,强迫她转过头来,"不过凡事都有例外。"

"吓唬谁啊,"小胡显然也是见过大风大浪的,一脸不屑,"我男人可是狠角色,你想清楚点。要钱,我没事的话他可能会给你……"

陈默一把把她推到墙上。

"我要人!他拐了我女儿!"

小胡显然没想到是这么回事。不过惊慌了片刻,她又冷静下来。

"好商量撒，你给八万块钱，我能让他把人送来。"

"打电话！"陈默掏出她的手机。

"你往那边走一百米，我再打！"小胡针锋相对，口气很强硬。陈默二话不说，回身走出涵洞。

幸亏是个傻子！小胡松了一口气，靠在涵洞墙壁上。她决定看准时机，等陈默走出五十米就从另一边逃走。高中辍学以前，她可是校队八百一千五的好手……然而陈默转眼又回来了，手里还拎着个桶。

"你要干什……"小胡的惊叫声中，陈默把一桶液体浇了她一身。刺鼻的气味告诉她，这是汽油。

"你……你要……求求你……"小胡吓得跪在地上，哭着向陈默求饶。

"打电话，"陈默掏出打火机在手里把玩，"我烟瘾很大。"

小胡脸色苍白，像疯了一样开始拨号。

"等等。"陈默用脚踩住她的手腕，"他要是听出来，我就点火！"

"喂！亲爱的！电话通了，"小胡用甜腻的声音跟大林聊了起来。陈默不禁为她的演技所折服。这就叫专业啊。也只有这样的人，才能假扮保姆拐人孩子，这么多年没被识破过。

"太辛苦了，那家人不是人……那男的还想睡我……对，孩子我都带出来了，你干脆来一趟吧……两批货一起卖嘛，起码多五万块钱……别跟老大说呗……好,我在……"

她抬起头征求陈默的意见——约在水库见面,这实在奇怪了一点。但是陈默好像丝毫不顾忌,用手指了指地面。小胡无奈地继续编下去。

"水库……我骗孩子说来钓鱼……这个地方他们家怎么也想不到……聪明吧……好,到时候见!"

挂了电话,小胡又瘫软在地。她把手机扔给陈默,用待宰的动物一样的眼神看着他。

"他什么时候来?"

"他说三个小时。"

陈默点了点头,就地坐下。

"你……你把郑杏林……"小胡的声音颤抖得厉害,也不知道是害怕还是因为大冷天被浇了一身汽油。

陈默拿着老郑的手机一晃:"你说呢?"

九安最大的购物中心门前,赵亮急急忙忙钻进汽车。正要发动,忽然有人敲窗户。扭头一看,是老高。

"怎么着,去哪儿?"老高毫不客气地上了车,坐在副驾驶座上问。

"我……我回家……你怎么知道我在这儿?"

"我跟着你来的。"老高一笑。赵亮也跟着笑起来。

老高忽然变了脸,一把掐住他的脖子。

"你小子没说实话!"赵亮被勒得差点断了气,好在老高及时松手。

"你还想骗我?"老高变得前所未有地凶神恶煞,"你也不打听打听我是谁!说!陈默到底是干什么的?!"

赵亮吓得面无人色,要不是他更害怕陈默,恐怕当场就要招了。

"你懂法吗?"老高继续逼问,"你知道包庇罪判多少年吗?你知道做假口供判多少年吗?你知道你接下来要是对我说一句谎话,要判多少年吗?你小子多大?想在监狱里待到四十岁?"

赵亮满头都是汗珠。他下意识地握紧方向盘,似乎是想把自己的人生从这条从未预想过的岔道里拐出去。他终于承认,自己不是个勇敢的人。

陈静,对不起,可是我不想坐牢,我还有爸妈……

"你……"他满脸汗珠,缓缓开了口,"你想知道什么?"

"陈默是不是陈静的亲哥哥?"

"他是。"

"那他为什么要隐瞒?"

"他……不想引起麻烦。"

"他有什么麻烦?是不是有前科?"

"有……他杀过人……"说出这句话,赵亮面无人色,却又感到有些轻松。

老高心花怒放，仿佛看到了自己东山再起的那一天。

"什么时候的事？"老高带着胜利者的姿态乘胜追击。

"我听说是两三年前。"

"果然是个逃犯……"老高在心里笑个不停。

"在哪杀的？"

乐极生悲，赵亮一句话他就懵了："意大利。"

意大利？牵扯到国外的事，老高可就不懂了。这辈子他没办过涉外案件。不过转念一想，这说不定是个好事：要是能抓住个外国要犯……于是他又绷起脸来吓唬赵亮。

"他去过意大利？怎么去的？"

"我听陈静说是偷渡……"

老高有点失望。偷渡对九安人来说太平常了，抓住了功劳也就跟抓个扒手差不多。

"然后他在意大利杀人，跑回来了？"

"不是，他在意大利被抓了，然后判了刑……"

老高的复职梦一下子被打得粉碎：早就听说国外刑法判得很轻，没想到轻到这个程度。他还不死心，抱着最后一线希望问了一个问题："他在意大利干什么？"

"当兵……"

老高知道自己输了。赵亮的供词解释了所有疑点：户口被注销，隐瞒身份，还有身手。他气鼓鼓地瞪了赵亮好一会儿，摔门而去，扔下赵亮一个人在车里目瞪口呆。

"喂!"愣了好一会儿,赵亮如梦方醒地下了车,朝着老高离开的方向喊道。可是老高一肚子气,走得飞快,早就上车一溜烟不见踪影。

"他咋没问那天在村里的事呢?"已经准备好当污点证人的赵亮怅然若失。

赵亮上了车,把钥匙插进匙孔,犹豫了好长时间。他在琢磨,到底还去不去水库找陈默。刚才老高是真的把他吓怕了,他不想再知道陈默的任何罪行。可是就把他一个人扔在那里,万一有个闪失……他又想起跟陈静往日的一幕一幕,羞愧渐渐占据了他的心。

"再帮最后一次吧……"他发动了汽车。

"再说了,这次的事绝对不犯法……"赵亮安慰着自己。他的后备箱里装着陈默让他买的东西。那是一堆莫名其妙的破烂,让他觉得陈默这个人愈加古怪。

火柴加一罐丁烷气?你这烟瘾有多大啊?

剪刀,钳子,铝片,胶带,樟脑丸,不同口径的上水管道……你这是要搞装修还是收破烂啊?

还有最难弄的:自行车内胎,生锈的铁钉,他不得不拜访了几个修自行车的,告诉他们,你们可能要有个竞争对手了……

当然跟糖和啤酒(还指定是小瓶贝克啤酒)相比,以上都不算奇怪。

赵亮开始后悔没有跟老高直接说陈默是个变态杀手,而且变态程度超出常人的理解范围:杀人还能引起食欲啊?

高速公路上,一辆罩着黄绿色顶棚的大卡车在挑战着自己的最高时速。驾驶室里,一个男人叼着烟,恶狠狠看着前方。

"还有多远?"

"不到一个小时,大林哥。"司机说着,拐进匝道。

"水库那边几条路?"大林问。

"进出都是一条。他跑不了。"司机回答。

"大林哥,是啥人啊?"过了一会儿,司机又问道。

"好像是绑票的。"

"你咋知道?"

"我女人跟我有暗号嘛,"大林不屑地说,"没事的时候打电话,就叫我老公,有情况,就叫我亲爱的。"

"哥,还是你厉害……"司机赶紧奉承一句,"那对方几个人?"

"她最后就说了一遍'到时候见',那就是一两个,咱们肯定够了。"

说完,大林敲了敲驾驶室后窗,一个人打开了小窗口。

"长毛,拿家伙!"

后边车斗里传来一阵刀具碰撞声、枪械上膛声。一支锯短了的五连发从小窗里递了出来。

"这个太沉。"大林没接。后面的人答应了一声,这次递过来的是一支手枪。

"还是这枪帅!"司机奉承道。

"不便宜呢,进口的,"大林入迷地抚摸着枪身。片刻之后,陶醉的表情就换成了一脸杀气。

"抓活的!"他狠狠上了膛,"我要让这小子后悔钻出娘胎!"

水库路口,陈默远远迎着赵亮,拿了东西之后,让他回家。

"哥,你自己能行?"

陈默一笑:"我还对付得了。"

"哥,你可别再杀人了……"赵亮左思右想,还是没提老高的事。

"好,"陈默拍了拍他的肩,"回去吧。"

然后他看着远去的出租车,轻声说,"我要杀的,都不是人。"

陈默回到涵洞底下,把一大袋东西扔到被绑住手脚的小胡身边。他想了想,放开她的双手。

"帮我干点活,"他把自行车内胎和剪刀扔给她,然后坐到她的斜对面,"剪碎,越碎越好。"

小胡默不作声地剪着,偶尔擦一下因为恐惧而不受控制的泪水。

"我说了不杀你,就不会杀你,"陈默在用胶带缠水管,好像要造一个大号望远镜,"我答应了我妹妹,少杀人……"

"你们男人说话,哪个靠得住……"小胡强作镇定,回了他一句,但是手还是不住地抖。

陈默看了看她,摇了摇头,挥手扔给她一个东西:"这个定神。"

小胡接过来一看,是啤酒。陈默自己也打开一瓶,仰头喝了个干净,然后拿出铝片和铁钉,不知在忙活什么。

"你以前是干嘛的?"陈默问。

"我……一直干这个……"小胡一口气喝了半瓶啤酒,渐渐不那么害怕了。

"为什么要干这个?"

"辍学之后,种地干不了……去工厂里,又受不了苦……这时候遇到了个男人……"

"大林?"

"嗯……要不是他领着我入行,我可能只能去做小姐了……"

"你,"陈默把一些乱七八糟的东西装进空啤酒瓶,"还是做小姐危害小点……"

小胡好长时间没说话,木然地干着陈默交给她的活。每次完成时,两人就聊两句。

"当初为什么不上学?"

"没钱了,需要我去挣钱……我没爸……"她低下了头。

"你爸呢?"

"不知道,去山西打工,失踪了……"

"想他吗?"

"哪能不想呢……我才六岁,想爸哭了不知多久……在学校也觉得抬不起头来……孤儿寡母,村里有人欺负,也没个能撑腰的……"小胡说着,又流下泪来。

"那你怎么不想想,"陈默又喝干了一瓶啤酒,"那些被你从爹妈身边拐走的孩子呢?"

陈默的目光锋利无匹,直到把她坚硬的心完全刺穿。不知是觉得自己危在旦夕,还是酒精的作用,她发现自己此时格外脆弱。终于,她抱着头痛哭流涕。陈默坐到了她的身边,搂住她的肩膀。最初的恐惧过后,她忽然觉得这个人没那么可怕。恰恰相反,他就像雪地里的火堆,让所有内心冰冷的人不自觉地想靠上去。慢慢地,她把头埋在他的胸口。

"大哥,我错了……"

火堆里的干木柴总会突然蹦出火星,把烤火的人灼得生疼。陈默双手一架,卡住了她的脖子。小胡拼命挣扎,可是毫无用处。她觉得自己好像飘了起来,在空中眼睁睁看着陈默把自己勒死。

"我知道你报信了……"一片黑暗中,这是她听到的最后一句话。

大车的前灯刺破了水库区宁静的黑幕。车速降了下来,车里的人个个睁大眼睛,四处寻找着人影。

"你看,"司机忽然叫了起来,"前边!"

大林寻声望去,前方的长凳上有个人躺在上面。

"好像是嫂子！"

"停车！都给我下车！"大林第一个跳出卡车，飞跑过去，发现果然是小胡。

"你在哪儿？我要杀了你！"大林抱着那具冰冷的躯体，简直要气疯了。身后，手下十几个人也跟了上来，各持刀枪，围成一圈，保护正在哀悼的老大。就在这时，小胡忽然咳嗽了一声，醒了过来。大林急忙掏出水壶，喂给她喝。

"你没事吧？他怎么你了？"

"他……他把我勒晕了……"小胡气息奄奄。

"他在哪儿？"

"我不知道……"

大林咬牙切齿地抬起头来。周围是山林，废弃的房屋，一眼望不到边的黑暗。

"你给我出来！"

怒吼在山间反复回荡着，更显得这空旷无边无际。

一切归于平静。大林也暂时消了气。他正要命令大伙先回去再说，忽然有个声音在大家耳边响起。那是一声轻微的、好像香槟瓶子打开的声音，微弱到让人判断不出它来自何方。

大林的手下拼命睁大眼睛往四下看，却除了黑暗，什么都看不到。

一阵玻璃破碎的声音。在他们来的方向，一个火球像是从地底下冒了出来,在大家的视网膜下留下一个斑点。

"他在那里!"大林大喝一声,领着大家冲过去。然而没跑几步,又是一声响,相反方向几十米处,也燃起一堆火。

"到底几个人?"大林愣了。

"只有一个啊……"小胡也觉得不可思议。

"不对,他有帮手……"

好像要证实他的猜测,西南方几十米处,又燃起一堆新火。

大林一挥手,大家兵分三路,各自朝着火堆跑过去。

陈默在远处看到了一切。跟计划的一样,空气炮发射的燃烧瓶已经成功分散了对方,汽油里的发烟物质也差不多该起作用了。这一招是跟非洲叛军学的——当然,规模上没法比,人家是直接把下水管道拆下来发射煤气罐。

只差最后一步了。他拧开"炮膛"后盖,往里喷了一些丁烷,然后用啤酒瓶做的燃烧瓶塞住炮口。他根据前两堆火的位置估算了一下射击诸元,点燃了瓶口上浸了汽油的布条,按下了打火机零件制作的扳机。"砰"的一声,燃烧瓶被喷了出去。接着,陈默无情抛弃了自己的手工作品,朝那边飞奔过去。

大林渐渐停下了脚步。他发现不知不觉中,带来的人已经被三个火堆一分为三。自己身边只剩两个,另外两股人马也各自只有三四个人。远远望去,黑暗里的火堆冒出的烟有些不正常,多得惊人。大林觉得事情有点不对劲。他叫住两个手下,搂着小胡,一起回到了那个长椅上。

"你去把他们叫回来!"大林冒着汗吩咐道,"太分散了。"手下点了点头,提着刀跑开了。大林掏出手枪,跟手持五连发的长毛背靠背在原地戒备。

"眼睛放亮点!看到一点光都要告诉我!"大林小声吩咐着,"我不信他能从地底下冒出来点火!"

"大哥,"长毛忽然指着水坝的方向说,"天上有火……"

话音刚落,燃烧瓶在长毛脚下跌得粉碎,冲天而起的火舌舔遍了他的全身。他扔下枪,疯狂跑出十几米,然后满地打滚,发出瘆人的惨叫。

"救命!救命!"长毛像一只被剁了头的鸡一样在地上扑腾。空气中弥漫着烧焦人肉和樟脑丸的味道,诡异的烟雾弥漫开来。

大林追了上去,脱下衣服,试图把火捂灭,然而这不但毫无效果,火苗还延伸到自己袖子上。大林拼命扑打,但是混着糖和橡胶的汽油格外固执,死死粘在他身上燃烧着,不肯下来。等他好不容易把衬衣也脱掉,长毛已经变成了一根火炬。他奔跑呼号,跌进一个小水洼。就在大林以为那该死的火终于要熄灭的时候,一声闷响,长毛好像成了仙一样,身下爆发出一团耀眼的空气火球……

长毛终于安静了。火依然在他背上燃烧着。大林看到,三千度的高温已经把尸体烧得露出了黑色的骨头。他捂着嘴吐了一地。

"你他妈的……你他妈的到底是谁?!"大林狂叫起来。举目四望，自己跟手下们已经被烟雾隔开。他返身朝长椅飞奔过去。他不想再找那个人的麻烦。他要带着小胡回去，哪怕是抛下所有人马，也要赶紧离开这里。然而跑了没几步，他慢慢停了下来。他看到小胡漠然坐在长椅上，腰杆直得很不自然。

"你……你怎么了……"大林颤声问道。

小胡的头转得很慢，就像以前他看的香港鬼片里女鬼要现原形之前的镜头一样。她的嘴唇颤抖着，用几乎听不见的声音说着什么。大林看到，一只手从她的腮旁探了出来。

大林握着手枪，一步步朝长椅走去。那个人很有经验地用小胡当肉盾，让他没法开枪。不过既然露面了，大林也不再那么害怕。他胳膊的肌肉紧绷着，使得枪都颤抖起来。

出人意料的是，那人好像脑子出了问题，没有出手攻击，也没有拿人质要挟，他只是静静地坐在小胡身边，没有任何动作，任凭大林走到自己面前。

"抬起头来！你给我抬起头来！"大林决心要在打死他之前看看，到底是何方神圣，要给自己找这么大麻烦。

那人抬起头，镇定地看着枪口。

然后，他说话了："第一，永远不要拿着枪离人这么近……"

陈默的身体往左一偏，左手闪电般抓住了枪的套筒，同时右手狠狠打在大林的手腕内侧。一阵麻痛，他的手不自觉地松开了。

一秒不到，枪已经易手。

"看到了吗，"陈默跟大林保持着一步距离，把枪持在腰间指着他，"要这样。"

大林呆呆地看着枪口。他忽然发现，其实自己从来就没有过机会。长毛扔下的五连发就在陈默肩上挎着。

远处传来喊声。烟雾已经渐渐散去，大林的手下们开始挥舞着砍刀往这儿跑。陈默面不改色，猛地用枪托把大林打晕，然后迎着来人的方向走去。小胡吓得尖叫起来。陈默好整以暇地回头说了句："待会儿见。"

他的背影消失在黑暗中。没过多久，远处火星四溅。接踵而来的是枪声，惨叫声，砍刀落地声和呼喊逃命声。过了一会儿，又有几声重物落水的声音响起。每响一次，小胡就控制不住地哆嗦一次。她知道，那是陈默在处理伤者……或者尸体……

两分钟之后，水库恢复了宁静。陈默像终结者一样缓慢而坚定地走了回来。他蹲下身子，一耳光把大林抽醒。

"现在，咱们谈谈。"

大卡车在高速公路上飞驰。大林满脸血迹地开着车，小胡抱着双臂坐在他身旁，一副听天由命的样子。刚才大林被吓破了胆，没挨几下就全招了，要拉着陈默去他的窝点认人。小胡开始对他有点鄙视：坚持得还不如自己时间长呢。

不过大林也不是那么老实。一路上，他几次想找机会撞车，撞路肩，或者找点什么其他的脱身方式，每次还没开始就感觉腰上有个硬物。那是后面陈默手里的枪在隔着椅背顶他。开了几十公里后，大林朝小胡使了个眼色。他们都知道，自己无机可乘了。

"哥们，"大林长叹一声，"我林宗涛混江湖十二年，今天栽在你手底下，不亏！哥们你别多想啊，我就是想输个明白：你到底是干什么的啊？"

"当兵的。"陈默过了好一会儿才回答说。

"我也当过兵啊，"大林说，"怎么跟你差这么多？"

"你没见过打仗，"陈默敷衍地说，"比非洲那些游击队差远了。"

"你这话有点夸张了啊，"大林不知出于什么目的，跟陈默抬起杠来，"我跟这帮兄弟走南闯北，虽然没上过战场，但是见识上绝对是……"

大林似乎是要缓解紧张，不停地叙述着往日的光辉事迹。陈默充耳不闻，两眼空洞地看着挡风玻璃外面的黑暗。过了不知多久，他忽然有了倾诉的欲望。也许有些话，除了这两个待会儿就要死的人，他真的无人可以倾诉。

"见识？你们什么都没见过……"他的表情像是在睁着眼睛做梦，语气平缓而空灵，如同入定的巫师，"你见过用小刀慢慢把人头割下来吗？你见过母亲和婴儿一起被烧死吗？你见过你的兄弟被汽车炸弹炸飞，压在坠毁的直升机里烧死，被钢珠地雷撕碎，被狙击枪拦腰打断，被一群黑人用刀砍成肉酱吗……"

他的声音越来越轻,好像要睡着了。忽然,他打了个激灵,身子猛地直了起来,目光里充满紧张和恐惧,好像不知身在何处。他又闻到了装甲车里刺鼻的火药味,又听到了空中呜呜作响的火箭弹。他嘴里嚷嚷着谁也听不懂的语言,简直不似人声。

"大哥,你怎么了?你冷静点啊……"小胡被他吓到了。

陈默终于回过神来,长出一口气,又靠在椅背上。

良久,他幽幽说了一句:"没见过,你们真是幸运啊……"

大林恐惧地咽了口唾沫。他心里明白,自己恐怕是死定了。

卡车慢慢减速,最终停了下来。

"前边没路了,得走过去。"大林说。

这是一条乡间小路,周围是黑漆漆的农田。天地间忽然亮如白昼,随后又陷入黑暗。轰隆隆的雷声中,陈默感觉到了滴在皮肤上的雨滴。接着,大雨倾盆而下。这里没有路灯。除了打闪的时候能看到大林和小胡深一脚浅一脚地走在前边的泥路上,其余时候陈默感觉自己其实是一个人。走了不知多久,雨声中终于隐约传来大林的喊声。

"到了!"

陈默看到,眼前是一个小院。围墙有三米高,铁栅栏大门紧锁着,大林和小胡恭敬地在那等着。

"这是个废弃的工厂,我租下来了,"大雨滂沱,大林不得不喊叫着才能让陈默听见自己的话。

"开门！"

陈默走进院子。这个工厂规模还不算小，三溜平房靠墙立着，组成一个U形。两边短一些，两三间房的长度，正中间那排超过三十米。他押着大林，走到东厢房门口。

"不在这里……"大林解释道。

"让你开你就打开！"

大林无奈地开了门。灯亮了，里边响起了女人短促的叫声和婴儿的哭声。陈默看到，屋子里有两排铁架床，被褥肮脏不堪。每张床上都躺着至少两个婴儿。他们被棉被包着，一半在声嘶力竭地哭喊，另一半在熟睡。

"大林哥啊，吓死我了！"门旁边，一个四十多岁的中年妇女正睡眼惺忪地看着他们。

"哦，这是……一个客户，"大林大概不想在手下面前失了面子，指着陈默说，"大哥，这是看孩子的……"

"她一个人看这么多？"陈默冷冷地问。

"就是啊大林哥，"那女人看来也是意见很大，"我累都累死了，你也从乡里找个人来帮我嘛。安眠药都用完了，小崽子们这么哭下去，被人听到了怎么得了……"

大林看陈默的脸色不善，顿时怒火中烧，一耳光打在那女人的脸上。

"闭嘴！"

然而那女人却会错了意。

"大林哥,那个不是我自己卖了,"她指着一张空床,"上次你跟我说了之后,我可不敢自己做买卖了……药放多了,死了,我埋掉了……"

"你还说……"大林气得要用脚踹她,然而刚抬起腿,自己反而被陈默踹倒在地。他惊恐地抬起头想解释,却只看到陈默掏出手枪,直接冲着那女人扣动了扳机。

咔嚓。枪没有响。那女人在尖叫。陈默愣了一下,抬手用枪把把她打晕。然后他卸下弹夹、套筒,略一检查,说了句"垃圾",把枪扔到屋外。

大林心里顿时五味杂陈。

闹了半天自己被一支打不响的枪骗了。

"去那屋看看。"陈默掏出匕首,对大林说。

大林爬起来,老实地领着陈默到了西厢房。门锁开了,大林被陈默一把推进屋里。一阵惊呼。小胡进去打开灯,扶起大林。陈默看到,屋子里满地都是铺盖。被子下面,藏着的都是满脸惊恐的小姑娘。

"我女儿在这里?"陈默问道。

"哥,我实在是认不过来,没事,你慢慢认,这屋认完了那屋还有。"大林指了指外面。

陈默走了上去,打量着这些孩子。她们肤色黝黑,面黄肌瘦,头发乱蓬蓬的。她们木然地看着陈默，像待售的货物一样听天由命。陈默手里拿着雯雯的照片，挨个看了两遍，最终失望地承认，雯雯不在这里——连个长相沾边的都没有。他恼怒起来，正要回身要去找大林，裤腿却被拉住。低头看去，那是一个四五岁的小女孩，瞪着大眼睛，仰望着他。

一种前所未有的感觉像温泉一样从地下涌出，没过陈默的双脚，朝他的胸口漫上去。他停了下来，蹲在她面前。虽然相貌完全不同，但是相似的身材、还有散发出的童真气质却让陈默恍惚间觉得自己看到了女儿。数年以来，自己终于第一次在三维空间里感觉到她的高矮，感受到她的体温。这也是第一次，妻子的影像最终没有取代女儿。陈默终于忍不住伸出手，抚摸着她的脸庞，整理她的头发。然后，他看到了那双眼睛。

那双大眼睛陷在布满污渍和青痕的小脸里，瞳孔中看不到半点天真烂漫，只有恐惧、饥饿、疲惫和绝望。这双眼睛一直在无声地哭泣，不是出于恐惧，而是出于不解。她不明白，为什么自己的童年忽然就结束了，不明白自己为什么忽然见不到父母，不明白为什么挨饿、挨打成了每天都要经受的事情。她好像在问：爸爸，你为什么还不来救我？

"叔叔，"小女孩强忍着眼泪，战战兢兢地开口了，"你买了我之后，能不能再把我卖给我爸爸妈妈……"

陈默忽地站了起来。门口，大林已经不见踪影，只剩下小胡强笑着在给他指路："大哥他怕你急，主动去那屋给你找孩子了。"

院子里空空荡荡，唯一的活物只有雨滴在地面上凿出的涟漪。中间大屋的门洞开着，一个闪电劈下来，像是怪兽的巨口。陈默毫不犹豫地走了进去。

面朝院子的那面墙上的窗户被砌死了，屋子里伸手不见五指。浑浊的空气中弥漫着一股机油味，陈默听见脚下传来杂物被趟开的声音，废纸被踩碎的声音。他蹲下身子，用手在前边慢慢摸索。他摸到一根短铁棍，拿起来感觉一下，是根轴承。侧耳倾听，屋子里毫无人声。他皱了皱眉头：难道大林已经跑了？

"大哥你进来了？"大林的声音忽然响起。他的语调里充满了喜悦和殷勤，好像是洗浴中心门口的伙计在招呼客人，"过来啊大哥，你孩子我找到了，就在这边，你过来……"

雨不停地打在朝着田野的窗户上，发出令人心情烦躁的噗噗声。陈默没有出声，慢慢朝着大林摸过去。他本以为这人是在耍花样，但是很快却又不像——大林毫无掩饰自己位置的意图，翻东西翻得叮当作响。陈默又以为他是在利用声响误导自己，但是大林很快就出现在前方十几米处，从一个货架似的东西后边露出半边身子，手里拿着个打火机。

"大哥，你过来，你看这个孩子是不是？"他殷勤地笑着，嘴都快咧到耳朵根上。

两人已经能够互相看见，不管是偷袭还是潜行，都没有必要了。

陈默直起身子，坦然朝大林走去。此人两只手都暴露在空气中。陈默不信他能凭空变出一支枪来。

忽然，脑后传来破空之声！

这个房间里，还有一个人！

打火机蓦然熄灭。黑暗中传来一声闷响，然后是重物倒地的声音。大林倚在桌子上，满意地听着接连传来的铁棍隔着皮肉打断骨头的声音，对自己佩服得五体投地。

"跟我斗？！你以为我是个街上的普通混混吗？！"

当年人人都不喜欢这个哑巴，觉得他来历不明。但是只有自己，一眼就看出他是手上有人命的人，力排众议把他收留在身边，解衣衣之，推食食之。最后他感激涕零，也不装哑巴了，哭着承认是青海散打队出身，一路流窜，手上有五条人命！

连老秦都说，这个保镖太值了。身手高，胆子大，忠心耿耿。自从有了他，大林晚上睡觉也安心了很多。今天独自镇守老巢的重任，自然也非他莫属。更难得的是，此人脑子很灵。大林带着陈默走进大院的时候，哑巴肯定看见了，但是没有贸然冲出来。长年的默契，两人一句话不说就制定了一个伏击的计划。

"好了，够了！"大林听着哑巴起码砸了陈默几十棍，绝对死透了，"歇会，抽根烟！"

他吹了声口哨，掏出香烟叼在嘴上。

嚓！嚓！

一丛火苗在漆黑里亮起。

大林看见,陈默那张带着血的脸就站在自己面前!

他惊叫一声,侧身一滚滚到墙边,哆嗦着按下电灯开关。地上躺着的,正是忠心耿耿而又机警过人的哑巴。他脖子上有一道伤口,自下而上,几乎把他的脖子切断。显然是被陈默一刀毙命。现在,那个杀人魔就着带血的匕首,恶狠狠地盯着他。

"你行!你行!"绝境使得大林的血液也燃烧起来,"不过我不服!来,来!"

大林抄起一根铁棍,号叫着用尽力气朝陈默的脑袋打去。陈默像松鼠一样躲过铁棍,游走到他身后。大林惨叫一声,肩膀上被戳了一个血洞。他忍痛回身一棍横扫过去,但是左手当即被陈默擒住,往回一推,匕首的刀柄狠狠砸在自己脸上。铁棍落地,大林双手捂着脸呜呜的叫起来——他的鼻梁被砸断了。他跌倒在地,又挣扎着想爬起来,陈默的飞腿却如影追至——皮鞋重重地踢在下颌上,大林仰面飞了出去,整个人砸在一张钳工工作台上。

陈默两步赶上来,一把把大林的脑袋按在桌上,另一只手抄起一柄根三棱锉刀,"啪"的一声,把大林的左手钉在桌上。

大林惨叫一声,用尽全身力气抓住锉刀,想把它拔出来。然而最终却只有木柄被他拔脱。

生锈的刀舌露出来,似乎是在嘲笑他徒劳无功。

"说!我女儿在哪儿?"陈默把大林的头往带着毛刺的刀舌上按。

"去你妈的!"大林从牙缝里挤出几个字。

陈默手起刀落,剁掉了他的左手小拇指。大林又号叫起来。

"我说……我说……"良久,他忽然癫狂地笑了起来,"你这人真笨……哈哈……我这里没有,当然是卖掉了……"

陈默暴怒起来,拉着大林的左手,生生沿着锉刀拉了出来,然后把他的左臂整个放到旁边的台虎钳里,把丝杠转了几圈。小臂的骨头被夹得咔咔作响。

"被卖到哪里了?"陈默红着眼睛问。

"六七队人,谁知道哪队卖掉的……"大林还是在笑。

陈默把丝杠一紧。大林狂叫着,拼命摇晃着身体,想把胳膊抽出来。可是剧痛却使他每次都半途而废。

"只有一个人知道,那就是我们老大……"大林的声音终于虚弱了下来。

"姓秦的在哪儿?"陈默把刀抵在他的喉咙上。

大林吐了口带着血的口水,看着陈默:"有本事就把我杀了,看死人会不会说话……"

"别!别杀他!"胡晓莉终于鼓足勇气从外面跑了进来。她跪在陈默面前,抱着他的腿,哭着求他。

"我知道老秦的联系方式!我告诉你,求求你饶了我们吧……"

"说了,咱们就会死……"大林气喘吁吁地提醒她。

"大林,大哥会饶了咱们的,咱们再也别干这伤天害理的事了,咱们走,回老家,好好过日子……大哥,我们真的再也不干了……我们帮你找到女儿……"

小胡语无伦次,朝着陈默磕头。她的额头撞在地板上,咚咚作响。

陈默看着眼前的场面,愣了一下。一段往事趁他不备,再次钻进了脑海里。那是在都灵,在那个绰号"球星"的混混家里。那小子是个富二代,不知道怎么跟街上的毒贩子混到了一起。陈默策划好了一切,只是没想到那天晚上他的女朋友也跟着来了。那个女孩看样子还不到二十,也是这么苦苦哀求的……

右手不受控制地颤抖起来,陈默想起,当时自己也曾有过这样的反应。那次他想过要放了她,可是稍一考虑,就知道不能这样做:她看到了自己的模样,她会去报警。报仇大业才完成了一半,放了她,就要半途而废!

今天也一样,而且,这次有更好的理由:他们是人吗?他们不是!他们是人贩子,是杀人凶手!畜生一样的东西,杀了就杀了!

"你试着骗我多少次了?"陈默冷笑一声,"又想玩一次?"

"大哥,我不对,我该死,我这次真的不是骗你啊……我真的会改!"

"那好,"陈默又找回了当年在非洲审讯室里那种如鱼得水的感觉,"我可以饶,但是,只能饶一个。选吧!"

陈默抱着双臂,悠然自得地等着这俩人反目成仇。这一招看似简单,但是无比管用——生活不是电影,被痛苦和恐惧折磨过的人,对此毫无抵抗能力。在非洲，不知多少"先知"和"使徒"、领袖和副统帅、慈父和孝子因为这一句话互相诅咒起来。

然而这次，陈默却失算了。

"大哥，"胡晓莉连一秒都没犹豫，她趴在大林身上，像是一个保护着孩子的母亲，"杀我吧，放了他！"

陈默好像被一记大锤击中胸口。

"别打他！放了他！"赵娟那撕心裂肺的喊声又在耳边响起。他蓦然想起，那天晚上，赵娟也曾这样用身体保护着自己。他感到有些迷惑。胡晓莉明明是个作恶多端的人渣啊，怎么她护住大林的样子，跟赵娟这么像呢？

有生以来第一次，陈默意识到自己以前考虑问题有个盲点：难道我杀死的，也是跟我们一样有血有肉、会爱会害怕的人？

陈默没有说话，也没有动。大林把小胡抱在怀里，用唯一完好的手掌抚摸着她的脸，对着她的嘴吻了下去。嘴唇不舍地分开，大林深情款款地注视着她的眼睛。

"你是真对我好啊……"他长叹一声。

"我……"

小胡的声音戛然而止。她的脑袋被大林狠狠按到桌子上。还扎在桌上的锉刀穿透了她的脑袋，尖尖的刀舌从太阳穴穿了出来。

"现在，"大林舔了舔嘴边的血迹，"你要是杀了我，就永远也找不到老秦！"

一秒,两秒。

屋子里死一般的沉寂。陈默呆若木鸡,手在不停地颤抖。大林看着他,知道自己赢了。但是嘴角刚刚开始上扬,脸就再次僵住。他低头看着胸口的刀柄,然后抬起头看着陈默,脸上露出不可思议的表情,倒了下去。

陈默像石像一样立在原地。他看着眼前两具尸体,心里满是震惊和困惑。倒不是震惊于自己的反应速度和准头。扔刀子这种游戏在部队很流行,那帮亡命徒喝醉了酒,经常两两一组打赌。具体办法是脑袋上顶个苹果让搭档用飞刀扎。陈默扔飞刀力道很大,但准头却不是最好,有一次喝大了,一个波兰人曾为此丢了一只耳朵。不过相比之下,两米之内击中人体这么大的靶子,实在是太容易了。

陈默不明白的是自己为什么要出手。

大林自以为可以跟陈默斗狠,但是他太幼稚了。没有人可以狠得过疼痛。在这么一个拷问工具丰富的车间里,只要他活着,陈默有十足的把握让他开口。但是偏偏他却出手了,而且力道这么大,直接取了大林的性命。

陈默回忆着刚才的情景:大林的手刚开始发力,自己就知道了他想干什么,下意识地一刀扔过去……

"难道我是想救她?"陈默久久望着小胡那凝固的表情,"我他妈是不是疯了?"

即使速度再快一倍,也不可能改变小胡的命运。

难道我信了她的话？

"大哥，我错了……"

陈默当然知道，这忏悔很有可能是假的，是为了保命才说的。至于以后不再干拐卖儿童什么的，更是无从谈起。陈默审讯过人，杀过人。他知道人为了避免疼痛，什么都肯说。但是疼痛一旦消失，这些话的真实性也就烟消云散。

到底是为了什么呢？

因为厌恶？陈默觉得有点道理。回想一下，看到大林的行径，自己是有些震惊。

"但是更坏的人我也见过，怎么只有这次没控制住自己呢？"

闪电再次把天空点燃。光从窗口进来，把陈默的身影投在地上，张牙舞爪，像是行走在光天化日之下的一头怪兽。他猛醒过来：是恐惧！是一只饿虎见到另一只饿虎、一个魔鬼照镜子时产生的恐惧！

一个奇怪的念头破天荒地在头脑里出现：

"他祸害过无辜的人，我也杀过无辜的人，他为了目的可以牺牲任何人，而我为了报仇……难道我们的区别仅仅是我更强？"

陈默蹒跚着把这个地方搜了一个遍，一无所获，连一张纸片都没有。那个中年妇女早已逃走。他又把那些小姑娘问了一遍，没有一个人能说出个所以然来。最终，陈默又一次回到车间，呆坐在那两具尸体对面。

必须面对现实了。

大错铸成，真的所有线索都断了。

自责把他压到了崩溃的边缘。他可以忍受一切痛苦，却不能再忍受一次这样的内疚……

嗡……

忽然，一阵微弱的响声把陈默惊醒。

屋子里还有一个人！

他像弹簧一样跳了起来，摆出一个法式拳击的架子。

"出来！"他在怒吼着。他祈祷着有一个人影能冲出来，好让自己发泄一下，更重要的是，能够问出女儿的下落。哪怕是对方有一千个人，他也毫不畏惧。

嗡……

没有人出现。

那个声音还在响着。

陈默终于猛醒过来：手机！这是手机震动！

他立刻行动起来，把两具尸体都搜了一遍，没有。他屏住呼吸，依靠耳朵一步步朝着声源逼近。最终，他在墙边停了下来。他把身体贴在墙上，一寸寸移动。他的手忽然碰到了一个缝隙。他敲了敲墙，发现有块地方是木板。

一拳下去，木板被打烂，一个暗箱露出来。里面，一部手机在跳动。

"我就说嘛！"陈默欣喜若狂，"这年头真不用手机的话怎么做生意？！"

陈默迫不及待地拿起手机，长舒了一口气，按下了接听键。

"谁？"他努力模仿着大林的声音。

然而对方却不说话。

过了好久，一声叹息从耳机里传来，随之而来的是一句让他觉得天旋地转的话。

"陈默？"

"你是谁？"陈默觉得脊背上寒意阵阵袭来。

对方居然知道自己的名字！

"你是谁？！"他忍不住吼了起来。

一阵嘶哑的轻笑。

"我是老秦……"

陈默的脑子在飞快地转动。

"难道是大林的手下通风报信了？但是我的名字……难道是雯雯说的……"

也许，她……还没有被卖掉？

"大林还活着吗？"

老秦问道。

"还活着。"陈默看了尸体一眼，若无其事地说。

"让我跟他说话。"

陈默冷笑了一声:"你先让我跟我女儿说话。"

老秦叹了口气:"卖掉了。"

"卖到哪里了?"陈默的声音充满杀气。

"这么着吧,你把大林带到我这里来,我给你把孩子赎回来。"

"不,你把孩子带来,我当面给你大林。"

"不行,你报警怎么办?你来我这里!你带着大林到柳阳刁埠村,咱们交换。"

"那是什么地方?"

"那是买家住的地方。"

"你们串通好了暗算我怎么办?"

双方又讨价还价了一会儿,最终陈默让步,同意去柳阳见面。但是他提出的交换条件老秦死活不同意。

"不行!我要看到大林活着,才会带你到买家家里去。"

"不行。"陈默直截了当地拒绝了,"大林人高马大,我带不了他。你要是不来九安也可以,我到买家那里见到雯雯,就开启一个视频聊天,你在视频上看着我的人放了他。"

老秦几秒钟没说话。然后他明显不耐烦起来:"你不想要孩子拉倒!我这是破例给你个面子!"

"我也是一句话。你不想要孩子,我也无所谓。"

老秦愣了一下。

"你这是什么意思?"

陈默此时已经对自己的一个猜想觉得很有信心了。

"大林,"他带着轻松的口气说,"是你亲戚对不对?"

老秦顿时语塞。

"侄子?外甥?"

电话那边传来一阵急促的呼吸声。良久,老秦无可奈何地说:"你怎么知道的?"

"他的嘴很硬,"陈默说,"你还冒着被窃听的风险跟我谈了这么久。你们俩都太讲义气了,这不正常。"

陈默带着快意等着老秦说话。他终于让人贩子体会到丢失孩子的感觉。

"你怎么他了?"老秦的语气变得凶恶起来,"大林要是蹭破点皮,我杀了你孩子你信不信?"

"我信。"陈默郑重地回答,"那你信不信,第一,我会让大林死得痛苦十倍;第二,大林告诉我你们家住哪儿了,我会把你全家杀光!我是不是吹牛,你问大林的手下!"

"你他妈到底是什么人啊?"老秦语气里带着真诚的纳闷。

"我是你们不该惹的人,"陈默的话里透着森森寒意,"我是都灵屠夫!"

第六章

战争

第七天、第八天

老高坐在烟雾缭绕的会议室里,两眼望着窗户出神。房间里不停有人咳嗽,可见年轻警察们对烟的承受力大大不如老一辈。想到这里,老高轻蔑地一笑,又点上一根烟……

"老高,你少抽点吧……"所长终于忍不住发话了,"就你一个人抽烟,你自觉点……"

今天这个怂货敢当众批评自己,有点出乎意料。老高不屑地掐灭了烟,双手当胸一叉,做出一副洗耳恭听的架势。这使得所长有点后悔呵斥了他。眼下还是少个看热闹的人比较好。

这真是个奇怪的案子。早上洞头村有人来报案,说是几十个娃娃凭空冒出来。去了一看,空空一个大院子,一个大人都没有。问孩子,说是被拐卖来的。可是拐卖他们的人都哪去了,没有一个能说清楚。

"还有谁有看法？赶紧说。"

"我还是那个看法，通风报信！你想深更半夜，一个团伙二十来个人怎么全消失了？肯定是有巨大的危险。什么危险？那肯定是有人告诉他们，咱们有行动……"

"行啦，"所长打断了他，"都问过了，没有抓捕行动……"

"我说两句。我也是坚持我的看法，那就是团伙内讧……"

"内讧怎么没尸体？连血迹都没有……"

"哦，也对……"

"所以，真相我看就是这个：他们有急事离开了……"

头疼欲裂的所长抱着死马当活马医的态度，问了问老高。不出所料，丫根本拒绝治病，直接装死马。

"我不行，脑子不行了，老了……再说直接交给刑警队不就完了，我又不是刑警队的了……哦对了，没死人没尸体，人家让你们自己讨论讨论写个报告就行了……那就随便写呗，这么多理论，纸都不够用的嘛……"

所长看着老高幸灾乐祸的表情，觉得自己很想抽烟。他没猜错，老高的确是装。不过这次倒不是跟别人过不去那么简单。他心里有线索，但是这个线索太虚，他自己都知道还不能说出来。

这么多人消失，其实最像是动物界的炸窝。

唯一的可能，就是来了天敌！

对于这一点，老高十分确定。然而没有尸体，没有证据，没有死亡迹象。所有的，只是一个猜测。

那天他盘问赵亮失败，径直走掉是在气头上，出去没几步就恢复了冷静，觉得还是有点不对劲。于是他又开回去，藏在路边，等赵亮发动车子，偷偷跟着那傻小子开出闹市，开下三环，开向城南水库。老高觉得有戏：没事谁往那跑？不至于你女朋友的侄女失踪了，你去烧烤吧？老高觉得再跟一会儿，就能得出答案——水库就在九安边缘，除非他要跑长途——偏偏这时，他被所里的紧急电话叫了回去。回去了发现两个穿西装的在等自己——原来是来"了解问题"的。

接下来的二十分钟里，老高非常不合作，要么装聋作哑，要么答非所问，弄得对方很尴尬。老高这样倒不是失态。他其实是在埋怨自己。放在以前，跟线索的时候他是绝对不会半途而废的，十趟电话也叫不回来。但是如今不一样了。

"你真以为你破个碎尸案，就能东山再起了？你说你几十岁的人了怎么这么幼稚？"老高暗骂着自己。

"平时不是挺清高的吗？关键时刻露真面目了，一个电话就颠颠跑回来了？你就是一官迷……"

想起那些蠢货可能怎么评价自己，老高咬牙切齿。

对，我是官迷！但我不是贪！为了这个工作，我失去了什么，你们想都没法想！我要的，只是我应得的！

老高忽然回想起三十年的风风雨雨。蹲守几天，然后回家跟老婆吵架。连着上夜班，孩子抱着自己的大腿不让走……

"唉，"老高忽然消极了起来，"要是时光倒流，我宁愿多陪陪孩子……"

等等！老高忽然有了个想法：什么人会对孩子特别上心，不惜冒天大的危险，不惜做不可思议的尝试呢？那就是曾经无数次辜负孩子的人。

比如，常年不在家的父亲……

今天一大早，老高收拾情绪，四处奔忙起来。他去了水库，地方太大，搜查不过来。但是据附近护林的老头说，昨晚听到过"好几声鞭炮声"。永利街派出所，就是离水库最近的那个，收到个走失男孩。没人看到是谁送来的。监控也没拍到。但是时间正是自己跟踪赵亮之前一个小时。

他还勘察了进出水库的必经之路。今天早上到了洞头村那个窝点，他忽然发现水库那里找到的轮胎印跟这里一辆被丢弃的大卡车很吻合……

老高的脑子在高速转动着，无数想法在交织、在发酵。他回到所里，本来想找老杨商量一下，可是却死活找不到人。有人说，他去市局开会了。

"一群废物，找到了也帮不上忙……"老高决定还是单干。

散会后，他直接开着那辆从交警队赖来的车来到陈静家小区门口。

蹲守了两个多少小时之后,他发现陈默拎着旅行包从楼门口走了出来,上了一辆出租车。

老高一路跟踪,发现他在火车站下了车,心里又兴奋起来。

"你小子肯定干了什么事了吧。想跑?不对,孩子还没找着呢,难道……死了?"

刹那间,老高发现仅仅是一个假设,自己的鼻子就一阵发酸。

他赶紧刹住思绪,又往另一个方向推理:也可能没死,还没找到。你小子是不是又找到什么线索,去搞事?

等老高回过神来,陈默已经进了候车大厅。他赶紧跑到门口,尽可能隐蔽地朝安检人员亮了亮警官证,也跟了进去。他在各个候车口来回张望,却已经不见了陈默的踪影。

"难道已经走了?不对,难道,车站只是个障眼法?难道他已经溜出了车站?"

正在着急间,手机忽然响了起来。

老高拿出来一看,气又不打一处来。

"我说你们能不能有事一次问完……"老高冲着手机吼道。

然而电话里传来的却是杨副所长低沉沙哑的声音:"老高,韩副书记……跳楼了……"

老高愣了。

韩副书记这人他当然认识,以前共事过一段时间,低头不见抬头见。

此人名声不是很好,各种消息说他"要出事"很久了,今天终于成真了……

"但是,这跟我有什么关系……"老高莫名其妙。

"师父啊,"老杨的声音在哽咽,"你保重啊……"

电话断了。老高呆若木鸡。

片刻,他有种想掏枪打人的冲动。

姓韩的犯的是多大的事啊!这也往我身上扯?到底是谁啊,把我往死路上举报?!

我到底怎么得罪人了?

是因为那年那个特大杀人案抢了别人的功劳?因为那次没给某人面子,放了他小舅子?因为每次破了案爱吹牛,讽刺人,笑话别人破案不行……

去你妈的!这些算个屁!我有什么问题?有什么问题?归根到底不就是……

老高忽然失去了发火的兴趣。他意识到自己就像个正在漏气的皮球,颓废、绝望,却无可奈何。

他终于明白,自己东山再起是不可能了。

这次能全身而退就谢天谢地了……

就在这时,车站广播响起:"前往柳阳的旅客,请马上到检票口检票。"

寻声望去,老高看到一个高高的身影从检票口一闪而过。

他犹豫了一下。

跟过去？显然很危险。陈默身手了得，而他孤身一人。可是不跟？

"不容我不跟啊……"老高长叹一声，随机掏出手机，恶狠狠地关了机。

"别想叫我回去扒我警服，卸我的枪！"老高大步流星朝着检票口走了过去，"自己弄丢的，就一定要自己拿回来！"

走到露天的站台，天色还有点昏暗。清晨的冷风把老高吹得一阵牙关相扣。他低着头，尽量混在其他乘客中间，沿着月台慢慢寻找陈默的踪影。不知走了多少步，他站住了。他发现自己已经成了孤零零的一个人，抬起头来，陈默就站在最远处的登车位看着自己。老高沉了沉心气，迎着他的目光走了过去。

"高警官，"陈默点着一支烟，"好巧。"

"别装了，"老高拿出面对犯罪分子的表情，"什么时候发现的？"

陈默没有回答，而是反问了一句："你要是想逮捕我，悉听尊便。要是不是，我还有事。"

陈默的目光冷酷而坚定，让老高觉得自己是要徒手去拔一根电线杆子。他开始变得焦躁不安，摸索着各个口袋，结果发现没带烟。最后还是陈默主动叫了他一声。

"接着。"

老高接住陈默扔给他的烟,点燃,吐出一口烟雾。

然后两个人互相微笑了一下。

"我不是来抓你的,"老高沉吟着开了口,"没有证据,没有立案,我不乱抓人。我就是想跟你谈谈。第一,你想找到孩子,我们也想。这你得相信我。"

"我相信你们想。但是你们找得着吗?"陈默回了一句。

"我当了二十多年父亲,我理解你想找到孩子的心情。但是我干了三十年警察,见过太多人为了好的初衷,结果最后进了监狱,甚至挨了枪子……"

陈默干笑了一声。

"怎么,你以为我瞎说?"老高也笑了,"没错,有时候为了劝住那些要行凶的、跳楼的,我们的确会编点瞎话,动之以情嘛,不过今天我真没说谎……"

陈默不置可否地看着他。

"年轻人啊,都是一样,老人说的话,左耳进,右耳出,"老高苦笑了一声,然后微微仰起头,"我们家那个浑小子,每次都是这样……"

"不是,"陈默扔了烟头,长叹一声,"我不知道你们为什么都不明白……我也不知道为什么要跟你说这些——其实,我根本没当过父亲。我就跟雯雯见过三面,你说我算什么父亲?我找她,只是为了我老婆。我对不起她一次,不能再辜负她的遗愿……雯雯是她留给我最后的东西,是她最大的牵挂,为了她的遗愿,我死了,就算赔给她一条命……"

陈默三言两语讲了赵娟的遭遇。老高好久没说话。

"但是你还活着啊,"再次开口时,老高的语气不再居高临下,而是多了几分设身处地的真诚,"你想想,你要是进了监狱,或者死了,你的孩子找回来又怎么样?她会不会伤心?会不会内疚?你忍心让她从小内疚一辈子?还有你妹妹,你就忍心把所有烂摊子都扔给她?你胡来会不会给她带来法律上的麻烦……"

陈默没有回答。

"人的命,对于自己,很轻。但是对家人,却很重。对家人,你永远不会死。你就是真死了,你的影响也会永远跟着他们活下去……"

老高的声音越来越轻。最终,他的视线落在陈默身后的雾气里。

他忽然觉得,自己没有必要跟着陈默走这一趟。

爱怎么着怎么着吧。

他真的累了。

一阵尖利的金属摩擦声传来,火车已经已经进站,慢慢停在了月台。

"我要上车了。"陈默盯着老高说。

"你上就上呗,"老高的语气出乎意料地轻松,"还让我跟着给你提行李啊?"

说着，他自顾自转身离去。

"都被你发现了，跟着去了也没用。就算没被发现，我看还是没用。命中注定，我认了……"他喃喃自语，边走边颓然地摇着头，背影像极了街头棋盘边发现自己被将军的退休老者。

陈默一愣，但是马上又坚决起来。他朝着老高的背影一点头，说了声："再会。"

列车开动了。老高停了下来。

"好自为之吧，小兔崽子。"看着远去的列车，老高自言自语。

陈默隔着车窗看着老高，默然不语。一路上他数次想小睡一会儿，可是老高的话却像一块石子，搅得他内心涟漪不断。最终，快到柳阳的时候，他掏出手机，在通讯录里找到了陈静的名字。

"陈静，对不起，我走了。"他费劲地打着字，"我是一个自私的人，不合格的哥哥和父亲。在你们需要我的时候，我总是只想着自己。我现在觉得你说的对，当初赵娟出事后，我应该回到雯雯身边，回到你们身边。如果能够再来一次，我会这么做。但是事到如今，我却做不到。很久以来，我觉得自己活在一个黑暗的森林里，到处是鬼一样的树影，到处是野兽的脚步声。我觉得只要稍一放松警惕，它们就会跳出来，伤害所有我在乎的人。就像发生在赵娟和雯雯身上的事一样。我只能每分每秒紧绷着神经，朝着一切可疑的影子开枪。这样活着真的很累。可是我只能这样活着。

很抱歉，我向你撒了谎。我已经跟拐走雯雯的人犯头子约好，去把她换回来。在这个过程中,我许给你的诺言很可能没法遵守。但是请相信我,我杀人不是因为嗜血,不是因为残忍。就像刚才说的,为了所有我爱的人的安全,我愿意朝一切可疑的东西开枪,更何况我百分之百确定,我面对的是真正的野兽,知道咱们家庭住址的野兽。我这辈子只能回来这么一次,不能不趁着这么个机会把他们都除掉,确保你们以后几十年的安全。

当然,也许这没用,也许只是我在自欺欺人,为自己挣得一点可怜的安全感。但是我这样的人,也只能做到这些了。

你说过,希望我能过正常人的生活,我真的很想。可是我在你们身边,只会给你们带来麻烦。所以请原谅我再一次不辞而别吧。

我可能会回来,也可能不会,但是我向你保证,雯雯一定会回来!"

柳阳是县级市里的巨无霸,有三百多万人,几乎全部由农业人口和流动人口构成。火车站里接踵摩肩,人流如潮,是拐卖儿童和掏包碰瓷的天堂。陈默对此早有耳闻,因此下车后尽快离开了火车站,找了一个便宜小旅店住下。下楼买烟的空,他跟老板聊了一会儿。

"买孩子的?那多了……"老板看他的眼神就像当年陈默瞧新兵一样,"这周围很多村子,不敢说一半,十家里边两三家都买过孩子……便宜嘛,很多干这个的……你是来找孩子的?你千万小心点哦,那些村子,尤其是在山里的,彪悍得很,我听说有你这样的家长去贴寻人启事都挨打……"

陈默没说什么，点着头听完，道谢离开了。他上了出租，来到城里的购物中心，买了一堆奇怪的日用品。然后他又跑到科技市场，买了个二手笔记本电脑，和一个老式的罗技摄像头。在回来的路上，他再次停下，找了个烟花爆竹的摊位，仔细挑了一些烟花棒。这些东西其实在九安都能买到，不过可能通不过高铁安检。回到旅店房间，他开始小心地加工这些原料。

第二天中午，陈默按照约定来到柳阳火车站。他在站门口等了一个多小时，期间有五个小偷试图偷他钱包。他用眼神吓跑了两个，三个被他抓住手腕子暗暗给了一拳。其中两个乖乖捂着肚子蹲了一会儿就离开。另一个期期艾艾地又挤上来问：大哥你赔点医药费吧……

陈默一亮刀子：这个要吗？

那人兔子一样跑了。

又等了半个小时的样子，手机响了。

"你怎么带着刀？"老秦很不高兴地问。这不出陈默所料。老秦的人肯定在周围观察他。

"预防万一。你人呢？"

"待会儿有个女的去找你，她会带路。"

"你不是自己来？"

"我也预防万一。"

老秦刚挂了电话,一个中年农妇出现在陈默面前。她话也不说,呆呆盯着陈默。

"老秦派你来的?"陈默问。

对方点点头。

陈默打量着她。这人大概四五十岁,脸上的皮肤只有黑红两色,发型像狗啃的一样,带着一条红围巾,怀里还抱着个婴儿。陈默不得不佩服老秦的谨慎——这样一来,半路上拷问一番的计划泡汤了。

"你带路。"陈默扔下烟头。

那女人领着陈默走了一段,搭上一辆小公共汽车。车开出火车站,离开市区,钻进大山。一个小时之后,现代文明的痕迹消失不见。除了坑坑洼洼的水泥路,只剩下无穷无尽的山林。

柳阳和九安口音相去不远,陈默路上试图跟这女人聊两句,但是对方总表示听不懂。汽车颠簸起来,她怀里的孩子开始哭。那农妇连哄都不哄,由着他哭。

"这孩子,"陈默斜着眼睛看着她,"拐来的吧?"

"瞎说什么,"她忽然听懂了九安话,"这是我亲生的。"

"放屁!"

农妇想还嘴,但是陈默一瞪眼,她什么也没敢说。她嘴里嘟嘟囔囔,从包里拿出个奶瓶,要给孩子喂奶,不料被陈默一把夺过。

"放药了没有?"陈默恶狠狠地低声问。

那女人一惊,点了点头。陈默打开车窗,把奶瓶扔了出去。

"你这是干什么?"

"药死孩子,我弄死你!"

农妇来了脾气,把孩子往陈默怀里一扔。那是个不到一岁的婴儿,小嘴里只有隐约的乳牙痕迹。他一双大眼睛盯着陈默看了一会儿,眉毛忽然皱成一团,张大嘴夸张地哭了起来。

"你厉害你哄!"农妇幸灾乐祸地在一旁说。

陈默却对她的话充耳不闻。因为刚才,一股神秘的气息像锁链般把他缠住。

气味,就是记忆的保险箱。

刹那间,陈默回到了多年以前。他全回忆起来了,所有的经历,所有的感觉:木色的婴儿床,满垃圾桶的纸尿裤,半夜把人吵醒的啼哭,婴儿身上特有的乳香,还有那有力而纤细的小腿……他看着那张小胖脸,记起雯雯那时候就是这么警惕地盯着自己,没有一秒钟安生,时时刻刻在挣扎着,想重回妈妈的怀抱。他亲了亲她的脸颊,胡茬却让她哭得更加厉害。几次失败后,雯雯对他好像抱有深仇大恨,见到他在房间里就哭。最后还是赵娟给他出了个主意:他拿着一块糖给雯雯吮吸。

他记得,那张小嘴是那么小,嘴唇又是那么红,形状像极了小时候的自己。他还记得,雯雯吸着吸着,忽然笑了,整个人看起来就像个米老鼠。他乘胜追击,学会了给孩子换尿布,穿衣服,晚上抱着她哄着睡觉,唱歌,讲故事。

讲的什么故事来着?

对了,是樵夫的故事。

讲了不知多少遍啊,每天都讲。因为陈默也不会别的故事。几天后奇迹出现了,雯雯一听那句"樵夫摇了摇头",就拼命摇头,像个拨浪鼓。再后来,听到"樵夫"也摇,听到"斧头"也摇,最终见到爸爸就拼命摇……

"哎呀,"陈默当时摸着后脑对赵娟说,"生了个天才啊……"

直到多年以后的此刻,在这公交车上讲起这个故事,陈默才明白了原委。他第一次留意到,原来自己每讲到这句就像个傻子一样无意识地摇头,雯雯只是在学他。当你为人父母,当你面对孩子,你就会把自己身边的一切都忘掉,你会做各种蠢事、傻事来逗他一笑;你会付出一切,自己却不知道自己在付出什么……

陈默的视线模糊了,大滴的泪水滴在孩子脸上。小胖孩被这奇怪的物理现象所吸引,停止了啼哭。陈默亲了亲小脸,把他抱在怀里。那一刻,他终于回忆起,当父亲是什么感觉。

小公共汽车开了足足三个多小时,到了终点站,乘客们纷纷下车,那女人也站起来想走,陈默一把拉住她。

"你先给我指指,"陈默指着窗外的人,"哪个是老秦?"

那农妇大概被陈默捏得生疼,很不客气:"你有病啊!老秦怎么会在这里?!还早着呢!"

这次旅程让陈默见识了什么叫穷乡僻壤。下了小公共汽车，农妇又带着陈默上了一辆机动三轮，沿着盘山的泥土路开了上去。那路只有不到三米宽，旁边就是悬崖，令人心惊胆寒。三轮车开了足足两个钟头，终于停下了。

"大姐前边没路了，你走过去吧。"

陈默跟着农妇，在人踩出来的山路上艰难跋涉。他开始审视自己最初的计划。硬来，恐怕是不行。不说别的，抱着孩子跑出来有点困难。他开始琢磨，是不是要弄个人质什么的。

"就在前边，过了那个山坡就到了。"农妇在前边招呼他。

陈默紧走几步，赶了上去。他看到一个村子安详地躺在山坡之下。

"就这村？"

"我骗你干什么？"

"老秦在哪一家？"

"你跟我走不就行了……"

"好，"陈默点了点头，表情忽然变得和善起来，"多谢带路。"

他一拳把农妇打晕。

陈默抱着孩子出现在村口。村里的主干道是一条泥土夯实的路，还算平整。路两边都是田地，一开始是平地，后来走了一段，又变成梯田。走了大约三里，终于出现了简陋的瓦房。那些房子泥灰剥落，露出长着青苔的红砖。看门狗冲着气味陌生的陈默叫了起来。房子门口开始出现人。一开始是些服装臃肿的家庭妇女,她们交头接耳,不一会儿就叫来了家里的老人。那些老人警惕地盯着陈默。

陈默觉得不能再任由他们散布消息,于是找了一家门口坐了下来。

"大爷,"这家看门的是个叼着烟袋的老汉,"要孩子吗?"

老头看了看陈默怀里的婴儿,表情轻松了很多。

"我自己有娃,不要。"他磕了磕烟斗,又开始教训陈默,"你不能这样子。"

"哪样?"陈默装着不明白。

"你不能自己带孩子来卖,这是老秦的地盘。"

看来来对了。陈默心说。

"我就是给老秦干活的。"陈默笑着说。

老汉看着他,抽了几口烟才开口:"不能,我怎么不认识你?"

"老秦生意做大了,我在九安跟大林的。大林给他找的这孩子,让我带过来。"

"哦,"老汉听到大林的名字,不再怀疑陈默,"男孩女孩?"

"男孩。"

"是不是给双海家带的?"

"你不是双海老爹?不好意思,我认错了。我以为……"

"多少钱?"老汉好像忽然来了兴趣。

"三万。"陈默大概报了个价。

"开玩笑，自己乡亲还买这么贵，上次不还一万八吗……"

"我也不清楚，这得老秦定……"陈默满脸堆笑。

"那你快去吧。"老汉满脸不悦，"见到老秦你帮我问他，都大半年了，我那孙子怎么还没着落？"

陈默忽然有了个主意。

"大爷，您出个价……"

"我？嗯……"老汉沉默了一会儿，"两万吧。你说了能算？"

"当然不算，"陈默热情地递上一根烟，"不过吧，我听大林说，双海家临时改价，他不太高兴。您要是能出两万二，我就能帮您说说话……"

"两千归你？"老汉也不傻，一听就明白。

陈默微笑着点了点头。

"你这后生不知深浅，"老汉不以为然，"老秦能听你的？我跟他关系也一般。"

"这么着，这孩子先放您家，您要是能照顾好，孩子一见您就笑，我就说你看这孩子就认这爷爷了，这是缘分，您再说两句，我看差不多。干我们这一行的，不认人，只认钱……"

老汉沉思着点了点头。

"那你快去吧，孩子先放我这里。"老汉迫不及待地接过孩子，不停地逗他。

"大爷，老秦家哪个房子来着？我没来过……"

根据老汉的指示,陈默找到了老秦家,躲在墙角里暗暗观察。这是一个很大的院子,院墙有三米多高,院子里隐隐有座木顶的建筑探出头来。院前的白铁皮大门没锁,不时有个年轻人出来左右张望,显然还在等着那个农妇把陈默领来。陈默看了看天,又转头走了几步,找到个草垛,钻进去躲了起来。

满月初升,院子里亮了灯。陈默从草垛里出来,悄悄走到门口,掏出早就准备好的链锁,把铁门拴住。

铁链隔着塑料外皮,没有发出半点声音。陈默把钥匙掰断在锁眼里,然后沿着墙的影子绕到房子后面,借着电线杆一蹬,扒住了墙头,往院子里观望。他发现老秦似乎是村里辈分很高的人,那座木顶建筑是个祠堂。祠堂大开着门,门前坐着五个后生。

陈默悄悄上了墙,沿着墙头爬到祠堂顶上。往后院观察了半天,确定那里没人,他掏出昨天在地摊上买的短刀,回到墙上,跳进了前院。

"谁?哪个?"

几个后生惊叫起来。陈默没给他们任何反应时间,落地后立刻贴地一滚,滚到离自己最近的人脚下,一刀割断了他的脚筋。那人惨叫着倒下,又被陈默捂住嘴抹了脖子。剩下几个人都惊呆了。

虽说也是勇悍之徒,但是上来二话不说就杀人的人,还真是没见过。他们互相看了一眼,挥舞着刀一起冲了上来。陈默大步迎了上去。

　　长刀直刺过来,陈默左手擒住对方的手腕,右手中的刀刃风一般掠过他的喉咙。劲风如箭,另一把刀当头硬砍。陈默抢身突进,狠狠一个直踹,正中小腹。对方哼都没哼一声,身子软了下去。长刀脱手,陈默顺手接住,看也不看,直接缩头一蹲,躲开了两边同时横砍过来的砍刀;接着身子像是弹簧般再次弹起,双臂势如长枪,朝着左右两边直扎过去。

　　两声闷响,陈默松了手。两具胸前插着刀的尸体倒了下去。

　　院子内外的人都被惊动了。村里开始有脚步声朝这里赶来,离得近的人已经到了门口,可是他们面对链锁只能拍着门叫嚷。祠堂里也呼啦啦冲出六七个人。两把手枪,一把猎枪,剩下的都是砍刀。一个光头老者站在中间,不怒自威。

　　"陈默,"老头忽然开始鼓掌,"好身手!"

　　"老秦,幸会!"陈默不慌不忙,朝着老头走了过去。

　　老秦没跟他握手。一把手枪顶住陈默的下颌。老秦招了招手,手下把陈默押到后屋。

　　"都散了吧,"老秦朝外边喊道,"抓住了。"

　　外面的渐渐静了下来。

　　"你胆子不小,佩服。"老秦让陈默坐在一张书桌前。

　　"你敢约我在你家见面,胆子也不小。"陈默回敬道。

"这不是我家,我没家。"老秦笑了。

接着他指着在座的人,开始介绍:"这是我大哥,这是我侄子,剩下几个,都是我的小兄弟。"

陈默环视着在座的人。一个老头,一个明显有弱智特征的中年人,几个染了头发的年轻混混。

老秦喝了口茶,慢慢把茶杯放下。

"你先说说,你是怎么找到大林的?"他真诚地请教,"是不是黄毛他们?"

陈默点了点头。

"我就知道,"老秦叹了口气,"他们俩露相了,我以为扔掉就行了……早知如此,真应该灭口……"

"恰恰相反,"陈默说,"你要是不抛弃他们,我还真找不到什么线索。"

老秦仰头想了一会儿,无奈地摇了摇头:"有人提醒过我,你是个硬茬,所以我格外加了小心,没想到弄巧成拙……"

"谁?"陈默来了精神,"谁跟你说起过我的?你是怎么知道我的名字的?"

"这个嘛,"老秦又端起茶杯,"你知不知道无所谓——你觉得你还能活着出去吗?"

刹那间,老秦脸上遍布杀气。片刻之后,又变成了悲伤。

"我知道,大林已经死了,对吧?"

"大林到底是你什么人？"陈默问。

老秦长长地叹了口气。

答案令陈默心里一惊："是我亲生儿子。"

"我生了四个儿子，年轻的时候缺钱，都卖了……那时候啊，就觉得钱重要，后来才转过弯来。别人能做这买卖，我也能啊……"老秦好像陷入了回忆。

"拐带孩子的时候，有时候路上难免死一两个。有的因为喂药太多，有的因为得了病，有的因为不老实……死了，我把尸体一扔，空着手回来。有聪明的孩子问我，那个谁谁到哪去了，我就骗他说，我送他到很远很远的地方去了。我嘴上这么说着，心里也真信了，觉得只是死个人跟送走了个人也没多大区别，不是大事。但是如今轮到大林，我这个心里难受的啊！我梦见他，他说要走，我死死拉着他的手，可是他的力气那么大，我怎么也拉不住，就眼睁睁看着他走得很远很远，再也看不见……"

不知什么时候，老秦已经老泪纵横。良久，他又回过神来。

"干我们这一行的，就怕报应。我以为把大林过继给别人，不跟我姓，就能让他躲过这一劫，没想到……我就剩这一个了，就这一个了……"他的手在颤抖，"你就不能给我留一个吗？！"

"别激动，"陈默知道，再不说话，对方就要动手了，"大林还活着，关在我家呢。你让我见见我女儿，我就给你看货。"

老秦一把揪住陈默的衣领。

"你骗谁啊？！你这么狠毒的人，会留活口？！给我枪！"

陈默的眼睛一下子亮了起来。他看到了一个把事情变得简单的机会。

然而手下却劝住了老秦。

"老大，我们来就行了，您别脏了手。"

枪口指着陈默的脸。他依然不动声色。

"信不信随你，可要是杀了我，你就是亲手杀了你最后一个儿子！"

老秦死死盯着他："你诈我？除了你，你们家谁还敢杀人？"

"我妹夫，"陈默一笑，搬出了老军医郑杏林的遗言，"开出租只是他表面的工作，他其实是道上的。地桥区老大小潮哥知道吗？他跟他混。"

老秦知道小潮这个名号，判断不出这话的真假。左思右想，他觉得让陈默视频连线一下，也玩不出什么花样。

"好，给你个机会。让我看看大林。"

"那我女儿……"

"你凭什么跟我讲条件？！"

要开始了……

陈默点了点头，忍住内心的激动和紧张，把手伸向背包。

"你干什么？"老秦警惕地问。

"我的手提电脑，在那个包里。"

"我有电脑，"老秦脸上的神色很复杂，"用我的。"

陈默一惊，但是旋即装出若无其事的表情。

"那不行，我妹妹把聊天工具设置过了，只能接受我的 IP。"

老秦向几个年轻手下投去询问的目光。这可超出他的知识范围了。

"你胡说！"一个年轻混混叫起来，"IP 地址跟电脑有个屁关系？你怎么能事先知道你要接入哪个网？"

屋里的气氛紧张起来。几把枪重新指向了陈默。

"你到底想耍什么花样？"老秦恶狠狠地问。

陈默发现自己有点低估了这些人的知识水平。

"你说的是网址，"他冷笑一声，"我说的是网卡的物理地址。每个网卡的物理地址都是唯一的，你不信就查查书。"

这下大家都面面相觑。那些只混过网吧的小混混无从判断这话的真假。

老秦无奈地摆摆手："用你的。"

陈默从包里拿出那个老旧的笔记本电脑。老秦的手下接过来，仔细检查了一下，打开电源，直到 Windows 启动了才交给陈默。

"这个显示屏不太好，你们把灯关几个……"陈默说。

老秦点了点头，让手下把灯灭了几盏，只留下门前的一盏。

陈默打开 QQ，找到了一个联系人，打了几个字。

片刻之后，对话框里出现了回复。

"准备好了！"

老秦面色紧张，催促陈默开始。

陈默发起了聊天。

老秦急不可耐的走到电脑旁，侧耳倾听。

"怎么没人接听？"

有人接听就怪了。如果他搜陈默的身，就会看到另一个号码的企鹅头像在他的手机屏幕上跳动。

"哦，错了，"陈默恍然大悟的样子，"点成语音了。视频……视频……这个老机子得先装摄像头……"

他在包里翻了一阵，拿出一个老式的罗技摄像头。那个东西形状和大小跟乒乓球差不多，下面有个夹子式的支架。陈默把缠成一团的 USB 线展开，在电脑上插好，然后把摄像头紧紧固定在显示屏上方。他慢慢站起来，老秦迫不及待地把他挤开，坐在椅子上。几个手下的注意力也被吸引到屏幕上来，因为接下来几秒钟将要决定自己是否要取这个人的性命。

他们都没注意到，陈默让开时，手里还有一根线连在摄像头上。

咔嚓。

曲别针做成的拉环被陈默悄悄拉下。被掏空的摄像头里，两片火柴盒上剪下的鳞片被牵动，摩擦着中间夹着的一捆火柴头。火星溅出，点燃了塞得满满当当的镁铝粉。砰的一声，屋子里忽然亮如白昼。摄像头做成的闪光弹爆炸了，发出耀眼的光芒，在所有人视网膜里留下一个太阳,除了及时回过头去的陈默。

他抓住这转瞬即逝的机会,双手闪电般一扭,夺过手枪,左手夹住老秦的脖子提起来当成肉盾,然后右手的枪对准了他那些不知所措的手下。

陈默连开了五枪。

"老秦这个人啊,"此时,对门的邻居说道,"真够狠的!"

老秦脸色煞白,看着一屋子尸体。所有手持武器的手下都躺在血泊之中,除了他那呆若木鸡的大哥和本来就呆若木鸡的侄子。

"唉!"老秦长叹一声,"我栽了!"

"现在,"陈默的声音里带着一种令人恐惧的满足感,"跟外面说句话,让他们回家。"

枪口紧紧顶着老秦的脊椎,容不得他做别的选择。

"处理完了,都回去吧。"

陈默从兜里掏出塑料捆线带,让老秦把他大哥父子俩的双手捆在身后,塞住嘴。然后他掏出手机拨打了110。

"对,刁埠村……嗯嗯,贩毒团伙,好像还绑架了个警察……对对,我亲眼看见的,你们快来吧……"

做完了这些,陈默走到老秦面前,用枪指着他。

"现在,带我去找我女儿。"

老秦领着陈默来到后院一间砖砌的小屋门前,示意钥匙在自己口袋里。陈默点了点头,老秦慢慢掏出钥匙,打开了小门。

陈默把老秦双手捆好,一脚踹倒在地,然后走进那间小屋。他看到里边有个小女孩,穿着破旧的棉衣,头上套着一个黑布头套。他迫不及待地一把抱住了她。

陈默强忍住泪水,扯下头套。一张小脸上满是泥灰,还有泪水冲出的条条杠杠。

"她怎么了?"陈默暴怒起来,出来用枪顶着老秦的脸问。

"她……她吃了点安眠药……我怕她喊……"

陈默狠狠给了老秦一拳。

抱着女儿走出小屋,陈默觉得心头像是卸下了一个几十斤的麻袋。他仰天长出了一口气,开始盘算出村的办法。

显而易见,前门是不行的。后院墙上有个小铁门,应该没问题……

四下打量中,他的眼睛忽然停住了。他这才发现,旁边还有许多一模一样的小屋。

"都打开!"陈默命令老秦说。

"这跟你没关系……"老秦有些为难。

陈默冷笑了一声。

是啊,放在以前,我可能也会这么想,可是现在……

"每个人都是跟你我一样的……"

陈默感觉有些荒谬,摇了摇头:居然是一个人贩子让我明白了这一点……

"打开!"陈默把枪口指向老秦。

在枪口的逼迫下,老秦一间间打开那些屋门。每扇门打开时,里边都传出一阵轻声惊叫。在门口灯泡微弱的黄光下,陈默看到里边都关着人。有的是小孩,有的是女人,有的几个人一间,有的单独禁闭。她们衣不遮体,蓬头垢面,裸露的手臂和腿上带着伤痕。陈默的脸色越来越难看。有种奇怪的感觉在心中升起。他仿佛看到,这些人的脸都变成了雯雯,变成了赵娟。最后一个屋门打开后,陈默惊呆了。里边是一个全身赤裸的女人,脖子被铁链拴着,固定在墙上。她遍体鳞伤,肚子上一道一尺长的伤疤触目惊心。屋子里恶臭逼人,仔细一看,到处是呕吐物和排泄物。陈默发现自己错了。要比狠,自己弄不好还真会输给人贩子。

老秦的大哥忽然呜呜叫起来。

"你怎么了?"陈默走到他身边,扯出他嘴里的布条。

"这是我儿子的女人,你不能动她……"

陈默看着老秦。

老秦急忙解释:"这真是他儿媳妇,好不容易从城里拐来。锁着她也是没办法,弄来没几天疯了,见谁咬谁……"

陈默低着头,几秒钟没说话。然后他带着野兽般的目光抬起了头。

"你儿子这样子,要媳妇干吗?能生孩子?"

老秦的大哥似乎被戳到了痛处:"使了一年多的劲,也没生出来。只好让我兄弟抱几个孩子回来挑挑……"

"为了什么啊?"陈默真诚地问,"没媳妇你就去拐女人,没孩子你就去拐孩子?这样来的,能算你的亲人吗?"

"给我传宗接代啊……"

陈默点了点头。他把老秦兄弟俩捆在一起,把他们的嘴塞上,然后走到那个还在呜呜叫的弱智面前。

"我实话告诉你,"陈默扭过头来,盯着老秦的眼睛,"大林死了。"

老秦的眼眶中冒出仇恨的火焰,徒劳地晃动身体。

"对你们来说无所谓对吧,"陈默露出恶魔般的笑容,"孩子死了,再去抱一个不就行了。"

毫无预兆地,陈默割断了那个弱智儿子的喉咙。老秦大哥顿时发出牲口被宰杀般的声音,哀恸地用头抢地。陈默抱着双臂欣赏了好一阵,然后忽然动起来,从一个小屋墙上摘下一把手锯。

"你这把年纪该看开了,用不着的东西就该抛下了,"陈默踩住老秦的手,"你又不用手赚钱,要它们干什么?!"

锯条噬咬着皮肉,摩擦着骨骼。在常人无法忍受的哀嚎声中,他把老秦的右臂锯了下来。陈默把人手扔在一旁,看着眼前的遍地鲜血,不可抑制地大笑起来。陈默没有注意到,自己此刻的状态很像一个熟人。

文森佐·莫西亚诺。

"那种尖叫和求饶声,比什么都美……"

杀戮从来没有像现在这样,给他如此的满足感和支配感。

"你不是人……不是人……"老秦的大哥在丧子的悲痛下,生生把嘴里布条咽了下去,用尽最后力气控诉着陈默。

"对,我不是人,"陈默把锯条抵在他的脖子上,"我是都灵屠夫!"

然而事实证明,变成文森佐那样的魔鬼,自然也会犯他犯的错误。老秦的大哥用最后力气发出一声长号。陈默清醒过来,一刀扎进他的太阳穴。但是老秦居然醒了过来!他跳起来,像机器猫一样甩着断臂,飞跑到前院,一头撞在大铁门上。

"来人!"他用狼一样的声音叫着,"来人!有人抢孩子啦!"

陈默终于赶了上去,捂住了老秦的嘴,但是已经晚了。村庄醒了过来,开门声,狗叫声,喧哗声从四面八方传来。对门的灯也亮了起来。四个后生拿着锄头,砍刀,哐哐砸门。

陈默怒火攻心,拿起枪对准了老秦的脑门。老秦毫无惧色,死死瞪着他,好像在盼着他开枪。然而就在这时,后院里传来阵阵哭声。那些孩子和女人不知发生了什么事,被吓得号啕大哭。陈默心里破天荒地冒出一个阻止他杀人的念头。

这老东西死了,那些被他卖了的孩子,可能就再也找不回来了……

陈默恨恨地收起枪，抽掉腰带，打了个活结套在老秦脖子上，把他像狗一样拽起来牵着。他找到一个水龙头，把黑头套弄湿，给依然不省人事的女儿戴上，然后找了跟粗绳，简单一捆，把雯雯绑在背上。然后他把衬衫脱下来，一撕两半，浸湿后包住自己的口鼻。

"我看你往哪里走……"老秦癫狂地笑着，"等会他们进来，我要亲眼看着他们把你活活打死！"

陈默没理他，从包里拿出一罐可乐。这玩意他本来想多做两个，但是昨晚他只熬了一小锅硝酸钾就被其他受不了气味的客人投诉了，最终只完成两个。他把屋子里的枪全收集了一下，放进包里，手里拿着一支五连发，直直对着铁门。听着越来越嘈杂的人潮声，惊心动魄的撞门声，小溪般的汗水从额头上留下来。

随着远处枪声传来，陈默知道不能再等了。他把一个易拉罐拉开拉环扔到门口。

砰的一声。

出乎老秦意料的是，那东西没有把人炸飞，只是发出了轻微的闷响。

老秦喜上心头：臭弹！

此时，浓烟像一条黄色巨蟒，从易拉罐里钻了出来。

陈默瞄准铁链开了枪。铁链断了，大门开了。离门最近的人一时收不住劲，跌成一团，然而后排的人看到门户大开，备受鼓舞，争先恐后地涌了上来。易拉罐发出的烟已经笼罩了半个前院。人们捂着双眼、口鼻,剧烈地咳嗽,仓皇后退。很快,陈默的眼睛也感到剧痛,流水般的眼泪使他看不清东西。

是时候了。

他朝着烟雾开了两枪,把另一个烟雾弹扔在脚下。辣椒粉、胡椒粉和芥末燃烧、升华,发出令人难以忍受的刺激性浓烟,把房屋变成一个令人望而生畏的毒气室。

陈默牵着老秦从后门冲了出去。

陈默冒着勒死老秦的危险,拔腿狂奔。他沿着土路跑,沿着梯田往山上跑,从梯田拐进山林里接着跑。身后传来叫喊声和枪声告诉他,烟雾已经散去,村里人已经组织起了追兵,只要停下来,就会被这些人剁成肉酱。

跑了不知多久,陈默开始对老秦的身体素质佩服得五体投地。虽说他身上没背着孩子,但是跑了这么远还没被勒死,也真是个奇迹。刚想到这,他被手中的腰带狠狠拽了一下。回头看时,老秦已经倒在地上。月光下,他的脸都紫了。陈默赶紧松开腰带,用手一试,他已经没有了呼吸。

"王八蛋,别想这么容易就死!"陈默狠狠捶打着老秦的胸口,然后给他做人工呼吸。折腾了半天,老秦终于咳嗽着醒来。

"你……你杀了我吧……"

陈默理解他为什么这么说。外籍兵团以前也有个类似的特训项目，那就是带着防毒面具武装越野。第一次跑的时候，陈默深切感受到缺氧能使人求生不得求死不能。要不是那种莫名的责任感，他恐怕真把老秦给宰了。

"给我站起来！跑！"陈默揪着他的领子怒吼着。

忽然，背后不远处人声逼近了。山下的小路上，更是燃起一条火把构成的长龙，飞速朝着村口奔去。陈默眼睁睁看着出村的路被堵死了。希望破灭了。警车还毫无出现的迹象。

"你别做梦了，"老秦气喘吁吁地说，"就这山路，警车来起码要两个小时……"

看着陈默木然的背影，老秦似乎嗅到了一丝生机。但是陈默马上就打破了他的幻想。他把孩子放下，藏到一棵大树后，然后回到老秦身边，把几把枪全掏了出来。

"你……你想干什么……"老秦觉得他大概是疯了。

陈默没理他，挨个检查手枪的弹夹。

"你们觉得自己狠？你们觉得自己可以不讲理？"陈默抓着五连发的套筒一甩，咔嚓一声上了膛，"那我就来告诉你们，什么是打仗！"

老秦这个人在村里很有名望，大家对他敬畏有加。人人都知道他的钱来的不合法，然而有事的时候，大家又把这点忘了。

毕竟是全村都是亲戚啊，仔细算算辈分，全村大多数人都得叫他个叔伯或者爷爷。再说老秦这人平时也挺仗义的，谁家没孩子，去找他，他二话不说给你弄一个来，价格还不贵。谁家缺钱过不了年，找他借钱也不难。谁家后生辍学不上了，或者没活干，或者家里管教不了，只要给老秦打个招呼，他看看没大问题也就带上，出去混个一两年，准能给家里汇个万八千块钱……因此长久以来，只要有人敢在村里动老秦，不管是来找孩子的外地人，还是试图逃走的被拐来的女人，都没能得着好。轻的被臭揍一顿，重的缺胳膊少腿。就连来营救被拐妇女的警察，也被掀翻过警车，最后带着人走了，没敢抓老秦。

然而今天，居然有个外地人吃了熊心豹子胆，敢一个人闯进村里，抓走老秦？！抢走孩子？！还杀了村里的后生？！没王法了？！

村庄沸腾了。在老秦几个骨干的带领下，大家抄起锄头竹竿、斧子柴刀，还有人拿着猎枪，打着火把、手电，冲出家门，要救出老秦，弄死那个不知天高地厚的混蛋。

队伍前边，领头的是老秦的手下。其他人跟在后边，汇成一道洪流。前后都是看不到头的人头，四周都是嘈杂声、愤怒的叫喊，还有互相矛盾的情报。

他们往村北口跑了！

村南口！我看到了！

东边有人影!

明明上山了!

人流就像一条庞大笨重的瞎海象,在盲目地蠕动着庞大的身躯。幸好大部分人还是走对了方向。

远处的坡顶,出现了火光。

"就在那里!他在打手电!"

人流骤然加速,大家呐喊着,挥舞着武器,朝那里冲过去。人数就像温度计上数字,使得愤怒和冲动急速发酵,最终冲破了一切外壳,变成赤裸裸的暴力欲望,直冲天际。

两百米,一百五十米,一百米……

混在人流中的每一个人都觉得自己就是人流本身,觉得自己不可阻挡。他们要冲过去,要压过去,要踏过去,要挤垮眼前的所有障碍。

就在这时,陈默开枪了。

冲在最前面的一个小混混小腿被击中,骨肉像碎木头一样四处飞溅。在那个倒霉蛋的惨叫声中,人流的冲锋顿时一滞。不过大家还没从那种无敌的幻觉中清醒过来,依然在盲目乐观:往年警察都不敢开枪,他一个外地人怎么敢呢?

然而紧接着,子弹就告诉他们:你们错了。

陈默端着两支猎枪,扣动着扳机朝前推进。只听得爆豆般的枪响不绝于耳,上千颗钢珠组成的弹雨像鞭子一样狠狠抽在人们身上,溅起的鲜血就像四散爆竹皮。

顿时山路上响起地狱般的尖叫声、惨叫声、呼救声。老秦的手下承受了全部的火力,很快就抵挡不住,转身就逃,人流的头部开始变钝,慢慢变成一个太极鱼的形状往回缩。但是后边的人还不明真相,仍旧有人再往前挤。

此时,响起了零星的还击枪声。

陈默扔掉打空的猎枪,掏出手枪,钻进路旁的树林。他以极快的速度移动着,打一枪就换一棵树隐蔽。一连串的哎哟声过后,人群里开始响起绝望地惊叫:"不止一个人!"

"好多人!"

"不止一支枪!"

"快跑啊!"

好像一颗炸弹落地,恐慌一下子把人群炸飞。大家开始尖叫着扔下武器往村里跑去。

此时追击的变成了陈默。他红着眼睛,一手一把手枪,癫狂地追着人群开枪。枪火闪烁,一下下映照着他的脸。恶魔的声音随着他脸上的一明一暗,在悄悄发着莫尔斯电码:

"这才是你应该干的!看看,只有在战场上,你才是个有用的人!"

陈默觉得自己又活了过来。他是那么恨战场,然而却只能在战场上找到活着的感觉。他觉得自己像一条恨水的鱼。

浑身的血液在燃烧,心脏像马达一样在跳动。一个声音在召唤。

"杀人!杀人!杀更多的人!"

陈默不知道自己是怎么听见的。按理说绝不可能,但是他却发誓自己听见了。女儿在呼唤他。

爸爸……

他蓦然停下脚步,原地愣了半秒,然后疯了一样往回跑。他跑过坡顶,找到女儿藏身的地方,果然,她真的在说话。

"我怕……"

陈默一下子醒了过来。他抱着那个小小的躯体,梦呓般喃喃自语起来。

"雯雯不怕,不要怕,爸爸在这里,爸爸不杀人了……"

就在这时,村子的方向也有了响动。最有经验的一批壮年人来了。之前他们一直在负责封锁道路,听说人在这里,终于赶来了。他们可不像生瓜蛋子那么鲁莽,更不像他们那样容易惊慌。陈默看着火把的走势,知道对方在重新集结。

他背起女儿,牵着老秦,朝着外面世界飞奔而去。

山路崎岖,黑夜如同无边无际的黑雾,总也看不到尽头。老秦又昏厥了一次,陈默干脆把他扛在肩膀上。虽然女儿还小、老秦干瘦,但是加起来也有一百多斤。陈默不知道自己跑了多久,他感觉自己的肺快炸了,腰背大腿都像火烧一样疼。他想起了当年新兵营的极限训练,还有那次在非洲的大撤退,自己也是累成这个样子。经验教训他没有忘,那就是绝对不要停。停下,就再也跑不动,甚至直接晕厥……

身后,喊声已经渐渐消失,但是陈默依然坚持跑着。他知道,自己就像水管里的一只耗子,在跑出水管之前,只要有人轻轻拧开水龙头,自己就会完蛋——来的时候坐车都要几个小时的山路,路边没处躲没处藏。只要村民醒过来神来继续追,准能追得上。

同样,他知道自己一夜之间跑完机动车几个钟头的路程不太现实,但是必须做到。他现在知道,自己背着的这个小东西不光是赵娟的遗物,更是自己生命的一部分,灵魂的延续。

因此他心里不停逼着自己想出一些希望:也许会遇到人,也许有个岔路我来时没注意,也许会有过路的货车……

车?!

陈默忽然停下了脚步。

汗水瀑布一般从脸上流下来。这是冷汗。

因为他听到了发动机的声音。

是啊,自己昏头了,怎么就没想到村里可能有车呢?就算是辆拖拉机自己也跑不过啊……

陈默把老秦扔地上,站在原地不停地喘息。左右看了看,一边是悬崖,一边是石壁,连个能藏人的地方都没有。

他骂了一句,掏出最后一支手枪,卸下弹夹检查,里面还有两颗子弹。

陈默一把把枪扔在地上,仰头看着黑漆漆的天空。如同浇筑而成的塑像,灌满了绝望和疲劳。

马达声越来越近。

居然是从前边传来的。

被堵住了!

陈默好像醒了过来。他把女儿从背上解下来,抱在怀里,死死盯她的小脸。他想等月亮出来,最后一次把她的脸看清,然而今夜的乌云却格外执著。

最终,陈默对着女儿的脸蛋亲了一口。

"对不起,爸爸真的不能陪你长大了……"

陈默把女儿藏在一块大石头后边,然后捡起枪,"咔嚓"一声上了膛。

他趴在地上听了一会儿,确认前边来的车比较近。

他深呼吸了一次,然后迈开步子,扛着老秦,迎着车来的方向走去。

越来越近了,陈默已经看到了车灯。转眼间,车子的远光灯就杀到眼前。

车停了下来,车门开了。

一个人走了出来。

只有一个?

那人张望了一会儿,伸手把一个东西放在车顶上。

武器?炸弹?管他妈的,来吧!

陈默的眼里要冒出火来。

一秒钟之后,那个东西开始闪烁,发出耀眼的红蓝光芒。

是警灯。

老高的声音响了起来:"陈默?你干什么了?"

接到短信之后,陈静差点疯了。她跟赵亮使出浑身解数,也没有找到陈默,最后只好给老高打电话求救。作为交换,她告诉了老高一些陈默在意大利的情况。

老高听后,立刻买票奔赴柳阳。

他的心中又燃起了希望:一个国际通缉犯,再加上一个特大人贩集团首脑,抓住了说不定真能度过这一劫……

一路上,他总有些不好的预感。首先,他得到信太晚,列车又遭遇线路事故,半路上停了好几个小时。等到了柳阳,已经是第二天下午,天知道陈默这会已经跑到哪里去了。他开始觉得自己有些冲动了:柳阳分局是有些朋友,可是好几年没联系了,打手机全都换了号,也不知还在不在原位……没有警方协助,到哪里去找他?

正琢磨着,他觉得肋间一颤。有人掏包。老高一把抓住扒手的手,一拧一拉,把他扔了出去。那人不但不跑,还嗷嗷叫着抱住老高的腿:

"你撞断我胳膊了,赔钱!"

这时候车站门口巡逻的警察被惊动,跑来查看情况。老高正要亮证件,那个警察却失声叫了起来:"高志昆?"

老高碰见的是当年一起办案的老熟人,现任车站派出所所长的刘国明。两人四五年没联系了,所以导致了一些误会。

"又来柳阳查案子啊?需要什么帮助尽管说啊。"

老高本来想解释,可是刚要开口,就改变了念头:"我是来查一个人口拐卖案的。就在你们柳阳刁埠村——你熟不熟?"

"熟啊。不过那个地方天高皇帝远,你得小心点。你要去市局汇报吧?多要点人。我叫人送送你……"

"不用了,这次我要保密,一个人来的。派给我辆车开一天,行不行?"

驱车五个小时之后,老高终于见到了陈默。

"你这是……"陈默的样子非常可怕。灰头土脸,浑身是血和泥土,肩膀上还扛着一个老人,仔细一看,老人的手没有了,伤口还在滴血。

"这是我女儿,我把她救出来了!"陈默一句话,老高心里像是陡然起了一排巨浪,狠狠排下来,震得他心神激荡,久久才平静下来。

这时,马达声从村子的方向传来。果然是拖拉机。

"他们追你?你干什么了?"老高毕竟还是对陈默有点戒心的,

所以警惕地问。

"什么都没干,就挨打了。"陈默面不改色。

"快,上车!这帮人来了,警车也敢掀!"

第七章
权力的王座

第九天

柳阳市市立医院。

重症监护室门口，陈默坐在长椅上。走廊里医生护士在他眼前忙碌地穿行，他浑然不觉，动也不动，好像一尊雕像。只有每隔几分钟他跳起来趴在监护室那个小窗户往里看时，大家才知道他是个活人。

事实证明老高的出现很及时也很有必要。昨晚他们刚上车，后边三辆拖拉机就追来了。到了柳阳，老高直奔医院。老秦经过简单救护和包扎，已经没事了。老高叫来了柳阳警方，直接在病房里就地审问了半宿，据说老秦态度不错，交代了不少以前的案子和孩子的下落。审讯完了，老秦油尽灯枯，陷入了昏迷，抢救了很久，还是生死未卜。陈雯被诊断为营养不良和重度脱水，进了监护室。凌晨五点钟，医生说没大事了，但是醒过来还要等一段时间。从那开始，陈默就在门口等着。

　　隔着玻璃,陈默看着病床上那个娇小的身躯,感觉就像回到了当年的婴儿床边。昨天忙活了一天,他的身体早已超负荷运转,眼皮不时耷拉下来,但是他总是倔强地再睁开。他发觉自己好像变了一个人,离开女儿,就会感觉自己不再完整。

　　救回了女儿,心里那股劲卸了下来,这些天来的伤口开始带着疼痛反扑。他一一感受着各个部位的痛苦,心里却觉得无比骄傲。

　　赵娟遇害那晚背上的包袱,终于卸了下来。

　　"我绝不回意大利坐牢,"他开始盘算今后的计划,无情又无耻地决定背信弃义,"文森佐你对我不错,但是对不起,我的女儿更需要我。这的警察查到我干的那些事,我就跑。跑之前我得写个自白书,绝不牵连陈静就是了。我哪怕当一辈子逃犯也无所谓,只要能每年偷偷看看女儿,看她长大成人……"

　　陈默隔着玻璃,傻傻笑了起来。

　　就在这时,忽然有人拍了拍他的肩膀。回过头来,他发现眼前站着两个陌生人。还没来得及开口询问,那俩人双双在他面前跪了下来。

　　二楼外科的走廊里,老高在闭目养神。昨晚那些坏种不肯善罢甘休,又是扔石头又是放枪,后窗玻璃都被打碎,老高肩头也中了一颗钢砂。到医院他就忙着联系柳阳市警方,帮着审讯,一直忙到早上才想起处理伤口。病房里也没床位,他就吊着胳膊在长椅上歇会。偏偏还是有人不让他闲着。

"高志昆你他妈坑我呢?"刘国明见到老高,二话不说揪着他领子喝道。

"咋回事?"老高还没反应过来。

"你自己问他们!"刘国明气呼呼地指着身后几个便衣。来人是柳阳市刑警队的。他们按照老高的情报去刁埠村调查,结果发现老秦家里横着十二具尸体。山路上三人死亡,十几人受伤。

"你不是说你没进村吗?"刑警队长问道,"你们九安刑警队怎么这么野呢?"

"坏了!"老高二话不说拔出了枪。顿时一走廊的警察都蹲下了。

"别误会,"老高意识到自己的鲁莽,慢慢蹲下把枪放在地上,然后指着天花板悄声说,"凶手就在楼上……"

一堆警察赶到重症监护室门口,陈默早已不见踪影。门口只有长椅上一对中年男女。

"人呢?!"老高失声叫道。

一个医生推门出来,摆了摆手:"别吵吵,这是病房。"

结果老高上去抓着领子他把拽了出来:"人呢?"

"什么人……"

"孩子他爸爸啊!!"

"不是在那吗?"医生指着长椅。

老高回身看着那两个目瞪口呆的男女，摸不着头脑。

"哦，忘了说了，"一个刑警恍然大悟，"你昨天把孩子带回来，一个民警说看着面熟，回去一查资料，很像我市前几天失踪的一个孩子。于是就把她DNA跟资料库的进行了对比，结果确认了，于是把父母叫来了。这不，就是他们……"

长椅上的中年女人又跪下了："恩人啊，真是多谢你把我们家宝贝救回来，你不知道这些天我真是生不如死啊……"

她的丈夫也过来跟老高握手："民警同志，您把姓名留一下，我这就做面锦旗，送给你和你那个同事……"

"你等会儿，"老高盯着他问，"哪个同事？"

"就是在门口一直等着的那个啊……"

"高个？黑衣服？"

"对对对，"男人说，"他好像有点累，我们谢过他，他一句话没说就走了……"

"坏了，"老高恍然大悟，转身就朝四楼跑去，"老秦！"

十五分钟前。

陈默的双眼像是充了血。刚才两个不认识的人在他面前下跪，对他感激涕零，把他搞得莫名其妙。扶起来一问，他们竟然自称是雯雯的父母！

陈默觉得整个脊柱都是一凉。他蓦然想起一件事：自己每次打量那孩子，要么是在夜晚，要么没有亮灯，她的脸上要么满是泥灰，要么惨白一片……

陈默猛地推开门闯进了监护室。来到病床边，他用微微颤抖的手掏出手机，翻出雯雯的近照。狠了狠心，认真对比了起来。陈默像被一颗子弹当胸射穿。

真的不是！她只是长得跟雯雯很像而已！

出门前，他狂叫着在门板上留下一个坑。

陈默快步钻进电梯，上了八楼，大步流星地走在走廊里。他抬头看着一个个门前的铭牌，找到衣物存放间，推门进去。大概是他的动作过于有恃无恐，走廊里明明有好几个医生看到，也没怀疑。再出来时，陈默穿着白大褂，戴着口罩，沿着防火梯快步上了四楼。他风一样绕了四楼一圈，找到了那个门口守着两个警察的单间。

"查房！"陈默走了过去说。

两个便衣相互看了一眼："不是一个小时前刚查过吗？"

"他的情况挺严重的，我们主任说最好经常看一眼。"

警察点了点头。

门在背后关闭，陈默立刻抛下医生的风度，两步跑到老秦床头。他要用尽一切办法，用所有痛苦让这个老杂毛说出雯雯的下落。然而事实证明这个很难。老秦身上脸上插着七八根管子，显然处于昏迷状态。

陈默假装查体，掀开老秦的眼皮观察。瞳孔毫无转动。他不死心，又用尽全身力气狠捏老秦的胳膊。估计再用一分力就要把骨头捏断了，老秦还是毫无反应。陈默气得浑身发抖，双手撑着床，六神无主。从对面窗玻璃的投影上可以看到，门外的警察已经开始探着头透过小窗往里看了。陈默决定再做最后一次努力。他把脸凑到老秦耳边。

"老王八蛋，快说，我女儿在哪儿？"

没有反应。

"我女儿！陈雯，被你卖到哪里去了？！"

老秦依然沉睡。

"是我！"陈默揪着老秦的耳朵，"是我，杀了你儿子！杀了你哥哥！杀了你侄子！你再不醒过来，我就去把你剩下的所有亲人全杀光！"

陈默带着期盼的神情等了几秒，然后在沉寂中低下了头。他喘着粗气，不知该怎么办才好。这次问不出来，还可以等警察再问。但是老秦到底什么时候能醒？他还能不能醒过来？假如醒过来太晚，孩子会不会受虐待？假如醒不过来，孩子是不是就找不着了？

"不行！我不能放弃！"陈默大口呼吸着空气，强迫自己冷静下来。他看到老秦的衣物堆在病床前的椅子上，显然是还没有来得及收拾。他换了个角度，用背挡住门外的视线，尽快搜了一遍老秦的所有口袋。凭着手上的感觉，他觉得自己大概找到了几张纸，一些零钱，一个钱包。就在他准备把鞋也搜一下的时候，病床上忽然传来了呻吟声。

老秦醒了！

陈默赶紧凑了上去。

"是你……"老秦的声音低得几乎听不到，"是你……"

他死死盯着老秦的眼睛，低声逼问："我女儿……"

老秦看着他，嘴角慢慢咧开。

"你笑什么？"陈默抓住他的手，但是又没想好用什么办法拷问这么一个生命垂危的人，"我女儿呢？"

"你过来……"老秦费力地眨着眼睛，"你过来……"

陈默迫不及待地把头凑到他脸旁。

"你……女儿……"老秦上气不接下气。

"对，她在哪儿？"陈默已经非常急切，顾不得掩饰了。

"你……女儿……你……女……"老秦的声音像是出了毛病的播放器一样重复着，眼里的光越来越淡。就在陈默决定叫人来抢救的时候，他的声音忽然高亢起来，好像用尽了肺里最后一点空气。

"你……女儿……"老秦露出焦黄的牙齿，笑了，他笑得像个孩子一般开心，"很远很远……哈哈……很远很远的地方……"

陈默的脑子"嗡"的一声，一片空白。老秦忽然伸出双手，抓着陈默的领子。

"很远很远的地方……你永远也别……别想找……"

老秦忽然咽喉里呼隆呼隆地响了起来。他两眼一翻，头颅涣散，手松开了陈默，摔在床上。

"你醒醒!"陈默自己也不知道为什么要抓着老秦的衣服试图把他晃醒。

他脑袋里被一句话塞满了,根本无法理性思考:雯雯死了!

"你他妈是什么医生啊?有你这么抢救的吗?"陈默继续晃着老秦,直到警察把他拉开。

"我……我去叫人……"陈默醒了过来,急匆匆走了出去。他趁着警察没反应过来,飞速逃出医院。跑了大约一公里,拐进一个购物中心。他找到残疾人洗手间,进去把门甩死,然后后背贴着门一屁股滑到地上,浑身像过电一样颤抖着。眼泪像溪流一样,带出了这几年来沉积在河底的污泥。他就这么无声地哭了五分钟,然后毅然决然地站了起来。事已至此,他只求不再连累妹妹。他掏出手机,给老高拨了个电话。

"我,陈默……没事,我没跑,我在医院东边的贵和……你来找我吧,我累了……"

挂了电话,他把手机扔到一边。用不着了,反正要死的人了:回来之后,起码杀了十个人,虽然都是恶人,但也铁定是死刑。

雯雯死了,这个世界不再需要我。

决定了这件事,陈默的心一下子空了起来。他觉得,似乎这是几年来自己最轻松的一刻。他几年来第一次有了喝酒的欲望。他甚至做了一个可笑的决定:去地下超市买瓶啤酒,边喝边等老高。他手一撑地,却没有站起身来。他的手撑在了一个钱包上。

那是老秦的钱包。

一定是坐在地上的时候从口袋里滑出来的。

陈默心里忽然有了一线希望。他跳起来，急匆匆把从老秦那里搜出来的东西统统倒在地上。最上面是一些纸片，看样子是从某个很老的牛皮纸本子上撕下来的，写了些电话号码。几张零钱，一张欠条，落款是村民某某。打开钱包，里边有大概三百多块的现金，几张车票，几个钢镚……

陈默摇了摇头，把钱包一撕两片，扔在地上。

还是没用啊……

他叹了口气，正要走出去，视线忽然凝固了。他的手颤巍巍地从地上捡起钱包，拿出藏在夹层里的一个东西。

那是一张名片。

上面印着意大利文。

"萨伦托……瓦伦汀……？"陈默慢慢读了出来。然后一个念头闪电般从脑子里冒出来。

"很远很远的地方……意大利，够远了吧？"

陈默坐在电脑旁，不耐烦地等待耳机里的音乐。中国真是变了。早先满大街都是公用电话，现在一个都找不到。幸好他还带着赵亮的身份证，去网吧开了个机器，下载了SKYPE。他要打国际长途，去意大利。

有个人他不想联系，但是事到如今，不联系也不行——他在意大利没别的人可以求助了。帕托瓦律师的电话他打了一次，直接被挂断。再拨都是忙音，估计那孙子直接把来自中国的号码屏蔽了。

陈默一直带着那个手机。虽然没有交代，但是他知道这东西不能扔，按原计划重返意大利的时候还要指望它。他找出上面存着的唯一一个号码，用SKYPE拨了过去。响了十声之后才有人接。

"你不该打这个号码。"对方上来就是这么一句。

"我有急事，我要回去了。"陈默撒谎。不过他觉得也只有这个借口能阻止对方挂电话，"给我找文森佐。"

对方沉默了一会儿，陈默估计他在捂着话筒请示上头。过了半分钟，电话被转机。又过了一会儿，文森佐的声音从电话里传来。

"毕加索，欢迎回家！事情解决了？"

"还差一点，"陈默丝毫没有抱歉的意思，"我需要你帮个忙……"

文森佐听起来气得够呛，但是陈默没给他发火的机会，把事情从头到尾大体讲了一遍。

"所以，帮我查一个人……这是最后的线索……"

"毕加索，你再骗我，我只能杀了你……"文森佐听起来语气很是不善，"你只有四天时间了……"

"帮帮我，我会遵守诺言的……"

"好吧，"文森佐无奈地说，"查谁？"

"你等一下……萨伦托……瓦伦汀……"

电话里传来文森佐沉重的呼吸声。再开口时,他的声音在微微发颤。

"你再说一遍?"

"萨伦托·瓦伦汀——"陈默觉得有个隐约的念头在脑海里露出头来。

"你说,有张名片?"文森佐的语气很急切,"名片上还写着什么?你快看看……"

陈默把名片拿到眼前,仔细端详。这是一张精美大气的名片,纸质非常厚重,烫金的花体字做工很精细。正面除了名字,一片空白。后面也没什么详细信息,只有一行小字。

"墨西拿花卉有限公司,"他念了出来,"没有地址,没有邮箱。"

电话里传来咖啡杯掉在地上摔碎的声音。文森佐好像一下子把话筒塞在了嘴里。

"天哪,是他!"

萨伦托·瓦伦汀,52岁,莫西亚诺家族的资深成员。

"他是个不安分的人,你明白我意思吗,他已经是 Underboss(黑手党术语,类似于二当家)了,但是好像想尽快更进一步,"文森佐在小心地措辞,"我爸爸早就放弃我了,但是他还是不放心,害怕老爷子哪一天会改变主意,让我继承家族,所以……"

"他是不是知道咱们俩的事?"陈默明白了。

"是的,我向我父亲汇报,不可能避开他……"

"你是说,"陈默把电话捏的咔咔直响,"他想通过孩子逼我检举你?我女儿有可能在他手上?她可能没死?"

"我不知道,我是说,这是我的推测……不过这太疯狂了……"文森佐听起来有点惊惶,"话说回来,那人是个疯子,他什么事都干得出来……我怕,搞掉我只是第一步,接下来,他就要对我爸爸动手……"

陈默把事情在脑子里过了一遍,觉得这是最合理的解释了。他苦笑一声:万万没想到,自己居然闯进了这么大的一个棋局。不过这样一来,雯雯居然又有了生机。死灰复燃的希望在他身体里熊熊燃烧。

"文森佐,这事交给我。"他又成了那个无坚不摧的杀人机器,"告诉我,萨伦托在哪儿?"

"我做出那个疯狂的推测是有根据的,"文森佐压低了声音,"据我所知,他正飞往中国……"

"哪天到?"

"要是我没记错的话,"文森佐的语气又变得漫不经心起来,"你还有四个小时。"

飞机降落在广桥机场。一个身穿银色西装的男子走下飞机。他就是萨伦托,莫西亚诺家族的二号人物。不过此时他的身份是墨西拿某公司的业务经理,签证申请材料上填的来华目的是公务出差。

至于这架飞机上跟他同行的十几个"业务部文员",则是他的保镖和下属。

萨伦托此行可谓开了业界之先河。黑手党有一个共同的特点,那就是不爱出国,越高级的干部越是如此。原因很简单:真实身份不能用,假身份风险太高。这里所谓的风险不是说高质量的假护照他们不会做——别说高仿了,他们做的护照不光外观没问题,上面的身份你在任何国家的边检系统里查,结果都会显示身份无误,无犯罪记录——而是他们很难瞒过警察的耳目。黑手党家族无不处于警方的严密监视之下,只要犯个小错,就会被揪到局子里,上纲上线弄个罪名提起公诉,然后法官很配合地按照最高刑期狠狠判几年。因此,黑手党大佬们尽量待在家里遥控所有事情,避免去欧盟以外的国家。

此次萨伦托却反其道而行之,不但出了欧盟,还一下子跑到中国这么大老远的地方;不但自己出门,还先后派了三批人探路、打前哨,可以说是冒了很大风险。但是这件事值得冒险。

行李转盘缓缓转动。萨伦托一行匆匆走过,没有停留。反正飞机上没法带枪,他们索性轻装简行,不但什么武器都没带,连托运行李都没有,免得引起不必要的麻烦——比如说,海关开箱抽查。再说了,在老朋友的地盘,要什么武器。跟往常一样,老朋友安排的接机司机把大家引到大巴前,萨伦托要给小费,司机示意不能收。萨伦托又客气了几句,对方摆摆手,表示自己不懂外语。萨伦托笑了笑，拍了拍他的肩膀，领着手下上了车。大巴开动了，没几分钟上了高速。这帮人都习惯性地靠后座，围在萨伦托身边，让他安全地闭目养神。

"今天这事成了，那就等于把莫西亚诺家族纳入囊中了……出道三十年了，就是为了这一刻啊……"想起这些，即使是萨伦托这样的老油条也有些按捺不住，"能成吗？肯定能成。我在中国布局这么久，什么人都安排好了，什么都计算在内……试问还有谁能阻挡我？文森佐这小子？他算什么？！一个公子哥而已！他那个什么杀手？笑话，老子亲自拿刀杀人的时候，丫还没出生呢……再说了，我分三批派了三十多个好手，最好的打手，最好的军师，最有经验的头目，都在这里！我的派系可以说是精英尽出，我不信我搞不定一个人……"

萨伦托踌躇满志，打了个响指，一个手下立刻附耳过来。

"有威士忌吗？"

"不好意思老板，刚下飞机，没来得及买……"这大巴发动机罩隔音有点问题，两个人不得不提高声音才能互相听见，"距离下个休息站还有几十公里呢，要不我让司机在下个出口开下去？"

萨伦托看看地图，又看看表，觉得还早，就点了点头。身高近两米的保镖费劲地从窄小的坐椅间站起，正要走到前边去通知司机，忽然被萨伦托一把拉住。他不明就里，想开口询问，却被老板用眼神制止。

萨伦托掏出手机，匆匆在屏幕上打了几个字。

"司机开下高速了——他不是不懂意大利语吗？"

四个小时前。

陈默飞一般跑出网吧，跳上出租车赶往广桥机场。广桥位于九安和柳阳之间，去那里坐火车也不夸张。可是陈默估计此时警察应该已经开始通缉自己，就没去车站碰运气，直接跟出租车司机讲好价钱包车。可是高速公路不比高铁，经常堵车，急得陈默不停看表。等到了机场，又发现那里在改建，到处是建筑工地，车开得跟爬一样。等陈默到了候机大厅门口，已经过去了三个多小时。他拿着文森佐提供的航班号，很快在信息板上找到了萨伦托的降落时间和出口。还有十分钟。

左右打量了一下，他看到了一个手持"热烈欢迎桑切斯先生"纸牌的司机已经在出口等候。根据文森佐提供的情报，那正是萨伦托此行的化名。

来晚了！陈默心里一沉。

十几套方案在他脑子里一闪而过，目标都是一个：怎么在大庭广众之下绑走这个司机呢？

答案是不可能。

此时随着一阵沙沙声，信息牌更新了。来自罗马的班机已经降落。

没时间犹豫了！

陈默胸有成竹地走了上去，拍了拍司机的肩膀："老哥你是不是刚到没多久？开着辆大巴？"

"是啊……"司机迷惑地看着他。

"那没错了，我觉得看背影就是你，"陈默一拍大腿，"实在不好意思，我刚才停车讲电话，挂了才发现把你车刮了，我急匆匆来找你，找了半天，终于找到了，你说咱们私了了吧……"

"走走，快看看去！"司机一听就急了，带着陈默来到自己的停车位，绕着大巴找伤痕。陈默看着找到的大巴，满意地点了根烟。

"你刮在哪了？"司机还在绕着车查看。

"在行李舱这边，"陈默趁着他不注意，在车的另一面划了几道，然后给司机看，"门可能也有点弯了，你上去开一下，估计打不开了。"

司机打开车门上了车，陈默也跟了上去。不到五分钟，他扛着一个窗帘卷成的大包下来，塞到行李舱里。然后他拿着"热烈欢迎桑切斯先生"的牌子，向机场出口走去。走到半路，陈默忽然停步。他看到牌子后边有几行小字。

一行十四人。

这个规模有点超出陈默的预期——他本来以为也就三四个人的。时间已经不允许他去寻找或者制造武器——陈默估计那些意大利人最多五分钟就要出闸了——可是，难道一个人赤手空拳对付十几个人？

陈默焦急地举目四望，计无所出。

忽然，他看到停车场对面就是正在装修的新候机大厅。

陈默略一思索，快步走了过去。

一切都进行得很顺利。陈默这个冒牌司机成功地接到萨伦托一行，成功地把他们骗上大巴。不过在此之后，他又有个新的苦恼。

从这些人的身材和神态来看，基本上个个都杀过人，不少还是行家。自己能控制住一车的杀人好手吗？

陈默脑子一走神，不由自主就任由后座的意大利语溜进了大脑。

"……在下个出口开下去……"

陈默下意识地拐进了匝道。等到发现这一点，已经来不及了。

通过后视镜，他清楚地看到十几个亡命徒都虎视眈眈地盯着自己。

事已至此，必须马上动手！

陈默一脚踩下油门，车猛地往前一窜。几个刚站起来的意大利人被甩回座位上。大家此时都已经明白这个司机有问题，拼命地爬起来，乱叫着朝驾驶座跑来。陈默猛踩刹车，他们又全都被惯性往前一掷，摔得横七竖八。陈默加速刹车几次，暂时没让任何人冲到身边，但是这显然不是长久之计。窗外，夜幕已经渐渐降临，四周的大片田野蒙上了一层灰色，虽算不上最佳地点，但是也不能再等了。

就是现在!

陈默再次确认安全带已经扣好,然后一脚把刹车踩到底。轮胎的尖叫声中,意大利人摔得前仰后合。大巴歪着开进了田里,甫一停下,陈默立刻解开安全带,跳出座位。他手里拎着的,是一支在机场建筑工地偷来的射钉枪。

啪啪两声,离陈默脚边不到一米、正试图爬起来的光头被两颗长钉从背后射透胸腔,当场像一块冻肉似的趴在地上,不再动弹。陈默紧接着枪指右边,又是两枪,射翻了一个已经半蹲起来的打手。保镖们奋不顾身地扑过去,陈默看都不看抬手就开枪。长钉带着穿透混凝土的力量穿透人体,无情地把眼前的层层肉盾打得血肉横飞。

十发弹药很快打完了。一个膀大腰圆的胖子已经冲到面前。陈默一缩身子,躲过势大力沉的直拳,然后右拳而有力地刺了出去。一声惨叫,胖子捂着脖子倒下,鲜血狂喷。他这才看到陈默指缝里夹着的钥匙。

陈默一步跨出去,身体飞起来,沾血的钥匙像狼爪子一样狠狠朝前划了个长长的弧形。面前的高个保镖躲闪不及,胸前多了好几道伤口。鲜血激起了他的兽性,使他暴怒起来,一脚冲着陈默的肚子踹过来。几乎同时,左右两边的人也已杀到,单手撑椅背,身子腾空,飞膝横撞。狭窄的过道,三面对敌,陈默没有任何转圜的余地。他大喝一声,抬起双臂,硬碰硬地挡住了两边的攻击,同时腹肌用力,生生受了高个这一脚。

"砰"的一声，陈默被踢了个跟头。他借力往后一滚，站起身来。腹部火烧般疼痛，不过离开了三面受敌的险境，也算值得。可是对手显然经验丰富，他们再次分成三路，朝陈默包围过来！

形势很明显了，没有任何取巧的余地。要么硬碰硬地干掉这三个人，要么就去死。

怎么办？

陈默大脑飞速转动着。

忽然，一双胳膊从后边把他抱住。

"快来！快来！"那个没死透的家伙在朝同伴呼喊着。陈默挣脱不开，只能眼睁睁看着对手狞笑着像泥石流一样挤在一起奔腾而来。

他们合流了。

这是最后的机会。

陈默大喝一声，狠狠把脑袋向后甩去。后脑勺撞塌了那人的鼻子，两人一起倒在地上。陈默抽出右臂，用尽所有力气，一肘打在他的太阳穴上。只听一阵皮裂骨碎的声音，那人一声都没吭，不再动弹。然后，陈默找到了他一直没死的原因：一根长钉卡在了他的胸骨上……

高个保镖已经冲到近前，而陈默还没爬起来！

带着钢板的尖头皮鞋带着风声刺向太阳穴，这一脚下去，战斗就结束了！

忽然，好像中了魔法一样，高个狂叫着往后跳开。血从指缝里流出来，他的小腿上多了个血洞。陈默鲤鱼打挺站了起来，右拳夹着钥匙，左手反握着那根从尸体上拔出来的长钉。

一拳过去，高个右眼被钉子扎透，倒了下去。陈默毫不停顿，飞起一脚，好像未卜先知一样踢中了后边杀到的小辫子的下巴，然后用左膝狠狠把他撞晕。他身后的黑人抢身上来，陈默手如闪电，出其不意地把他的手钉在椅背上，然后一个右拳直刺，钥匙在他喉咙上开了几个小洞。

他扑通跪了下去。

大巴在路边，静静的闪着双闪。漆黑的单向玻璃挡住了呻吟声、打斗声、倒地声、人在垂死挣扎时用尽浑身力气爬最后一公分的声音，和凶器不依不饶缓缓刺穿皮肤、肌肉、器官的声音。不知何时，声音消失了。车厢里躺着一地死尸，鲜血顺着地势，在车厢地板上勾勒出一根根恶魔细长的爪子。

陈默喘着粗气看着这一切。

他的眼前，只剩下最后一个站立的人。

雨下得更大了。阿尔贝托茫然地看着车窗外，又点了一根烟。烟雾缭绕中，往日的岁月仿佛在他眼前重现。二十多年前，那个不知天高地厚的年轻人加入了黑帮，成了莫西亚诺家族的外围杂鱼。从那天起，自己的生活就成了单调的杂烩，盯梢、告密、守门、看场子……半点传说中黑手党的刺激都没有。更要命的是这些活全都卑微而无足轻重，酒吧里管台球桌的人干的事都比他重要。好不容易傍上个大靠山，可是重要的活依然轮不到自己……

到底是差哪儿呢？阿尔贝托扪心自问。

我胆子小？我年纪大？我没功绩？

他肩膀一耸，苦笑了一声。

看来我这辈子，也就这样了，只求平平安安吧……

忽然，有人敲了下玻璃，把他吓了一跳。他打开车窗，露出的是米沙那硕大的脑袋。

"你来，"他瓮声瓮气地说，"少爷要见你。"

阿尔贝托跟着米沙走进了餐厅。这个俄国人身上发出的气味比他那糟糕的意大利语还让人讨厌。那是洋葱、伏特加还有死人血的味道。这是文森佐少爷每周必来的馆子，也是他的势力据点。萨伦托临走前嘱咐要好好盯着，却把阿尔贝托唯一的搭档也带走了，他只好加班加点，尽力保证不出问题。实际上，阿尔贝托也没有担心太多。毕竟，他负责监视文森佐少爷已经五年多了，少爷确实没有异动。事实上这种监视双方早就心知肚明。文森佐甚至经常跟盯梢的萨伦托手下打招呼，请吃饭。今天看来也是这种情况。

阿尔贝托跟着米沙走进餐馆厨房。不锈钢桌后面，文森佐正在津津有味地吃面。他热情洋溢地邀请阿尔贝托坐在他对面一起用餐。

"天气很冷啊，你在外边太辛苦了……"

阿尔贝托有些不好意思地接过刀叉。文森佐这孩子，他是看着他长大的。虽说不像小时候那么了解他，但是本质上还是个乖孩子。起码懂礼貌，从来也没听说他跟谁过不去。要不是跟了萨伦托，他绝不会来为难这个年轻人。

说起这个，阿尔贝托也觉得自己老板有些过分了：人家自己的爹都说了不让亲儿子接班，你还要怎么样？等老爷子死了，你难道还要杀了他？

他忽然想到，这无疑会成真……他的笑容里除了恭谨，又多加了一层愧疚。

"萨伦托到中国去了，没有带你？"文森佐边吃边问。

阿尔贝托不自然地一笑："谈生意，我不懂那个……"

"哦，"文森佐点点头，"去的人可不少啊，我听说有'骆驼'、'兽医'、'荷兰人'，还有'扳手'、'侯爵'、'会计师'……"

阿尔贝托觉得有点不妥：文森佐怎么知道得这么多？二十多年来，电影里学来的警惕性和反间谍技术第一次派上了用场。他决定多跟文森佐套套话，争取得到一点关于透漏消息的人的信息。

"文森佐少爷，"他擦着脸上的汗开口了，"我都不知道这些，您是……"

"'荷兰人'、'会计师'，商人出身，算是谈判的；'侯爵'先生是顾问，大概是作为军师去的。'骆驼'、'兽医'、'扳手'三个头目，全是打手出身，去了大概是负责安保……"文森佐没回答他，自己侃侃而谈。

忽然，他像是想起什么似的，夸张地捂着嘴："这岂不是说，萨伦托的铁杆，在西西里只剩下的'博士'、'大狗'和'疯子'了吗？"

隔壁的大型绞肉机突然启动，震得屋顶上的铁皮通风管一颤。阿尔贝托忽然有种不祥的预感。

"文森佐少爷，"他擦着脸上的汗开口了，"您原来对萨伦托先生这么熟悉啊……"

文森佐还是没理他。

"'博士'，年轻气盛，贩毒也懂，股票也懂，升得极快，萨伦托一定以为他对自己的提拔感激涕零。"文森佐站了起来，背着手绕着桌子慢慢走动，"其实他想错了，这样的人，只会以为一切都是自己本事大赢来的。有人给他更大的收益，他除了感谢上苍给了自己这么一个聪明脑瓜，跳起槽来半点愧疚都不会有……"

阿尔贝托的汗水把后背浸湿了。他不敢相信自己的耳朵：文森佐买通了"博士"佐仓先生？萨伦托的教子佐仓先生？

"'大狗'，老资格，93年打黑的幸存者。特别讲究忠诚、等级那一套——可惜啊，自己的孙子晚回家一会儿，就乱了阵脚，主动来找我合作……"文森佐不知什么时候已经走到了阿尔贝托身后，双手在他肩上一拍，把他吓得魂不附体。他恨不得马上冲出去打个电话问问家里，三岁的小孙子怎么样了。他还想告诉老伴，赶紧带着儿子一家离开西西里，去罗马投奔娘家……

"至于'疯子',凶狠忠心,完全是萨伦托的一条狗,我是怎么劝他都不肯帮我啊……"

文森佐的手又是一拍。阿尔贝托闭上了眼睛。他知道,自己今天恐怕是凶多吉少了。他急切地想知道'疯子'比乔亚的命运,好给自己定下一个坐标。

"比乔亚……先生怎么样了?他在哪里?"阿尔贝托结结巴巴地问。

文森佐忽然笑了,笑得前仰后合。阿尔贝托的脖子上忽然多了一道钢丝。米沙粗壮的胳膊狠狠把他往后拖着。他的喉咙里发出令人毛骨悚然的嗬嗬声,脸和脖子变得像波尔多酒一样红。他的双手拼命地想抓住钢索,把它松一松,但结果只是在自己的脖子上抓出一道道很深的血痕。他的腿在空中乱踢,好像一只袋鼠很不习惯被人突然横着放倒在地上。这一切在米沙的膂力面前都是徒劳。良久,他的眼球里的血管爆裂了,已经变成蓝色的舌头失去了控制,伸出来好长。他的身体猛的一松,空气里开始弥漫着隐约的臭味。

米沙像扔垃圾一样,把崭新的尸体一把推向餐桌。苍老而沉重的头颅"砰"地砸在桌子上。鲜血从被勒出的伤口里流出来,跟红色的番茄酱混为一团。

良久,文森佐终于对着那具尸体用完了餐。

"就他一个吧?"文森佐一边擦嘴一边问。米沙点了点头。文森佐看了一眼手表。

"时间正好，走！"

陈默朝着呆坐在座位上的萨伦托走去。双方的眼神一对，都对结果心知肚明：唯一的悬念就是萨伦托反不反抗。萨伦托伸出双手，站了起来："等一下，文森佐给了你多少钱？我加倍……"

钱？

陈默还没来得及反问，他的腿忽然被抱住了。

"老板快走！"有人居然还没死。陈默手中的长钉一下下落在他背上，他一声不吭，死死抱着他的腿不放，直到断气。等陈默终于摆脱了他，抬头只看到玻璃上的大洞，和扔在地板上的安全锤。萨伦托已经趁乱逃了出去。

夜幕已经完全降临。陈默疯狂地在田地里奔跑，手里的武器已经换成了修理箱里翻出的一把螺丝刀。他只能偶尔看到个转瞬即逝的背影，但是大部分时间，他根本不知道自己是不是跑对了方向。陈默越来越急。这条公路虽然偏僻，但也时常有车辆经过。远处，已经开始有灯光出现。大概是个加油站。萨伦托跑到那里可就不好办了。

忽然，陈默停了下来。正巧路过的车灯横扫了前边的田地。他忽然发现，萨伦托根本就不在那里！

难道我跟错了方向？还是……

脑后响起一阵风声。陈默竭尽全力躲开，还是晚了。锋利的刀口在他背上划了一道十几公分的伤口。那把刀在空中挥舞着,切削着,步步紧逼。借着微弱的反光,陈默看到,萨伦托手里拿着不知从哪里捡到的一把镰刀。陈默暗骂自己大意:趁着黑暗趴在地上,等追的人走过去再从背后攻击,这不是单兵游击战术的基本策略之一吗?

萨伦托显然也是刀山血海里冲杀出来的,年纪虽然大了,但是身手还在,镰刀挥舞得密不透风,陈默一时只能步步后退。然而奇袭的效果一旦消失,萨伦托也就黔驴技穷。陈默慢慢把他往灯光的方向引,不久就完全看清了刀的来路。陈默暴起一击,打中了他的手腕,镰刀飞了出去。然后萨伦托感觉腿上一阵剧痛,站立不稳,摔倒在地。

"好,真有你的,"萨伦托喘着粗气,朝着陈默伸出大拇指,"我说真的,文森佐给你多少,我给你两倍。我有现金!今晚就能给你!"

陈默俯身掐住他的脖子。

"谁要钱?我要我女儿!你把她藏在哪里了?!"

萨伦托的脸上浮现出一丝疑惑,正要开口,忽然手机响了。

"想都别想。"陈默恶狠狠地踩住他的手,一下用螺丝刀捅穿。萨伦托拼命咬着牙,把惨叫声憋在嘴里。

"我女儿在哪儿?"陈默在吼叫着。

"你听我说,你被文森佐骗了……"

"别撒谎!"陈默激怒了,一拳打在萨伦托的脸上。钥匙还在指缝里夹着，他的脸皮翻起一块。说实话，陈默本来不打算这么直接拷问的——黑手党的大佬一向以两项基本功闻名世界。一是讲脸面，二是嘴严。你一点尊严都不给他，他就真能咬死了不开口。不过陈默还是控制不住自己，一听那句话就怒火攻心。

假如相信这句话，就等于承认雯雯已经死了。

"告诉我！她在哪儿？！"

"你就会这个？"萨伦托吐了一口带血的唾沫，嘶哑地笑了起来，"我是经过1993年大扫黑的人，你这点玩意，连废物警察都不如！"

陈默明白自己失策了——萨伦托真的被激怒了。可是现在玩软硬兼施似乎是晚了一点，他只能硬碰硬地拷问到底。毕竟，每个人都有崩溃的极限。

又是一螺丝刀，萨伦托的大腿被扎了一个洞。

"她在哪儿？！"

"去你妈的！狗一样的东西，也想逼我开口？！"萨伦托看来也被激怒了，他的眼里全是仇恨和倔犟，"我要是开口说一个字，我不是莫西亚诺家族的人！"

陈默已经红了眼，这是最后的希望，哪怕是假口供，他也要弄出来一份。然而不知过了多久，他的手段几乎用尽，萨伦托还是不吭气。

陈默仿佛听到秒针在滴答滴答地走着，就像萨伦托的血滴答滴答地流下来。手机还在执着地响着，尽管没人去接。陈默忽然觉得自己的努力很可笑，很无助，就像这个注定无人接听的手机，竭尽全力，无非是为了安慰一下自己。他坐在地上，茫然地看着萨伦托。

他问不下去了。

有生以来第一次，他遇到了暴力不能解决的问题。

忽然，陈默又站了起来。因为他看到萨伦托即便无人看管，也没有试图去接听手机。这正常吗？说正常也正常——接了肯定会被陈默制止；说不正常也不正常——这毕竟是个求救的办法啊，而且只要一抓，一按按钮……

"你为什么不接手机？"陈默忽然想明白了，"你是不是跟意大利那边约好了通话时间？！"

"那当然了，傻子，"萨伦托的微笑证实了他的猜想，"我已经错过了两次跟意大利总部联系的时间，你肯定没法想象，已经有多少人被派出来找我……"

陈默忽地把萨伦托拉倒自己脚边，用镰刀刃抵住他的喉咙，然后把手机掏出来塞到他手里，"接电话，别乱说。"

"我要是不接呢？"萨伦托挑衅地问。陈默没说话，只是把刀刃一拉，然后死死看着他的眼睛，直到他确信自己的杀意。

萨伦托点了点头，按下了接听键。

"我是萨伦托，我刚才……你说什么？！"

萨伦托的语气忽然变了。哪怕是跟陈默生死相搏的时候，也没有这么紧张。手机那边嗡嗡地响了半天，萨伦托痴痴地听着，没有说一句话。大约过了五分钟，他径直挂断了电话。

"你！"陈默看他压根没编个理由说自己安全，气急了，差点一刀杀了他。萨伦托却好像毫无知觉。他背对着陈默，像石雕一样纹丝不动。过了好久，忽然肩膀开始战栗。陈默简直不敢相信自己的耳朵：萨伦托在哭！在出声地哭！一个刚才被折磨得体无完肤都不肯求饶的人，接了一个电话，居然哭了！

"……三十年啊……三十年了……"他的嘴里喃喃地说着一些难懂的话，让人摸不着头脑。陈默下意识地提高了警惕。

反常，往往是反击的前奏。但是他想不出来，这么一个遍体鳞伤的老者，还有什么绝招能拿出来对付自己？

除非……

陈默暗叫一声不好，却已经晚了。

"死了……全死了……"萨伦托双手抓住镰刀，往自己脖子上一抹。一缕来自意大利的黑血浇灌在中国的庄稼地里。

一片弥漫着血腥气的黑暗里，只留下陈默一个人目瞪口呆。到底是什么电话呢？

帕勒莫郊区的一座仓库今天里里外外停满了车，每辆车前面都站了起码两个面相凶恶的壮汉，警惕地四下扫视。仓库二楼，一间装潢跟外面毫不相称的会议室里，一个老者坐在圆桌前，不耐烦地看表。虽说迟到对于意大利人来说不算什么，但是今天实在太过分了。

"怎么搞的,都半个小时了……'博士'这人平时挺守规矩,怎么今天也……还有'大狗',年轻人也就算了,你这老人怎么也……"老者是莫西亚诺的家族律师,位高权重,有些火气,相比之下在座的其他人都挺善解人意的。

"不用急,例会而已。"一个叼着雪茄烟的人说,"再等半个小时,不来咱们就走。反正萨伦托也不在,谈不了什么正事……"

话音刚落,会议室的门被推开了。文森佐走了进来。他身后,跟着的是几乎所有缺席的人。文森佐今天穿了一身紫色的西装,搭配金黄色的手帕,浑身的香水味。他姿态优雅地走到长桌的一头,双臂分得很开地撑在桌子上,像是一匹狼雄踞在森林入口,向着所有外来人龇牙:这里,一切都是我的。

"我有几件事要宣布。"大家发现,文森佐今天毫无平时嘻嘻哈哈的样子,"今天起,'博士'和'大狗'跟我。'骆驼'、'侯爵'的位置由他们的留守助手接任。'扳手'、'会计师'、'兽医'、'荷兰人'的位置由我派人去接管。"

鸦雀无声。

片刻之后,会议室里嗡的一声炸了。所有人都在指手画脚,情绪激动。他们的意见归纳起来就是一句话:你动萨伦托的地盘?你疯了吗?

文森佐一言不发,等大家吵够了,他打了个响指。他提到的几位老大走了进来，亲口证实了文森佐的话。

这次会议室真的静了下来。

大家都震惊了。

"文森佐，"家族律师把眼镜摘了下来，擦了擦又戴上，"你花了多少钱？你的钱是哪里来的？"

"很简单，"文森佐耸了耸肩，"我爸爸。"

律师轻蔑地一笑："我建议，年轻人，赶紧放弃你在做的傻事。堂·皮耶罗只要知道了你背地里用他的钱做什么，他会生气的……"

"他不会，"文森佐打断了对方的话。他走到了长桌的另一头，坐在了老爷子以前坐的椅子上，"他死了——我父亲，堂·皮耶罗·莫西亚诺，两个小时前在家里的床上逝世了。他死前把莫西亚诺家族交给了我。"

会议室里顿时变成了灵堂。然后就是一片纷乱。大家纷纷打电话，叫人，想确认此事。然而文森佐省了大家的麻烦。他拍了拍手，身后的手下推进来一张病床。床上躺着的就是已经冰凉的老爷子。

"据我所知，堂·皮耶罗生前可不是这么安排的……""雪茄烟"跟律师交流了几次眼神之后，终于不负众望地站了出来。

文森佐一笑。

"可是他临终前改主意了。很多事情都能改变，比如说，'疯子'的地盘需要个代理头目，我也可以交给你。"

"那'疯子'呢？""雪茄烟"愣了。

文森佐使了个眼色。米沙掀开了老爷子病床的床单。大家这才发现，这张床是双层的，下面放着一个巨大的箱子。米沙使出熊一般的力量把它搬到桌上，打开。

一片惊呼。里面全是人头。

"自己找吧，"文森佐挠了挠头，"我忘了他放在哪儿了"。

大家看着箱子里十几个人头，明白萨伦托算是完了。别说高层，中层都没剩下。今天谁不同意，恐怕就没法活着离开。

但是有人不信邪。

"我不会接受这种虚假的遗嘱，和这种恶心的胁迫！文森佐，我们走着瞧！"蒂诺站了起来，朝门口走去。

只有他的心腹敢跟着。其他人都在小心观望。

毕竟，不是每个人都是文森佐的妹夫。

谁也不知道文森佐怎么发信号的，因为他眼睛都没眨。米沙突然掏出双枪，迅雷不及掩耳地开了枪。蒂诺和四个随从全倒在血泊中。同时，窗外也传来一阵消音手枪射击的声音。

"不！"一声尖叫吓了大家一跳。文森佐的妹妹乔安娜被人从门外推进来。她扑到丈夫身边，拼命摇晃着他。然后她带着满手的鲜血，向文森佐控诉。

"你是怎么回事？你有什么毛病？他是你妹夫啊！我是你妹妹啊！……"

文森佐走到她身边，抬手给了她一个耳光。

"那个婊子，不是我母亲，你，也不是我妹妹！"

说罢，他破天荒冒着弄脏衣服的危险，抓着乔安娜的头发把她拖进了会议室旁边的休息室。门开时大家才发现，这间 N 年也用不了一次的小隔间被装修过了。里边有一张不锈钢桌子，地板和墙壁上都遮着塑料布……

乔安娜的惨叫声即使是加固过的实木门也不能阻挡。过了十分钟，满身鲜血的文森佐走了出来。他步履轻浮，扑通一声摔坐在那张皮椅上，脸上的表情满足而空灵，像极了那种你在妓院门口经常看见的往外走的人。

米沙走到休息室门口往里看了看。

"文森佐，要不要……"他大概觉得准备的垃圾袋不太够。

文森佐没有回答，而是意味深长地斜着眼睛瞪着他。后者想了想，终于明白了。他走到文森佐身边，半跪下，吻了吻他那沾着鲜血的手背。

"堂·文森佐·莫西亚诺，"米沙那带着俄国口音的意大利语像教堂的钟声一样回荡在斗室，"我的忠诚属于您！"

米沙站了起来。紧接着跑过来效忠的就是"雪茄烟"。然后是"博士"和"大狗"两位大佬，然后是律师……

两分钟之内，西西里最有权势的黑手党家族完成了权力交接。

文森佐·莫西亚诺，成了新一代教父。

第八章

交易

第十天

陈默坐在大巴车里,默默抽着烟。香烟一截截化为灰烬,连同他的希望。萨伦托死了,还有他所有的随从,什么话都没留下。他仔细搜了这些人的身,一无所获。手提箱里倒是有些文件,也不过是假的公司宣传册而已。所有线索全断了,唯一明确的只有萨伦托的遗言。

"死了……全死了……"

陈默觉得真的累了。十天了,他每一天都在路上度过,没有吃好过,没有睡好过。那个希望不停召唤他去奔跑,去追逐,去捕食,去杀戮。这一切,都为了一个希望。现在,这个希望彻底没了。

时间划过十二点的时候,陈默正好掏出手机看表。这个神奇的时刻再次提醒了他一些往事。他又看到了那个让他无数次肝肠寸断的画面。而这次,除了赵娟无声的遗言,还有另一个声音越来越响。

爸爸……

不对，实际上，那时候牙牙学语的她说的是 dada……

哭声忽然从陈默身体里爆发出来，就像是充气过度的热气球。不过也就这一声，接下来，他只是捂着脸，张着嘴，无声地号着。这些天经历的一切就像一股股的丝，慢慢扭成一根线，把自己和那个有些陌生的小姑娘连在一起。然而忽然之间，这根线被残忍地连根拔起，连着自己的五脏六腑一起拽出体外。痛彻心扉，痛入骨髓。

他悲伤，他愤怒，他想把这个世界都毁掉，给自己死掉的心陪葬。然而痛过之后，心里只有一片空空荡荡，唯一能总结出来的想法只有一句话。

"对不起……"

他轻声说着，同时把手伸向黑暗里，好像在抚摸着那张他永远也不可能触碰的小脸。

泪水冲垮了陈默的心防，一些被淹没了好久的东西露出头来。

眼前，忽然出现了一些奇怪的东西。

"爸爸救我！爸爸救我……"

那个富二代的女朋友的脸又一次浮现。临死前，她除了求饶，就是在向不知在何方的父亲求救。那时候，陈默不觉得这有什么。怒火早已消灭了他的同情心，看到有人求饶还更加生气：我饶了你？谁饶了我老婆？！

此外他对于杀人早已司空见惯。一条人命，无非是战场上一颗子弹的事。然而今天想起这些,他忽然学会了换位思考。他终于想起,那孩子也是有父母的。而自己做的,说白了也就是把孩子从父母生命中夺走。

难道,这就是报应?

"不!绝不!"陈默好像突然失控,跳起来在大巴里狂踢坐椅、尸体。然而几秒钟之后他就失去了力量,又滑到了地板上。这时,他能说的,依然只是一句"对不起……"

一辆车从外面路上驶过。车灯从大窗透进来,把大巴照得一片通明。陈默失神的眼睛随着灯光,从车厢里扫过。灯光消失了,陈默却还死死盯着它最后消失的地方。

因为在那里,他看到地板上有一个U盘。

"这是哪来的?我明明很仔细地搜过他们啊……"陈默纳闷了,"难道是刚才乱踢一通,从某个人的口袋里凑巧踢出来的?"

他捡起U盘,仔细端详。

"这里边,难道有什么重要信息?"

突然,一阵轻微的响动打断了陈默的思绪。他像猫一样无声而迅捷地趴在地上,仔细倾听。那是一种发闷的响声,来自下面,每隔一秒左右,就响一次。

车里还有人!

陈默又把螺丝刀抓在手里,环视左右。一车死尸,难道有人装死?那他干嘛发出声音引我注意呢?难道……

陈默拍了自己脑门一下。怎么把这茬忘了——司机还关在行李舱里呢。

"饶命!大哥饶命啊!我我什么都没看见……"

司机被从行李舱里拽出来,撕掉封嘴的胶带,立马忙不迭跪下磕头。陈默觉得虽然没灯,但他肯定看到了尸体,要不然动作不至于这么迅速。

"我不想杀你,"陈默轻声问,仿佛并不太想知道答案,"你告诉我,谁派你来的。"

"谁派我……"司机有点迷惑,"公司啊……"

"公司是哪家公司?"陈默惊喜地问。

"通途……我们公司是租车的……"

陈默失望地点点头。他真想直接放这司机去报警,省得自己还要跑腿。但是有种责任感驱使他要穷尽最后一点可能性。

"你有U盘线吗?手机用的。"陈默无精打采地问。

"没有……"司机摇了摇头。陈默挥了挥手,正要开口让他报警,司机忽然又补充了一句:"我手机不用线,直接能插。"

司机拿出的是一台山寨机中的战斗机。三星般的大屏幕,三星堆出土文物一样的厚度。侧面和底部布满各种插槽、接口,足以满足1990年以来所有数据储存器的传输工作。陈默把U盘插了进去,文件被成功读取。

他惊奇地发现,萨伦托来中国好像不是为了自己。

U盘里有一个PPT文件,根据上面的资料来看,萨伦托似乎是在推销自己的一个皮包公司,想劝说别人让他参与非洲的一个矿产的开发。里边还有段录像,由萨伦托领衔主演。录像里他操着很难听懂的西西里口音英语,慷慨陈词:"过去的长久合作令我相信,在非洲,有着我们的共同利益,携起手来,我们可以共同创造一个新的未来……"

页眉和页脚上的时间显示,这个会议将在今晚十点举行。

难道说,萨伦托来中国是……谈生意来的?那他绑架雯雯干什么?

等等!陈默觉得后背忽然一凉:这生意这么重要,他还有心情绑架我女儿?难道他没有?难道文森佐弄错了?

或者更糟,文森佐骗我?

陈默不知道自己该相信谁。但是有一点可以肯定,这里面有很不合理的地方。他的心里开始有火苗在暗暗燃烧。

有疑点,可能就有希望……

陈默把文森佐的话和萨伦托这里的线索又理了一遍,反复推演,还是没有结论。他决定还是从这个生意伙伴身上入手。他又转向司机。

"谁叫的车,能不能查出来?"

司机点点头,说总机知道。

"那你打给总机,"陈默把手机递给他,同时把螺丝刀顶在他胸口。

司机识趣地拨了个号码。

"总机,是我……那个……爆胎了……嗯嗯,修好了,马上……我问一下啊,这个车是谁订的?嗯?哦哦……知道了……"

"没有记录。"他挂了电话,为难地告诉陈默。

"什么叫没有记录?"陈默火了。

司机解释说,如果车是通途自己调用的,那就没有记录。

"你们公司要见这些意大利人?今天晚上十点?"

司机尽量不回头去看死尸,强打精神回答,绝对没有。

"我们公司连外省生意都没有,别说外国了……再说,十点早关门了,不可能有人开会。"

"你怎么能肯定?你们公司有多少楼,你都知道?"

"大哥我真都知道,"司机诚恳地说,"我们公司刚创建不久就资不抵债,被收购了,就一扇门脸,三辆车,绝对没有别的办公室了……"

"等等,"陈默举起一只手指,"你说,被收购了?被谁收购了?"

陈默在百度里输入司机提供的信息:时骅集团。这是个规模巨大的商业集团,生意涉及各个领域,最近正计划建立一个全国的租车网络,掀起了收购狂潮。看来司机没说假话。连通途这种破烂小公司都不放过,真是狂潮。

陈默继续往下翻。

时骅进军俄罗斯电讯行业……

时骅太阳能登陆南美……

时骅海运在欧洲遭遇强烈狙击……

看来这是个正在扩张中的巨无霸,看什么领域热门就买什么。

然后,陈默的眼睛停住了。

时骅进军非洲矿业,剑指新世纪能源。

难道真是它?

"是它又怎么样?"接下来这个念头使陈默又泄了气,"有人要跟黑手党做生意就做去,跟我,跟雯雯,又有什么关系?"

陈默再次心灰意冷,正要关闭浏览器,忽然这时候手机忽然一震,吓了他一跳。仔细一看,原来是条短信。流量快用完了。一分神,大脑就不受控制地信马由缰起来,录像里一句话在他脑海里闪回了一下:"我们长久的合作令我相信……"

长久的合作?

萨伦托跟这个集团老总是老熟人?

电光火石之间,陈默的脑子在飞速转动:萨伦托要继承莫西亚诺家族,所以他必须搞掉文森佐,老爷子的亲儿子。这件事要做得隐秘,不露马脚,所以他要绑架我的女儿,逼我向警方检举文森佐。

同理,他绑架我的女儿,也不能弄到意大利去。他只能在中国就地关押……

陈默抓紧时间,利用最后一点流量打开了一个网址,找到了自己想找的信息:"时骅集团总裁宁德为……"

"如果雯雯没死的话,"陈默逼着自己得出一个牵强的结论,"会不会在老熟人宁德为那里关着?或者他提供过某种帮助?或者最起码,他知道萨伦托的人在哪里落过脚?"

陈默在脑子里又把这个推论过了一遍,得出的结论是:讲得通,但是听起来也很荒唐。再说怎么证实?亿万富翁,天知道有多少处房产,怎么找他?难道去预约会面吗?

然而左思右想,陈默都舍不得放弃这个假设。因为这是雯雯活着的唯一可能性。

最终,他苦笑了一声。

"最后试一次吧……"

老高精疲力竭爬着楼梯。他真的累了,但是又感到精神上有些轻松。那心情就像等了一宿,另一只靴子终于落下来了。

"都结束了,"老高在心里对自己说,"终于他妈的结束了……"

然而接下来他就发现,还没有。

漫不经心地打开家门,他走进客厅,在一堆茶杯里找到半盏剩茶,一饮而尽。

然后,他感到有些不对劲。

回过身去,陈默背靠着锁死的大门,在看着自己。

"高警官,"陈默破天荒带着有点殷勤的笑容,"咱们谈谈。"

"你说什么?你是不是疯了?"几分钟之后,老高带着迷惑地表情问道,"你,一个通缉犯,哦,不对,国际通缉犯,想跟着我去见宁德为?时骅集团总裁,身家几十亿的富豪宁德为?"

"没错。"陈默坚定地点了点头。

"我说陈默,"老高笑了,"你向我坦白你的身份,我受宠若惊。可我没得罪过你吧?你还嫌在柳阳给我惹的麻烦不够多?!"

"我知道。我这次绝不乱来……"

"你拉倒吧,我凭什么信你?"

"凭着我可以让你飞黄腾达!"陈默说。

老高忽然仰天大笑。

"我说的是真的。"陈默知道自己的可信度不太高,但是也很难想出个办法来扭转自己的形象。

"是真的也无所谓啦,"老高居然笑出了眼泪,"太晚了,我已经不是警察了。"

"什么?"

"是真的,就是刚才,"老高长叹一声,"本来就有人写我的黑信,再加上柳阳那一出,我回到所里就接到文件了。我被正式停职了,等待接受调查。"

两个人相对无言。

过了好久，陈默猛地抬起头来。

"我可以让你官复原职！我可是国际要犯啊，我在中国杀了多少人啊……你帮我这个忙，我就伸手让你给我戴上手铐。我还会供认，我能落网，全是你一个人的功劳！"

老高摆了摆手。

"就算真能官复原职，又能怎么样？没意思，我累了……"

陈默不说话，死死盯着他。

老高当然明白这后边的潜台词是什么。

"少来这套！"老高不屑地一笑："你以为你杀了我，就能跑出国去？"

陈默点了点头："我不跑。你不帮我，我就自杀。或者更糟：我写个遗书，收信人就写你：'致挚友高志昆，所有罪行我一身承担，你给我的帮助，来世报答'……你觉得怎么样？"

老高琢磨了一会儿，终于点了点头："好，你狠！不过，我也有个条件，你不答应，我就豁出这条老命，在这跟你拼了！"

九安市时骅集团大厦。

老高和陈默并立在门口，抬头仰望着这座建筑。

"你说有多少层？"老高问。

"不知道。"陈默说。

"你说他们盖这么高干吗呢，这么多办公室真用得了？"老高还在研究。

"行了，走吧。"陈默不耐烦地催促。

老高看着他，嘿嘿一笑，从腰间掏出个东西。

"什么意思？"陈默问。

"你不是答应了吗，"老高说，"要上拷。"

"我答应的是完事了之后。"陈默警惕地说。

"那还不一样：宁德为要是无辜的，你要上拷跟我去分局；宁德为要不是无辜的，你不一样要跟我去分局？难道你还想骗我？再自己替天行道？"

陈默想了想，终于妥协，伸出了双手。

"后边。"老高还是不动。

陈默看了他一眼："你要是骗我，就算上了脚镣我一样能杀你。"

"什么叫信任？就是你不知道我是不是骗你，但是你还得相信我的话。"老高循循善诱，"到这个分上了，你除了信任我，还有别的选择吗？"

陈默点了点头，把双手背到背后。

"其实啊，你那个推论，狗屁不通。"老高一边上背拷一边说。

"我知道，"陈默抬起头看着大厦，"这个排除了，我也就死心了。"

老高揪着陈默的袖子，跟他一起走进大厦。里面衣着光鲜的白领们诧异地看着他们。老高毫不在意,径直走到前台,跟漂亮的接待小姐打了个招呼:"我跟你们宁总有个预约。"

老高没在刑警队白混这么些年,人脉是相当丰富。如今虽然落魄了,但是想用的时候还是能找到那么一两个。时骅集团主管公关的刘副总他就认识。这家伙当年跳槽的时候跟原单位搞得不愉快,结果人家就告他偷窃机密文件,要不是当时负责侦察的老高查明真相,他还真得坐牢。从那以后,逢年过节,他总要给老高送点东西,或者打个电话问候一下。这次老高一提这事,他显得有些犹豫:"什么案子啊,这么重要,你要跟宁总面谈?"

"大案子。牵扯外国人。我跟他面谈,也是为了你们时骅集团好——把事情澄清了,就能好控制。队里不会再找你们公司面谈,记者啊,网络啊,股民啊,也不会知道,你说对不对?"

"好,宁总这个月还真在九安。我问下他什么时候……"

"别,"老高斩钉截铁,"就今天!十分钟谈完,这事就了了。"

电梯上行到四十层,老高和陈默被接待人员引进一间会议室。在里边等了不一会儿,门开了,宁德为走了进来。老高没见过这位九安首富,因此愣了一下:华丽的西装下,装着一个近乎畸形的身躯。此人身高顶多一米六,瘦小枯干。头顶油光锃亮,点缀着几缕飘逸的长发,走路还瘸着一条腿。

不过他气度倒是不同凡响,不卑不亢,大大方方朝老高伸出手:

"高神探，久仰！"

老高跟他客气两句，然后落座。这时候宁德为看到了陈默的手铐。

"这位是……"

"这是我一个犯人，他的供词里有有关贵公司的情报。案子很敏感，您又这么忙，所以我干脆把他拉来，当面一次说清楚，免得以后再浪费您的时间。"老高语气十足的亲切温和，让人觉得真是替自己着想。

"哦，明白了，"宁德为看来修养还真是不错，面对这出摆明了的闹剧，脸上还是波澜不惊，"一定配合，一定配合。"

不过老高明白，刘副总的饭碗八成要丢了。

"行了，宁总的时间很宝贵，那我就长话短说了。"老高装模作样地戴上老花镜，从手提包里拿出三寸厚的文件，翻了好一会儿。其实除了最上面两张，其他全是家里的废纸。不过这也是审讯技巧，让人觉得他什么都掌握了。

"贵公司在意大利有业务伙伴吧？"老高假装照本宣科地念起来。

"有。"宁德为不假思索，"时骅集团在全世界都有业务伙伴。我们的蓝图是……"

"那你们跟帕尔玛洛建筑集团有限公司都一起做过什么生意？"老高打断了他，紧盯着他的眼睛问道。不问有没有合作，而直接问做过什么生意,也是诈口供的常用技巧。不过宁德为的反应令人失望。

"什么集团?"宁德为脸上露出迷惑的表情。

"帕尔玛洛,西西里的。"

"不好意思,"宁德为扶了扶眼镜,"这些具体的事我还真不清楚,每个月找我们谈合作的外国公司不是一个两个,而是成十上百……不过这样吧,我把负责人叫来,他知道的肯定比我清楚。"

老高和陈默交换眼神的空,宁德为拿起电话,叫来了某个副总裁。

"商业发展部的,展经理。您尽管问。"

老高又把问题重复了一遍,展经理当场摇头:"不是,准确地说不能算是——只是一起搞过几次船运。不过我们一直在进行接触,商量以后进行合作的可能性。这个本属于商业机密,不过呢,说了也无妨:意大利人啊,不守时真是名不虚传,本该昨天进行的谈判,今天人还没有到……"

宁德为听到这里也笑了,摇着头端起茶杯:"见笑了,见笑了……"

"那萨伦托·瓦伦汀这个人你接触过没有?"老高继续问。

"接触过,他是帕尔玛洛集团的 CEO。不过没有深谈过,因为他整个人神神秘秘的,连个邮箱地址都不给我们,我打电话找他,每次都得转接三四次才能到他那里……反正我个人对这个帕尔玛洛集团印象不好,觉得他们做事不正规,所以他们一直想跟我们正式谈判,但是我一直拖着不订下时间。这次好不容易定下来,他们又不出现了……唉……"

"哦,"老高一副恍然大悟的样子,"那宁总您跟他上次见面的时候都谈了些什么?"

"什么?"宁德为有点吃惊,"小展都没见过他,我肯定是没见过的。"

"这样啊,奇怪,"老高又装作翻卷宗,"他可不是这么说的……"

说着,他拿出一张大幅照片,递给宁德为:"您仔细看看,这个人可是说得跟您不一样……"

宁德为拿着照片,左看右看,满脸担心。最终,他小心翼翼地问老高:"这个人牵扯进了案子?"

"是的,"老高点了点头,然后假装翻笔记本,用余光观察宁德为和展经理的反应。两人面面相觑,宁德为眼光里全是责备,展经理汗如雨下。

"请问是什么案子?我们时骅集团并没有跟他们合作啊……"宁德为赶紧澄清。

"对对,我只是邀请他们来谈判,并没有达成任何协议……"展经理也赶紧补充。

"这样吧,"宁德为站起来走到老高面前,"高警官我看您也辛苦,咱们找个地方坐坐……"

"别紧张别紧张,"老高心里有数了,"他没犯罪。他只是死了。"

展经理松了一口气。宁德为眼光倒是黯淡下来。他解开左手袖口纽扣,露出系在定制版百达翡丽旁边的开光手串,慢慢捻起来。

"我这个人是信佛的,出了这种事,总是不太安乐。"宁德为话说得很慢,"小展,买卖不成仁义在,他总归是因为跟咱们的业务出的事。你去跟家属联系一下,看看有没有咱们能做的……"

"宁总真是菩萨心肠啊。"老高一挑大拇指。

"应该的。"宁德为坦然答道,"您说他说跟我见过面?他不是死了吗?"

"不是直接供词,是他的手下说的,"老高继续盯着他的眼睛,"他是意大利黑手党。"

宁德为"啊"的一声,桌上的茶杯被打落在地。他的手哆嗦起来。

"高警官,你看国际贸易里边,不了解谈判对手的背景,这也是常有的事,我绝不是在推卸责任,我只是想说啊,你看,我们只是邀请他们来谈判,我们是不可能知道……您看我们马上就要展开新一轮融资,这个消息能不能……"

老高跟陈默交换了一下眼神。后者已经面如死灰。两人都是见过大风大浪的人,一个人什么成色,干过什么没干过什么,见了面说两句就能估计个差不离。问了这么多,老高明白,陈默的判断跟自己一样。

别说合作,这个人真的连见都没见过萨伦托。

又聊了两句,老高起身告辞。宁德为让展经理把他送到楼下。上了车,老高长舒一口气。

"死心了?"发动了汽车,他问副驾驶座上的陈默。陈默点点头。老高默不作声地开车,陈默把头扭向窗外。老高知道他流泪了,又没法擦,但是又没法点破。他叹了一口气,把手铐钥匙扔到陈默背后。

"打开吧,你信任我一回,我也信你一回,"老高掏出一包烟,"进去之前,来一根吧。"

陈默只打开了右手的手铐,把左手的半边留在手腕上。

"待会快到了我再铐上,我不给你添麻烦。"他点着烟,把头靠在靠枕上说。

"还有什么事要交代吗?"老高问。

"没有了,"陈默笑了一下,"死心了。"

"给你妹妹打个电话吧,"老高把自己的手机扔给陈默,"让她有个心理准备。"

陈默点点头,拨通了陈静的号码。过了好一阵又把手机放下:"没人接。"

"待会儿再打……"

"算了吧,"陈默吐了个烟圈,"不让她伤心了。"

"你不打,才更让她难受。"老高训斥道,"你别忘了,她就你这么一个亲人了……"

时骅大厦地处九安下辖的一个县级市,开回市局要经过好长的一段盘山公路。老高小心地驾车,陈默专心发愣。两人都陷入了沉默。

过了一会儿,陈默又拨了一遍,还是没人接。不过老高对于他肯接受自己的建议感到很高兴。

"你放心,你女儿,我会继续找的。"

陈默没什么表示。

"你信也好,不信也好,我能理解你的心情,所以我会一直找下去。"

陈默打开车窗,扔掉烟头:"你怎么可能理解?"

"你以为我这几次帮你,就是为了升官发财?"老高不屑地问。

"你难道为了世界和平吗……"陈默压根儿没看他。

老高"嘿"了一声。

"你这个浑样,跟我那个儿子真是一模一样,"说着,他叹了口气,"他要是活着,大概也是你这个岁数吧……"

陈默把头扭向老高,想听听下文,可是他却闭口不讲了。天空飘起毛毛雨,公路上车辆稀少。雨刷不时动一下,让车厢里的静默显得更加难以忍受。陈默百无聊赖,又给陈静打了一次,还是无人接听。终于,老高又开了口。

"我年轻的时候没时间管孩子,后来不管不行了——离婚了——又不懂怎么管,就知道打,犯一点小错我就打,不管他怎么求饶,我一样打。打来打去,他越打越犟,我说东,他就往西。我再打,他一声不吭地忍着。就这么到了十七岁,有一天回家,他没了。"

"什么叫没了？"陈默问。

"不见了，离家出走，"老高打着转向灯，超了两辆沙土车，"我就找啊，找了好多年……"

"你们警察的孩子丢了也找不着？"陈默有点吃惊。

"咱俩情况有点不一样。其实有几次我感觉我找对地方了，可他躲起来不见我。他不是被人拐了，他是自己选了别的路。我只是要逃避我……"

陈默发现雨刷的速度被调快了一个档。可是雨早停了。

"后来吧，我就听人说，他在南边当了什么古惑仔。草鸡毛的小屁孩，扮什么黑社会。"老高强笑一声，"可咱不也得去看看不是？去了好多回，完全没结果。"

他不停地摇头。

陈默不知道该说些什么。

"后来我就放弃了。那时候我前妻也过世了，孩子也就当没生过吧。我就铆足了劲干事业。抓人上拷，立功受奖，步步高升，有时候还真不那么难受了，"老高意味深长地看了陈默一眼，"……所以我能理解，别以为就你那样……"

"再后来呢？"

"再后来，就是前两年，南边严打破了一个案子。内部公布的要犯名单，要枪毙的。我儿子名字在第一行第三个。"

老高也给自己点了一支烟，好像在讲一件跟自己无关的事。

"你小子不听我劝,我生气吗?我不生气,你毕竟不是我儿子。"老高三口就把那支烟抽得只剩过滤嘴,扔出窗外,"可我就想啊,我这辈子能不能说服一个年轻人呢?哪怕一次呢?到现在一看,我还真不是那块料……"

陈默看着老高,好像从来不认识这个人。良久,他才开口:"这不是你的错,我是个怪人……"

"你不是怪人,我才是,"老高嘿嘿一笑,"儿子走了,我就把事业当成亲生儿子,当成衡量一辈子成败的一把尺子。儿子要枪毙了,别人趁机举报我涉黑,我还使劲跟他划清界限,说没这么个儿子……其实想想,我不过是犯了个错误,又用一辈子的精力和热情来否认我犯过错误,来骗自己说为了犯错误付出的牺牲和精力都是值得的……唉不说了。不过啊,我还有一个机会。"

"什么机会?"陈默问。

"你们来找我那天,我就发现原来自己一直在等着这么一个机会,"老高忽然变得无比严肃,"孩子,我是弄丢过一个,但是这一个,就算用尽我这辈子剩下的所有时间,也一定要找回来"

红灯,车停了下来。两人都认出,这里是盘山公路的尽头。

九安不远了。

"老高,"陈默第一次这样叫他,"等我死了,雯雯的事就托付给你了。活要见人,死要见尸……"

"放心吧,"绿灯亮了,老高挂上一挡,"我要是做不到,你死了也能杀了我。"

两人同时笑了起来。

陈默把钥匙扔给老高,然后拿起手铐,要把自己右手铐住。就在这时,前面突然冒出一辆集装箱卡车,打着倒车灯,朝他们开过来。老高正要骂街,集装箱的门开了。一个东西从门缝里被扔出来,砸在老高的前车窗上。

是油漆!

"小心!"老高看不见前方,一声惊呼,立刻倒车。然而又一辆卡车不知什么时候已经从旁边的车道倒着横拐过来。老高结结实实地撞在它的侧后方。集装箱被撞破了,里面的一袋袋水泥滚落下来,现场顿时一片烟尘。老高和陈默彻底看不见车外的任何东西。

"下车!下车!"老高喊着。

然而已经晚了。

前面的集装箱拖车猛然加速,车尾狠狠撞在老高车头,摧枯拉朽般把车皮揉成废纸似的一团,推下旁边的山崖。

第九章
罐头工厂

九安市西郊。

三辆大卡车拐下三环,开进了一个小区。这个小区地处偏僻,黑灯瞎火,矗立着几栋还没完工的烂尾楼。门前是宽阔的马路,可是车辆稀少,连出租车都很少经过。路两旁的商品房门头十分高大上,明摆着对一般商户说不。大卡车开到一座烂尾楼背后停下,司机和车上的人下了车。

一个黑衣人走了过来。

"办好了吗?"

"没问题。十几米摔下去,还倒了半车水泥,砸死了。"

"监控呢?"

"就在你选好的那个路段。没有摄像头。"

"嗯,带弟兄们去 4 号楼休息吧,别出去,明早还有事。"

脚步声阵阵,人们离开了。

一切都归于沉寂之后,陈默从车底钻了出来。

油漆桶砸在挡风玻璃上,就像RPG击中了乘坐的装甲车,战场上培养出的神经瞬间启动。陈默双腿一蹬,背部紧紧贴着椅背,稳住身体。他一手解开安全带,一手扒住车顶,从敞开的车窗探出半个身子。四周烟尘弥漫,巨大的车头如同迷雾中奔出的怪兽,咆哮着撞过来。陈默条件反射般地从车窗钻了出去,就地一滚。巨大的车轮贴着他的后背轧了过去。他想也不想,趁着烟尘掩护滚到大卡车的底下,死死抓住底盘,悬挂在上面。

他眼睁睁看着老高连人带车被推下山崖。

"老高!"陈默几乎失声叫出来。

他觉得自己的脑壳像是暴风雪里苦苦支撑的屋顶,突然不知怎么就开了一个洞,好不容易攒起的一点热气无可挽回地飞速泄了出去。

他不知道这个警察怎么怀疑到自己,也不知道他为什么后来要帮自己。

他只记得,自己在茫茫雪原般的人间,背负着自责和仇恨,步履蹒跚地跋涉了几年,从未低头,也从未开过口。而这期间,自己得到过的唯一温暖和帮助就是来自他。

而现在,就连这个人,也不在了。

屋子里只剩飘进的雪,一片空白。

陈默逼着自己把心痛生生嚼碎咽下去。

现在，正是需要集中精力的时候，没有时间用来伤心。因为迄今为止最大的转折出现了！

自己关于宁德为的推论，居然是对的！

灭口，就是铁证！

小区好像无人居住，楼宇间鹅卵石铺就的小径上半个行人都没有，在白惨惨的路灯灯光下，有种鬼城的气质。陈默利用黑暗四处游走，观察周围的环境。整个小区有八栋楼，只有除了两栋封了顶，中间用空中天桥连接，高度在二十层以上，零零星星几个窗户亮着灯。看来要么是这里楼市太惨淡，要么这个小区不是为了卖房子而建的。

陈默悄悄摸到最近的一栋楼门前，藏在垃圾车后面。楼门大开，一层窗户全黑着，但是楼道里有亮光透出来。他想了想，拣了块土块，朝斜上方一扔。土块砸在一楼大厅的天花板上，碎成粉末，同时发出"啪"的一声。

门洞大亮起来。

果然有声控灯。

三个黑衣人手持警棍，从左边楼道跑了过来，四下张望了一会儿，摸了摸脑袋，又走了回去。陈默考虑了一会儿，自忖没有不出声音解决三个人的本事，于是猫着腰慢慢退后，在黑暗的掩护下转到楼的另一面。在楼房拐角处,他看到排雨管,用手试了一下坚固程度,觉得没问题,就脱下外衣系在腰间,双手扒住排雨管,左脚用力在墙上一蹬,像猿类一般贴着墙朝上爬去。

攀爬不是外籍兵团的训练重点,打仗也基本用不到。陈默当年只是在意大利杀人的时候用过几次,所以水平一般,爬了几层就不敢再往上了。他小心踩住外墙的伸缩缝,翻身一跳,抓住了旁边墙上的窗台。他把身体拉起,爬到狭窄的窗台上,把衣服从腰间解下,包在胳膊肘上,默数三下,短促有力地朝着玻璃捣了一肘。不期而至的反作用力差点把他推下楼去。

是钢化玻璃。

陈默出国以前跟着人干过一阵建材生意,所以相关规定还是了解一点的。他看了看,自己大概是在五层。远没到必须安装钢化玻璃的层数。窗户比一般的要小,也没到必须钢化的尺寸。

难道是为了防盗?

要防盗,一般都是装防盗门窗,很少有人会在玻璃上下工夫的——要防范外面的人进来,铁栅栏显然比钢化玻璃效果好,而且便宜得多。

陈默摇了摇头,决定不理。他小心翼翼地解下腰带,在手肘上缠了几圈,让皮带扣护住肘尖,然后运足力气,对准玻璃一角狠狠捣了下去。随着短促的击打声,玻璃的一角化为粉末。陈默打碎了玻璃的四角,再次用肩膀一顶,整块玻璃掉进屋里。

陈默跳进屋里,靠墙半蹲着。等了一会儿,没有任何动静。他伸手一摸,地上是很厚的地毯,因此玻璃落地没发出多大响声。月光透了进来,陈默隐约看清,屋里有张床。他伸手一摸,觉得窗帘厚度合适,于是站起身来,把窗帘拉上,然后点着了汽油打火机。

火光浸满了房间。陈默心里立刻充满了负罪感。这是个儿童卧房啊。

墙纸刷成了粉红色,大床上铺着卡通图案的床单。天花板、墙角、门框,到处是泡泡纱做的装饰花边。每面墙上都有一个硕大的书架,上面摆满了娃娃。娃娃们穿着粉红色的套裙,睁着硕大无辜的眼睛看着他。

陈默找到门,慢慢打开。眼前出现的是一间小小的客厅。粉红色的沙发,玩具木马,地上散落的玩具。陈默越发小心,不想惊醒这家人。他赶紧走到大门边,轻轻将门把手一拧。

没开。

"肯定反锁了啊……"陈默拍了一下脑门,暗骂自己笨。

他打开防盗锁,再次一拧。还是没开。

陈默疑心大起:从外面反锁的?家里没人?

关掉打火机,门缝底下没有光透进来。走廊里也没人。这一层是空的。

看来是样板房,或者看来是全家出门了……

陈默松了一口气,反身回到儿童间,坐在大床上。其实也不累,但是不知怎的,他觉得自己对这里有些留恋,不想离开。

到底为什么呢?

思索良久,他终于想起来了:以前,赵娟多次说过,等雯雯来到意大利,就给她布置这么个房间……

陈默心里一酸,把手放在床上,抚摸着丝滑的床单,好像想再次触摸一下昔日的美好。

忽然,他"腾"地一下跳下床来,匕首抄在手中,两眼放出要杀人的光。

床单是热的。

房间里有人!

陈默再次摸回客厅,仔细搜了一遍。床底、衣橱、洗手间都是空的。只剩一个地方能藏人。那扇门细窄狭长,陈默一开始还以为是储物间。他悄然无声地走到门边,掏出汽油打火机,默数三下,猛地把门撞开,同时点着了打火机扔了出去。打火机在地上静静的燃烧着,照亮了房间。出现在他眼前的不是严阵以待的保镖,也不是不知所措的闲杂人员,而是一屋子的娃娃。

跟儿童间的不同,这里的娃娃最小的也有八十公分高。各式各样的裙子,各式各样的发型,一模一样的脸……

忽然,娃娃动了!

那个一米多高的娃娃,带着塑料的假笑,空洞的眼神,慢慢地在移动!

陈默觉得脊柱一阵发凉，惊退半步，然后一步蹿过去一把把它拉倒在地。

娃娃背后，露出了三个抱成一团瑟瑟发抖的女孩。

"别怕，我不会伤害你们……"陈默愣了一下，然后慢慢走上前去，尽量温柔地开了口。

这个小房间没有窗户，于是他就关上门，开了灯。灯光下，孩子们战战兢兢地抬起了头，又马上垂下。陈默看到，她们中最大的一个有十二三岁的样子，另外两个就小很多。

"别怕,我不是贼,我是……"陈默语塞了。破窗而入，满屋摸索，鬼才信你不是贼。

"你们爸妈呢？"陈默觉得这才是最应该首先搞清的问题。跑了？打牌去了？报警去了？

三个孩子对这个问题的回答很一致。她们抬起头，一起晃脑袋。

陈默忽然发现，她们仨长得一点都不像。

"你们是……孤儿？"陈默不信教,但是也觉得自己该下地狱了。闯到孤儿院里来了？

年龄最大的女孩摇了摇头。

"我们有爸爸妈妈……只是见不着了……"

"怎么见不着了？"

"我们……被人带走了……"

陈默胸口好像中了一锤：她们是被拐来的。

钢化玻璃，是用来防止她们砸窗求救的。

陈默心里一阵发热，但是旋即陷入了迷茫：关一些孩子干什么？宁德为关的？还是萨伦托？难道黑手党在中国还抢人贩子的生意？

百思不得其解。不过这个谜团倒是带来了一丝希望：也许，雯雯也曾是他们的一员？

面对孩子，陈默有点手足无措。他无师自通地想，大概应该给点好吃的。他在各个口袋摸索，意外地找到几块糖。他想起，那是给雯雯准备的。

那天埋了大林等人的尸体之后，陈默凌晨一点才回到家。一进家门，陈静和赵亮都从沙发上站了起来。

"怎么样？怎么给你打电话你也不接？"陈静急切地问。

"我跟那女人的老公谈了谈，一吓唬他就告诉我雯雯的下落了。我明天去领人，八万块。"

陈静紧绷着的神经一下子松弛了下来，水银一样溜到了沙发上。片刻，她满脸泪水地跳起来抱住了哥哥。

"太好了……哥，谢谢你！"

陈默觉得有点荒谬：我明明是在救自己的孩子啊……

陈静在客厅里不停地奔忙。她找出雯雯的衣服，最喜欢的零食，拼命往陈默包里塞。

"雯雯这些天可受苦了,一定要给她穿得漂漂亮亮的,喂得饱饱的……"

陈默坐在沙发上,偶尔强笑一下。过了一会儿,他借口出去买票,叫出了赵亮。

"哥,你明天大概什么时候回来?我去接你们……"

"不用了,到时候我给你打电话。"

"也行也行,那宝钢哥那里我给他打个电话……"

陈默摇了摇头。

"也是,也是,"赵亮点了点头,"他这么大岁数,到时候再说吧……"

"赵亮,"陈默艰难地开了口,"找到雯雯,我就不回来了……"

"什么?"晴天霹雳,赵亮又结巴了,"哥哥哥你你还来真的啊……"

"我必须走。我身上背的人命太多了……"陈默摇了摇头。

赵亮寻思了一会儿,忽然恍然大悟:"哥,你又……"

陈默点了点头。

"明天,我一早就走,别跟陈静说。可能需要一两天,你稳着我妹妹点……"

陈默转身要上楼,可是走了两步,发现赵亮没有跟上来。扭头一看,他在原地傻站着。

"哭什么……"陈默走到他跟前问道。嘴上是责备的语气,心里却有点发软。

"哥,这回要不是有你……"赵亮擦着眼泪,"我是独生子,我这才知道,有个哥真好……"

陈默忽然想起,当年陈静出生后自己的失望。

"我要个弟弟!"那个无知少年似乎就在眼前跟父母发着脾气。

他笑了。

"赵亮,"陈默把手放在他的肩上,"这个家,以后就交给你了……"

"哥,我脑子笨,我没你那么有本事,但是……"

"别说了,"陈默拍了拍他的肩膀,"我信得过你。"

想到这里,陈默忽然焦躁起来。死了一车外国人,加上老高一个警察,自己犯下的事非同小可。那个大巴司机应该早已报警,自己的身份应该很快就会被搞清。最晚下个礼拜,家里就会被警察挤满。他不敢想象这会给妹妹和赵亮的生活带来什么影响。

他决定赶紧弄清事情真相。

有了糖,几个孩子明显对陈默信任有加,终于肯回答他的问题了。

"你们是谁的孩子?"

回答一致是"爸爸妈妈的"。

陈默决定碰碰运气,看再给几块糖审问能不能顺利一点。结果这次除了糖,他还意外地在兜里摸到个手机。

这有些奇怪。他明明记得自己把手机在购物中心的厕所就扔掉了。掏出来一看,他的心头一热:是老高的。刚才在车上忘记还给他了……

"你们的爸爸妈妈知道你在这里?"

"不知道……"

"不知道他们知道不知道。"

陈默顿时觉得应该做两手准备。于是他开始用手机百度宁德为的资料。网速慢如龟爬,他一边等着一边继续努力从孩子嘴里挖点资料。

"你们是怎么来这里的?"

"送来的。"

"谁送来的?"

"大叔……"

"谁是大叔?"

"不知道……"

陈默抓着自己的头发。视死如归的非洲叛军领袖也比这好审问。就在这时,他看到手机的搜索网页终于打开了。陈默于是放弃了盘问孩子,专心上网。搜索结果乏善可陈,除了百科资料就是就是宁德为参加慈善的新闻稿。

毫无头绪。

"送我们来这里的那个人……"年龄最大的女孩忽然开了口,"是个老头,他们叫他秦叔……"

老秦?

陈默抬起头来,很多念头在脑子里转动。

老秦把拐来的孩子藏在这里?难道这里是他的窝点?难道他跟宁德为有联系?宁德为一个亿万富翁,不至于还干拐卖人口这种小生意吧?老秦……宁德为……萨伦托……这三个背景天差地别的人,怎么会在这栋楼、这些孩子身上交汇在一起?

"是不是秃顶、头发花白、嘴这样的?"陈默比划着,急切地问道。

女孩点了点头,又摇了摇头。

"不记得了,我……"

"你仔细想想!"

"我……我很害怕……没敢多看他……"女孩委屈地哭了。

陈默有些手足无措,犹豫着上前,抱住了她。女孩在他怀里抽泣。他又无师自通地想到,应该给她擦擦眼泪。正想腾出手拿手绢,目光忽然被手机所吸引。手指不经意地碰到了翻页键。屏幕上出现了论坛搜索结果。

八卦:时骅集团总裁宁德为在美因猥亵儿童被起诉……

港媒:内地富豪宁德为与原告家属和解,赔偿共计……

贴吧:时骅宁德为记得吧?又在越南出事了……

快讯:富商宁某涉嫌猥亵儿童被越南递解出境……

"妈的,"陈默觉得自己的汗毛开始根根竖起,脑子里一片空白。

过了好久,陈默才再次开口:"有人欺负你们吗?"

三个孩子不约而同地低下了头。两个年纪小忍不住瑟瑟发抖,把头紧紧埋在比较大的女孩怀里,像是见到了鬼怪,无助地抱成一团。她们并不理解发生在自己身上的遭遇,她们只是感觉发自内心的不喜欢和恐惧。

陈默静静地看着她们。年龄最大的女孩肤色微黑,一双大眼睛惊恐地圆睁,好像在哭诉,又像是在求救。陈默掏出手帕,擦着她脸上的泪。

"你多大了?"

"14。"

"谁欺负你们,你告诉我,我帮你。"

女孩哭了,眼睛里露出与年龄不符的凄苦和庆幸。

她看着陈默,咧开了强作坚强紧闭了不知多久的嘴唇。她终于再次成了一个孩子,"哇"的一声哭了起来。

"一个瘸子……他们叫他老板……"

陈默有些不情愿地拿出女儿的照片。

"你看看,见过她吗?"女孩端详了一会儿,摇了摇头。

陈默本该失望,但是此刻他却松了一口气。他宁愿永远找不到女儿,也不愿她经历这一切。

"不过，这楼里好像有别的孩子……我听到过哭声……"

"他们在哪？"陈默眼睛瞪了起来。女孩被他吓到了，说不出话来。

倒是年龄更小的女孩不太懂察言观色，主动开了口。

"一定是去罐头工厂了。"

"罐头工厂？"

"瘸腿叔叔说了，谁不听话谁就会被送到罐头工厂里，永远也不放出来……"

"别乱说，才不是呢，"年龄最大的女孩轻声反驳，"我听以前的姐姐说过……"

"可是，我亲眼见到过……"小姑娘不服气得反驳，"我去过。有一次我不听话，他就把我带到罐头工厂门口……"

"等等，"陈默赶紧插嘴问道，"你去过？那是个工厂？"

"对，做罐头的。里边有个特别大特别大的罐头……"小女孩夸张地伸开双臂比划，"他告诉我，要是不听话就像里边关着的孩子一样，一辈子也不出来……"

"那是吓唬你的，"年龄最大的女孩说道，"我跟你说过多少遍了，那是出口。到了15岁，他会把咱们带到那里，放了咱们……我就快到了，真想时间快点啊……"

她的脸上全是憧憬。

"里边关着什么孩子？"陈默急切地问。他的手心在出汗。小女孩却忽然脸色煞白,抱着膝头坐在地上,不再言语。陈默不管怎么问,她就是不再开口,好像入定了一样没有反应。陈默只好用手拍了拍她的肩膀。

事实证明,这招不是很明智。孩子直接尖叫起来。陈默费了好大劲才捂住她的嘴。然而她就是不肯停,只要捂着嘴的手撒开,她就叫得让人感觉玻璃快碎了。

"她怎么了?"陈默满头大汗地问。

"她说起罐头工厂,经常就是这个样子……"年龄大的女孩也很急,"每次都要闹一整宿,她太害怕了……她才六岁啊……"

陈默的心好像中了一颗子弹。她跟雯雯几乎一样大。她受的苦,雯雯也受过吗?她害怕的东西,雯雯也怕过吗?陈默失神地抱住那个瘦小的身躯,不停地蹭着小脑袋上柔软的青丝。

"雯雯,不怕,我是爸爸啊……"他两眼失神,嘴唇颤抖,"别怕,爸爸来了,爸爸终于找到你了……"

女孩渐渐安静下来,身体依然在不停颤抖。陈默的大手抚摸着她瘦弱的脊背。

"别怕,爸爸永远不会离开你。"

女孩终于恢复了平静。她咬着嘴唇,再三努力,终于继续诉说:"里边关着黑孩子,还有红孩子……"

陈默听不懂,但是也不敢问,只好问点别的。

"你能告诉我怎么去吗?"

"坐电梯。"

"几楼你记得吗?"

女孩摇摇头,想了一会儿,又解释了一句。

"去哪里,要做减法……"

陈默觉得自己想撞墙。

什么叫做减法?!怎么不是做加法……

等等!脑子里忽然灵光一闪。

"加法,减法。加号,减号——电梯的楼层键!是地下楼层!"

陈默立刻跳起来要出去。然而走了两步,就忍不住回头看。他看到的是三张祈求的脸庞。犹豫再三,他觉得自己没法做别的选择。

陈默撕下床单,被罩,把布料编成一根绳子。几经测试后,他把年龄最大的女孩叫了过来。

"你叫什么名字?"

"若颜。"她怯生生地回答。

"好名字,"陈默拍了拍她的头,"你想不想出去?"

对方点了点头。

"只有一个办法,我把这绳子系在你腰上,慢慢把你放下去。你敢不敢?你要是不敢,就只能在这里待着。"

女孩走到窗边,朝下看了看,犹豫了一会儿,最终点了点头。

"下去之后,原地等着,我再把这两个妹妹放下去。一定要记住,不要出声。如果有人来,你就躲在黑影里……"

陈默一边把绳子系在女孩腰上,一遍不厌其烦地嘱咐着。

"叔叔你不用说了,"女孩都听不下去了,"我知道该怎么做。"

陈默尴尬地闭了嘴。他忽然觉得自己很像死去的母亲。

站在窗口上,女孩浑身颤抖,战战兢兢地看看楼下,又看看陈默。

"你说你14了?"陈默忽然问她。

女孩点了点头。

"她们俩都在看着你,你要是都不敢,她们还敢吗?"陈默说,"你说你明年就能出去,我不知道是不是真的,就算是真的,她们呢?还要熬多少年?"

女孩咬着嘴唇点了点头。

"这个绳子,绝对结实。我绝对拉得动你。相信我。"

女孩终于下了决心,深吸一口气,抓着绳子,脚蹬着墙慢慢往下走。陈默聚精会神地看着,缓缓放着绳子。她的身影消失在黑暗里。

陈默在等待着。

一秒,两秒……

终于,振动传来。女孩按照约定,把绳子扯了三下。陈默长出一口气,心里忽然有种奇怪的感觉。好像是自己还了一笔欠了很久的债。

一切都很顺利。第二个女孩有八岁,陈默干脆让她闭上眼睛,像搬家公司一样把她吊了下去。可是轮到最小的女孩时,就没那么容易了。小女孩死活不敢站到窗台上。

陈默劝了几次,毫无效果。最终,他想到一个主意。

"《人猿泰山》你看过吗?"

小女孩摇摇头。

代沟啊……陈默心说。

"《蜘蛛侠》呢?"

小女孩点点头。

"对啦,"陈默脸上尽可能地摆出高兴的表情,"我就是蜘蛛侠,我会飞!你信不信?"

小女孩半信半疑。

"来,"陈默做了个鬼脸,"我带你飞一次好不好?"

陈默把她抱在怀里,用绳子把她捆在身上。

"走喽!"陈默轻声说。他的语气轻松,浑身的肌肉都紧张到了极限。这孩子营养不良,可也有三四十斤。怀抱着这么个重担,爬下五层楼可不是闹着玩的。首先,也是最凶险的一步,就是从窗沿跳出去,半空抓住排雨管。

"宁德为,"陈默长呼一口气,同时在心里默念,"虽然你是个混蛋,但我希望你盖的房子质量是好的!"

脚一蹬,陈默飞到空中。黑暗中,白色的墙上,灰色的排雨管像是一道笔直的命运线。一阵冰凉,陈默的手放在了上面。他和女孩在飞速地往下滑着!

稳住！稳住！陈默在无声地怒吼着。可是夜雾打湿的管道是那么难以抓住。

他脱手了！

陈默感觉风声在呼啸。那一瞬间，他又看到了赵娟。

我可以死，但是雯雯不能死！

跌下去的一瞬间，陈默右脚一蹬，身体飞离墙面。他在空中艰难地半转过身体，用尽最后的力气，左腿又朝对面的墙一踹。然后，他用最后一点时间调整重心，背对地面，收紧下颌，直挺挺地摔了下去。

陈默睁开眼睛，发现自己还活着。三个女孩都在围了上来。

"吓死我了，"若颜说，"幸亏你脱手之前，已经滑倒3楼了……"

陈默摸了摸后脑，起了个包，但是显然没有脑震荡。

他忽然想起了什么。

"小姑娘呢？她没事吧？"

"叔叔，"最小的女孩扑了上来，眼睛里放着光芒，"你真的是蜘蛛侠啊！"

陈默领着三个女孩溜出小区。他不敢带着孩子去报警，于是想叫辆出租车把她们送到派出所，但是略一思索，也放弃了这个主意。所见所闻，令他不敢相信陌生人。好在走了几条街，他眼前出现了一个幼儿园。陈默把几个女孩托过栏杆，嘱咐她们藏在里边。

"若颜，你最大，她们俩就交给你了，"陈默嘱咐道，"藏好，不管发生什么,都不要出来。天亮了之后,让幼儿园的老师把你们送到派出所。明白了吗?"

女孩在拼命点着头。但是陈默看出来了,她还在害怕。她不想让自己走。

"别怕,别怕,"陈默把手从栏杆之间伸过去,抚摸着她的头发,"这是一个游戏——咱们在大森林里,我要去打猎。你们在家里等我。千万,千万不要随便开门,除非天亮——因为大森林很危险,有很多危险的动物……但是只要你们坚持到底,你们一定会活下去,能够回家。我保证!"

陈默悄悄返回小区。回到那栋楼下,他再次进行了仔细搜寻。这回他找到地下一层的通风窗,小心地用皮带扣卸掉螺丝,钻了进去。陈默蹲在角落里,等自己的眼睛慢慢适应黑暗。他发现这里没有墙壁和走廊,整个是一片空旷——原来是停车场。远处紧急出口的绿灯清晰可见,给这团漆黑带来一种太平间的氛围。陈默贴着墙根,潜行了很久才触到墙壁拐角。这个停车场还真不小,可是哪有房间呢?

就在这时,前方十几米处忽然出现了一缕亮光。

一扇门开了。

陈默赶紧蹲下。

一个门卫模样的人从门里走了出来,拼命拿帽子扇风。这可真有点奇怪。现在是十月,这里又是地下,陈默穿着夹克都有点冷。那人凉快了一会儿,还是不想进去,索性从房间里拿出一把折叠椅,一大瓶可乐,坐在门口喝着可乐玩手机。

陈默潜行到离他大概几米的位置,然后背部弓起,脚一蹬地,整个人像猫科动物一样弹射出去。守卫回过头来时,只看到了他的拳头……

搜出钥匙,打开了铁门,门发出吱呀一声。看着里边的情景,陈默愣了。跟想象的不同,他发现里边只有一台老式锅炉。

陈默盯着眼前这个锃亮的椭圆体,怀疑自己走错了地方。仔细搜了一遍,这里没有任何暗门。这个锅炉房不大,根本盛不了几个孩子。可是这里却是整个地下一层唯一的房间,不是这里是哪里?难道,那孩子记错了?

陈默暗暗责怪自己轻信孩子。小孩就是喜欢胡言乱语,还罐头工厂,这哪有工厂?哪有……

忽然,他的思绪停住了。他怔怔地看着那个锅炉。他忽然觉得,这东西无比地像个巨大的罐头。

陈默把守卫绑在锅炉支架上,然后几个耳光把他抽醒。对方惊恐地叫了几声,然后被陈默掐着脖子制止。

"我没时间,别说瞎话,"陈默手里拿着在炉膛里烧红的铁钩子,"宁德为是不是把孩子带到这里来?"

守卫犹豫了一下,陈默二话不说把铁钩贴在他大腿上。一阵白烟瞬间夹杂着焦臭升腾起来,弥漫在斗室。守卫的惨叫被陈默用手生生捂在嘴里。

"明白了吗?我没吓唬你。"

守卫惊恐地点了点头。

"我再试试你听懂了没有:宁德为在哪儿?"

"他就在这楼,在顶楼……"

陈默赞许地点了点头,对对方的诚实表示满意。守卫好像受到了鼓励,连提问都不用了:"没错,这里来过孩子。"

"他们都去哪儿了?"

"我不知道啊,我只负责看门……"

陈默又扬起火钩子。

"别别别,我知道,他……他是个变态,他喜欢小孩……"

"我知道!"陈默不由自主啐了一口。

"那……他只喜欢十二三岁以下的孩子……"守卫开始支支吾吾,犹豫了半天,才又继续说下去,"不太好调教的孩子,还有超了年龄的孩子,他就把她们带到这里……"

"带到这里,然后呢?"陈默有种不祥的预感。他一定要听他说出来。

"我真的一直在门外……"守卫咽了口唾沫。

"然后呢?!"

"我……我真……我只是啊……有时候我听见……"守卫语无

伦次。

"然后呢？！"陈默的声音都开始颤抖起来。

虽说已经知道了答案，但他还是不敢相信。

这回守卫一句话都说不出来，哭了起来。他哭到一半，望了一眼锅炉。

陈默觉得浑身的血都在往头上涌。

多少年来，他以为自己是魔鬼。但是今天，他才真正看到了恶魔。

这是真正的恶，纯粹的恶。

令人毛骨悚然，令人怒发冲冠。

陈默的眼睛又变得通红，耳边好像响起了枪炮的轰鸣。

一个声音似乎在深渊里向他呼唤。

回来吧，回来吧。

他一把抓住守卫的领子，把他拖到炉膛门口。炉膛门被打开，灼人的高温空气和令人畏惧的橙色火焰窜了出来，好像地狱大开着的门。

"说一句假话，我就把你填进去！"陈默把守卫的脸往炉膛里拉，拿着雯雯的照片厉声喝温，"有没有见过这个孩子？！有没有？！"

守卫战战兢兢仔细看了半天照片，嘴唇不住地哆嗦，就是不敢说话。陈默抓着他的头发就往炉膛里按。

"别别别⋯⋯"守卫吓得魂不附体，连忙大叫，"大哥我是真不记得了！他带过来的孩子太多了啊⋯⋯"

陈默看着他，纹丝不动，任凭怒气在胸中累积。他是对自己感到愤怒，恨自己没有勇气再把这个问题一直重复，直到问出真相。他也会怕，他怕真相自己会承受不了。他突然暴怒起来，提起守卫，照着他肚子就是一拳："这些事，你干过没有？你参与过没有？！"

守卫咳嗽了半天，脸憋得通红，心理彻底崩溃了，哭得停不下来："大哥我真是被逼的……我就……但是我我我藏了一些孩子的衣服，我一直在准备检举他啊……"

"找出来！给我看！"

几分钟之后，在守卫的指引下，陈默从煤堆下面一米多深的地方挖出一大包东西。打开后，他跪在煤堆里，一言不发。

粉红色的裙角，鲜红的小皮鞋，镶着人工钻的半截发卡，带着卡通图案的袜子……

明明是一些女孩常见的服饰，在陈默看来，却像是焚尸炉里的尸骸。

残缺的娃娃，看不出是哭是笑，不知是庆幸自己陪着主人走完了最后一段旅程，还是在内疚自己充当了把小公主引到屠宰场的工具。

忽然，他愣住了，然后身子晃了晃，以帕金森病人般的抖动，用手指挑起一缕布条。

那是一件女孩衬衣，上面的意大利文"天使"清晰可见。

那是陈默当年买给她的礼物。

201X年10月27日凌晨1点25分,南安小区二号楼的底楼大厅里,守着电梯的三个人听到了一声怪响。在此之前,他们已经昏昏欲睡。

2号楼大厅值班是人人避之不及的活,原因无他,太无聊了。说实话他们还挺希望来个不速之客的,因为在水泥走廊里站着不动实在很让人崩溃。然而安保措施实在是太好了,外人连小区都进不来,他们自然也就无事可做。今天跟以往一样,除了门口的灯莫名其妙地亮了一下,什么都没发生。

领班的老龙打了个哈欠,捶了捶腰。还有半个多小时,这一班终于要结束了。想到温暖的床,他都有点等不及。给宁总当保镖五年,他爬到了领班的位置。对一个有案底的逃犯来说,这不容易。他很珍惜今天的一切。

因此,他勉励自己,一定要坚持,一分钟也不能懈怠。

就是这时候,背后传来一阵轻微的响动。

咔嚓。

"龙哥,电梯在走。"

老龙抬头看到,手下说得没错。电梯楼层在一个字一个字往下蹦。

20……19……18……

"2号楼2号楼,"老龙拿起步话机,"谁下来忘了打招呼了?"

频道里一片嘈杂。大家七嘴八舌汇报完了,老龙的脸色微变。

没有人下楼。

"谁在电梯里？"他略一思索，又确认了一遍。

没有人回应。

"截住它！"老龙冲着频道里喊道，"小心里边可能有人！"

老龙说完，紧张地看着电梯指示灯。两部电梯依次停下。

14楼汇报，电梯里没人。老龙的脸还是绷着。

13楼的报告随即传来，里面还是没人。老龙的脸色更难看了。

"设定到哪层？"

"地下一层。"

"地下一层。"

老龙有一会儿没说话。长久以来，他就对脚下的这层楼有点不好的感觉。一个停车场，进出口都封死了也就罢了，防火楼梯按个铁栅栏门不让走是什么意思？你说这有钱人怎么就这么奇怪呢？

当然他也不是笨蛋，没几天就想明白了：下面，怕是有东西老板不想让人看见。只留下电梯一条路，谁下去就会被发现。

到底有什么呢？

这个疑问老龙从来没跟同事交流过。众所周知，老板的保镖分两队，一队是出席会议、剪彩之类的活动时用的。这些人全是保镖公司的骨干，退役的散打运动员之类的人。

但是宁总的私人保镖工作是由二队负责的。这队人成分可就复杂了。虽说大家平时对自己的过去守口如瓶，但是老龙凭直觉看出，都不是良善之辈。总之,在这个地方,不该问的少问。更何况,现在也不是考虑这个的时候……

老龙背着手四下走了两步,然后终于下了决心。

"每部电梯凑四个人,去地下一层看看。"

频道里传来一片"收到。"

机械轰鸣声沿着电梯井从上面传来,老龙紧张地等待着。

"我进去,"他吩咐两个年轻跟班,"你们马上去3号楼找秘书要钥匙,打开门从楼梯下去……"

电梯到了。老龙走了进去,跟13楼的领班互相点了点头。这个人的底细老龙有数的——他在网上见过他的照片。那是某省通缉的入室杀人犯。

电梯门关闭了。钢缆"咔咔"作响,准备把大家往楼下送去。

"真有问题?"领班问。

老龙正要回答,步话机里忽然传来一阵声响。

"我是14楼,不行,电梯不走了。"

"什么叫不走了?"

"就是按地下一层,它死活没反应啊……"

老龙一个激灵反应过来:有人破坏了那个电梯井!

八成是扳开门,塞了个扳手什么的。对方有备而来,而且正在等着剩下的电梯过去自投罗网!

然而已经太晚了。

电梯已经轰鸣着开始下降。

一切侥幸都烟消云散。只有一层,叫人来不及,只有靠自己了!

老龙当机立断,把步话机一扔,掏出手枪,大喝一声:"下面有人!抄家伙!"

电梯里其他四人一惊,马上反应了过来。他们的级别不够佩枪,于是拿出配发的日式短刀、警棍,虎视眈眈地盯着电梯门。他们肌肉紧张,眼神凌厉,准备着应付门开后出现的任何人。

在这些人中,老龙最紧张,但是也最自信。

他坚信自己的眼睛——绝不可能有大批人在他的眼皮底下溜进地下。哪怕有,也顶多一个!

他不相信,这个人能有三头六臂,在打开电梯门的瞬间把五个人全部击毙!

"来吧!老子当年在缅甸杀的人,比你见过的都多了!"

叮——

地下一层到了。电梯门打了开来。

迎接他们的不是人,而是一阵白色烟雾。陈默拎着锅炉房找到的干粉灭火器,朝着电梯里的人猛喷。老龙首当其冲,被粉末灌进了眼睛和呼吸道,当场扔下枪趴在地上咳嗽不止。其他人稍好一点,但是也都成了蝙蝠一样的瞎子,一个个双手挥舞着乱跑乱撞,想要冲出来。然而跑到门口,等待他们的却是沉重的灭火器罐底。

灭火器发出"噗噗"的声音,干粉终于喷完了。五个人全部倒在地上。陈默拎着空灭火器挨个检查,看到谁还能动,就再使劲砸两下。鲜红的血液淌在白粉铺成的地面上,好像梅花突然绽放在雪夜。

陈默不慌不忙走到另一个电梯门,把卡住门的管钳拿了出来。门合上了。地上的步话机里传来欣喜的呼叫声。

"行了行了,电梯又好了,我们这就下去……"

陈默像尊雕塑一样站在2号电梯门前,手里拿着老龙的手枪。

电梯一层层接近。

他面无表情地上了膛。

四声枪响打破了小区的平静。

一楼大厅里,两个年轻保镖站在电梯门前,面面相觑。通话频带里乱成一片,大家都在询问怎么了。外面的3号楼灯光大亮,不知有多少人在往这里赶。剃着小平头的保镖手里握着刚才从四号楼要来的钥匙,按说他们应该按照老龙之前吩咐的,沿着应急楼梯下去,打开铁门,看看地下一层到底怎么了。但是两人互相看了一眼,又不约而同地打消了这个念头——虽然来应聘的时候吹得天花乱坠,但实际上他们不过是烂仔而已,手上的人命不过是群殴时的误杀。至于枪,他们更是连开都没开过……

两人互相看了一眼,不约而同地转身朝外走去。

就在这时,电梯上来了。两人同时惊叫一声,触了电一样转身。

门"叮"的一声打开。他们看到电梯里面是老龙他们的尸体。浑身上下都是白粉,只有满脸被鲜血覆盖。他们的眼神涣散,头颈松懈,以常人不可能做到的角度垂下来……

一抹闪光,小平头的脑浆砰地从后脑喷了出来。又是一声"嗖"的微响,他的同伴也仰面倒在地上。一个男人走出电梯,拉着两人的腿,把他们拽进电梯。然后,他按下去顶层的按钮。

电梯开动了,陈默再次用尸体把自己掩护好,把用削掉底部的大可乐瓶做成的消音器放在枪口上,从老龙的胳膊底下露出来……

"宁德为,"他看着不断跳动的楼层数,轻声自言自语,"我来了。"

电梯停止在7楼。一个想偷懒的保镖想乘电梯去地下室,结果被陈默一枪爆了头。这件事也给了陈默一个提醒。这会儿所有人都想去地下一层看个究竟,电梯会很抢手。于是他走了出来,沿着应急楼梯向上走去。

通讯频道里已经乱成一团。新任指挥显然不是很有经验。他先是指示所有人都往2号楼赶,后来有人提醒,他又指示必须有人留下看守自己的楼。在2号楼他也犯了类似的错误。先是让所有人都去地下室,结果宁德为都忍不住在频道里插话骂街,问他是不是想害死自己。于是此人又赶紧更改命令,指示必须与人留守自己负责的楼层,但是又没说明白多少人走多少人留……

一片混乱中,只有一个声音吸引了陈默的注意。

宁德为说话了,他害怕自己没人保护。他还在20层。

这个信息像清冽透明的优质汽油，浇在陈默胸中炽热的怒火上，激起了滔天的高温巨浪。这怒火焚毁了他的人类本能，比如害怕的能力，只有一颗石头般的决心在烈焰中愈烧愈硬。

这个决心，就是杀死宁德为，还有所有敢于阻拦自己的人！

"哐"的一声，楼梯间的门被推开，两个保镖实在等不来电梯，急急火火地冲进了楼梯间，跟正沿着楼梯往上走的陈默打了个照面。回答他们脸上疑惑的是陈默手中的枪。

"咔咔"。

扳机被扣动，子弹冲出枪口，随身携带的啸声和空气的震荡被可乐瓶阻挡，只剩下"嗖嗖"两声。沿着开枪者的既定轨道，它们继续飞行，刺入了目标的皮肤，穿透骨骼、进入器官，翻转，旋转，撕裂，撞击，直到一切动能都被目标的血肉所消耗。

两具尸体倒地，沿着楼梯滚了下去。陈默继续坚定地沿着楼梯往上走。脚步声轻柔而坚定，听起来就像七年前他在产房外的那次长久踱步。他还记得那时候自己脑子里一片空白，又好像塞满了所有可能性。眼前的一切都模模糊糊，时间像是隔夜的粥一样黏稠，把一切包裹得动弹不得。唯有听觉格外发达，把自己的脚步声听得特别清楚，还有后来医生开门后说的话："女孩，六斤三两。"

越来越多的保镖开始试图走楼梯。只要有人出现在视野里，陈默抬手就是一枪。没有犹豫，没有怜悯，没有声音，没有射失。人像被伐倒的树木一样在他两侧倒下，他目不斜视，步履坚定，甚至步伐节奏都不变，只是偶尔在经过时朝着脚下的人背上补一枪。

人好多啊，就像那年出国时的机场。他穿着母亲给他买的皮夹克，带着父亲留下的老机械表。赵娟抱着才三个月大的雯雯，红着眼睛嘱咐他要是不顺利就回来。面对未知的国度和未来，他心里也有点虚，但还是强作豪迈，捏了捏女儿的小脸蛋，大声许愿："放心吧，最多五年，买套带游泳池的别墅给你们娘俩住！"

一个弹夹已经用完了。陈默收起枪，随手捡起两把保镖身上的短刀。面前的门忽然被推开，陈默猛地一撞，一个保镖半个身子被夹住，然后肋下中了一刀。门被拉开了，他颓然倒地。陈默毫不停歇，朝着他身后的两个同事冲了过去。刀光一闪，最前面的那个还没反应过来喉咙就被割断。鲜血狂喷而成的暴雨中，陈默扭腰挥臂，左手的刀闪电般插进另一个人的胸膛。

通讯频道里响起了求救声。终于，有人发现了到底出了什么事。

"楼梯间17层有人！"

电梯启动，楼梯间里脚步声阵阵。陈默知道，被忽悠到地下一层的所有人都在朝自己赶来。他不在乎，他从来就没有想过要活着出去。他只想杀了那个王八蛋。

陈默反身回到楼梯间，继续往上走着。不知是疲劳还是兴奋，眼前阵阵明暗交替，就像出国后第一次跟家人视频聊天。他调了半天摄像头，妻子女儿的脸才出现在屏幕正中央。一刹那间，所有的委屈、疲劳、迷茫都不见了。他觉得自己又成了一艘航向明确的船。"dada……"那个小东西忽然说话了。陈默一阵惊奇,还没来得及反应,忽然"哎哟"一声,屏幕黑了。一个室友从地上爬起来,骂了句"鬼电线,到处都是……"陈默把显示器的电源重新插上,屏幕却迟迟不肯亮起来。他看着漆黑屏幕里自己的影子,就这么等着,等着……

上面一道亮光,门开了,一下子涌进来三个人。他们看到陈默,略微一愣,然后齐齐朝他冲过来。陈默闪身躲过对方的劈砍,手中的刀蜂刺般狠准地刺入对方的手臂。快进、快出,鲜血喷泉一样喷涌。地上又多了三具尸体。

陈默开始往上跑,一直跑,就像那天他风风火火赶回家一样。一级级台阶在眼前闪过,他的脑子又全是赵娟的声音:"快回来!有急事!"推开门,他大声问道:"怎么了?!"

眼前是赵娟娇羞的脸。她轻抚着自己的肚子,轻声说,我怀孕了……

陈默推开了楼梯间的门,然后停了一下。面前满满一走廊的人回过头来。足有二十多个保镖在严阵以待。他们的身后,就是长长的空中走廊。

宁德为就在后面。

空气好像凝固了。保镖们看着陈默,简直不敢相信他是从下面杀上来的。可是此人满身的鲜血看起来却无可置疑。

几十人啊……他到底是人是鬼？

但是大多数人马上就放弃了思考。事已至此，只剩一个选择：一起上，他是神仙也砍死他！

此时，发生了一件怪事。陈默不但没有摆开架势准备决战，反而把左手一松，任由手中的刀掉落。金属撞击大理石地砖的声音，在这高空走廊里回荡。

这是什么招数？保镖们面面相觑。

又是"咣当"一声，陈默又扔下了右手的刀。然后，他把双手背到背后，动也不动，好像在等死。

这下连正在掏枪的保镖头头都停下来，要确认一下自己的运气：这人难道是要投降？这么多人制不住的人，一见我就投降？！

"上！"不只是谁喊了一句，大家像是猛然发动起来，火车头一样朝着陈默冲了过去。

就在这时，陈默的手从背后抽了回来。

握着的，是从腰带里拔出手枪。

从老龙身上搜到的子弹还有一个弹夹没用！

"砰"的一声枪响，在玻璃封闭起来的高空走廊里久久回荡。站在前面的保镖们都下意识地一缩头，然而中弹的却是后面的保镖头头——他是唯一有枪的人，却连手都没抬起来就被解决了。

陈默以极快的速度扣动着扳机。走廊里顿时成了地狱。子弹打在人的胸膛、脑门、大腿、腹部，带着血肉撞在混凝土墙壁上，鲜血被泄洪般放出来，把地面淹没。人们惨叫着，挣扎着，逃跑着，抵抗着，却无法改变自己的命运。

陈默打空了格洛克18C的20发弹夹，从容地捡起扔在地上的刀，朝着幸存者慢慢走过去……

再次站起身来，陈默身后的长廊已经遍地鲜血，好像铺着一层发亮的地毯。

他在喘息着，在准备着。

眼前的黑色大门后边，就是此次复仇之旅的终点。

要怎么杀死宁德为？

他还没想好。

反正，应该会是一种特别的死法，才配得上这种纯粹的恶魔和变态。

心里忽然有种怪念头隐隐冒出来：杀死他……然后呢？然后又能怎么样？

陈默睁开眼睛，驱散杂念，大踏步地朝终点走去。然而出乎意料的，大门自己打开了。一阵破风之声迎面袭来。陈默以最快的速度向后闪身，但还是晚了一步。一个黑影像利刃一样自下而上劈过来，他手中的刀飞了。

陈默退了好几步，站稳脚跟。黑洞洞的门里走出一个身高近两米的巨人，一身黑色紧身衣，还带着面罩。陈默觉得这人的身形有点眼熟，但又想不起在哪见过。

"让开！"陈默说道。

对方伸出一根手指，跟脑袋一起摇晃着。

陈默不再废话，摆出一个法式拳击的架子，一步步移动过去。巨人双拳架起，膝盖微弯，也慢慢挪了过来。

两人的距离一寸寸缩短。

陈默打量着对手。此人的拳架非常奇怪，不是拳击、空手道、泰拳等传统格斗术，也不像美国、以色列或者法国的军用格斗术，因此也就让人捉摸不透他会怎么攻击。

与其冒着出其不意的危险，不如先下手为强……

陈默突然发力，向前一步踏出，右拳箭一般向对方胸膛打去。对方不躲不闪，挥起左拳迎了过来。陈默当场就觉得心里有底了。

这人不会打。

平心而论，陈默在外籍兵团主要是用枪，格斗也就是训练的那点底子，还有战场上生死相搏的经验。总体水平欺负业余选手绰绰有余，但是遇到专业的还真不敢说胜负。他之前所向披靡，大部分原因是对手没经过什么正规格斗训练。

不过有一个基本原则陈默还是知道的，那就是不要跟对方在同一侧出拳。第一容易被招架，继而扭住胳膊，第二有拳对拳碰骨折的危险。然而这个大块头却反其道而行之，可见是个外行，刚才不过是偷袭碰巧成功而已。

眼看两人拳头就要相碰,陈默的身体像上膛的子弹一般蓄势待发。一旦右臂缠住对方,他的左膝马上就要朝着对方的小腹锤过去。然后,左臂再抱住脖子,一拧……

忽然,他感觉浑身的劲一空。大块头身子一缩,左臂迅速而巧妙的扭动。陈默的右拳顷刻间落空,像碰到了泥鳅,沿着对方的手臂滑了过去。而对方身高臂长,大手后发先至,按在了他后脖颈上。

"不好!"

刹那间,陈默脑子里像是炸了一个惊雷。

这是什么打法?

不容他多想,对方已经动了。陈默感到好像天上有辆火车开了下来,撞在自己脖子上。他被那股无可抗拒的力量压弯了腰,眼睁睁看着对方的铁膝朝着自己的脸撞过来。

居然有这样的技巧!这样的力量!

陈默知道,这一膝要是中了,好了当场昏迷,弄不好被直接打死。他大喝一声,左臂拼尽全力抬起来,终于在脸被击中之前挡住对方的膝盖。骨肉撞击的声音,疼痛像刀一样切进来,直接打在陈默的臂骨上。饶是他这样的硬汉,也忍不住叫了一声。

巨人不肯放过他,膝盖交替撞过来。陈默试了所有的法门,也没法摆脱对方的控制,只能用左臂去抵挡气锤一样的攻击。几下之后,他终于确定了一件事。

"再被撞一下,左臂就要断了!"

然后,他的担心变成了现实。他眼睁睁看着巨人的膝盖再一次带着风声直撞过来。

又是一声让人心悸的骨头碰撞声,一声叫喊在走廊里响起。然而叫喊的却不是陈默。他在最后关头急中生智,把左肘竖了起来。膝盖上方一寸砸在了肘尖上,巨大的力量全部反刺到这一点,引起的疼痛使巨人也难以忍受。

陈默觉得对方的肌肉一松,当即双脚用力蹬地,整个人朝前翻过去,后背着地,重重摔在地上。巨人大吼一声,一脚踏过来。陈默不及站起,就地一滚,靠墙站起来。还来不及呼吸,眼前又是一黑,对方的腿像是一柄大斧当头劈了下来。陈默不敢招架,闪身躲开。然而对方的脚空中虚点一下,竟然半道改变了路线,流星锤一样踢中了陈默的下巴。

刹那间,陈默听到了钟鼓齐鸣,看到了北半球温带的极夜。他的身体瞬间让他醒了过来,但是对方的双腿不停踢过来。风声呼啸,腿风刺人。巨人带着惊人力道的双腿以让人难以看清的速度在朝陈默抽打着,劈砍着。陈默根本来不及闪躲,只能双臂机械格挡着。穿着皮鞋的脚像陨石雨一样击打着陈默的全身。而他,竟然根本没看清对方哪怕一次攻击的来路!

陈默像是狂风中的瘦竹,被吹得左右摇摆。这样下去即使不被命中躯干,也会力气耗尽无力格挡,死路一条。陈默心乱如麻,耽误了躲闪,反应过来之后只好双臂交叉,迎头硬架。"咔嚓"一声,陈默被对方的下压踢腿像打桩一样砸得半跪在地上。然后对方轻巧地一转身,扭腰转胯,另一条腿像是上了发条一样甩了过来。

"啪!"

陈默再无转圜余地,被当胸踢中。八十多公斤的躯体被踹得凌空飞起,撞在墙上。他感觉胸部一阵剧痛,捂着胸口,一口鲜血吐了出来。

世上居然有这样的对手!自己居然毫无还手的能力?!

抬起头时,砂锅大的拳头已经朝着自己砸了过来——真的是砸,自上而下,像是在使用锤子。陈默闪身勉强拨开了对方第一拳,但是第二拳随即而至,躲无可躲。陈默觉得胸口又是一阵剧痛,拳头的威力像地震波一样传遍了胸腔腹腔,五脏六腑说不出的难受。他又飞了出去。

陈默重重摔在地上,巨人大步跨出,又是一拳追了过来。

"我要死了!"陈默的脑海里冒出这样的想法,"这个人,我根本无法战胜!"

就在这时,他的手觉得一阵冰。

是刀!地上的刀!

陈默毫不犹豫地抓起来朝着对方的拳头送了过去——看是你拳头硬,还是刀硬!

手被刀刃割得鲜血直流，他却毫无知觉。

这一招的成败，直接决定生死！

然而陈默的眼前又是一黑。巨人的手以不可思议的速度变招，一把抓住他的手腕。千钧之力往下一压，刀子闪着白光，朝着陈默的肚子插了过来！

陈默满头都是汗，双臂酸麻，疼痛难忍。他用尽了浑身的力气，却还是抵挡不住对方的怪力。他开始感觉到了金属的冰冷辛辣一毫米一毫米深深地侵入了自己的腹部。

他觉得眼前的世界一刹那间变成了黑白两色。

我，真的要死了！

陈默觉得自己像是溺水一样沉入了身下的水泥地板。挣扎半晌，天空中，女儿的影子浮现了出来。

"爸爸，你记得我是怎么死的吗？"

陈默的心脏像是猛踩下油门的跑车，再次轰鸣起来。他如同长时间潜水的人猛地把头探出水面，大口地呼吸着空气。世界又充满色彩，变得清晰。

他看到了一个机会：巨人急于求成，把两只手都压在了刀柄上！

陈默浑身的肌肉一紧，身子往左一偏，双手钳子一般抓住了对方的手腕，往右一推。垂死的反击使巨人吃了一惊，刀刃侧着陈默的腹部扎到地上，迸出一点火花。陈默没有任何犹豫，把浑身力气灌到左拳，朝巨人太阳穴捣去。

这一拳用上了所有的力量，拳头如同离弦之箭，破空刺出，直接命中！

骨肉相撞，巨人号叫一声，就地滚出去两米。

两人又陷入了对峙。

陈默剧烈地喘息着。他的绝地反击成功了，但又失败了：自己固然没有被捅穿内脏，但是对手表现出的抗击打能力提前剧透了这场生死搏斗的结果。

刚才那种力量，那个部位，一般人不死也昏迷，他却只是叫唤了一声。

继续打下去，自己死路一条。

难道就这样了吗？

陈默心中燃起了一股怒火，对自己的无能的愤怒。心里一乱，脚踩到了一具尸体的手指，脚底一滑，膝盖一弯，半跪了下来。就在这时，他看到了一支枪。

尸体下压着的一支枪。

那是保镖队长的尸体！

陈默死死盯着对手。他不得不这样做，因为对方的表情明明白白告诉他：我知道你要玩什么把戏。那张脸上露出轻蔑的微笑，巨大的身躯半蹲下来。一只手做了个"请"的动作，另一只手，伸到了腰后。

任何人都明白，这是什么意思。他在邀请对手进行一场牛仔式的决斗。

"他原来一直带着枪！"陈默的眼神一下子黯淡下来，随即又被怒火点燃，"他在玩我？！"

陈默大喝一声，鱼跃而起，扑向尸体，任凭溅起的鲜血把自己染成红色。他从尸体下面抽出枪，然后转身，瞄准。视线像摄像机一样飞速旋转，直到对手那令人望而生畏的脸出现在镜头里。

枪声响起。

子弹打中了陈默手中的枪。

枪飞走了，连着他最后的希望。

陈默的脑子一片空白。掏枪，瞄准，射击。巨人完成得何其快！不管是格斗还是用枪，不管是力量还是反应速度，自己完全没有任何机会。

飞出的枪砸在走廊玻璃墙上，一块玻璃应声而碎，高空的强风呼啸着吹了进来。这个变动吸引了巨人的注意，他略微偏了一下头。陈默抓住机会，侧身一滚，藏进了楼梯间。身后枪声爆响，他顾不上回头去看，只顾着跌跌撞撞地朝前跑。

就在这时，叮咚一声，电梯门打开了。之前被骗到地下的人马蜂拥而出。

绝境！

陈默扭头沿着楼梯就往下跑。一步踏偏，落脚脱力，他沿着楼梯滚了下去。几乎同时,身后响起了震耳欲聋的枪响声。对方看来装备精良,人人有枪,也不知多少发子弹呼啸着打在墙上,凿下水泥碎块无数。陈默瞥了一眼,发现弹孔准确整齐,自己只是因为摔倒而侥幸才没被打中——这批人的素质比刚才走廊里那些要高多了。他来不及站起,就地滚下几级台阶,重重摔在下一层的地板上,然后顾不得疼痛,站起来继续往下跑。

他不知道这么跑下去,有没有出路。他甚至不知道自己为什么要跑,只是不能允许自己坐以待毙。陈默脚下飞快,他好像回到了当年法国的训练场,变成了那个在跑绳网比赛中夺魁的青年。转眼间,追兵被甩下整整一层。他终于有点空间可以思考,下一步到底怎么办。

进房间藏起来?继续跑?还是试试电梯?

就在这时,微弱的声音像长长的软针,慢慢扎进陈默的耳膜。那是一阵来自楼下的、被刻意压低的嘈杂声。

是人。

而且是一群人。

对方兵分两路,从楼梯摸上来了,自己已经被两头堵住,再也无路可退。

陈默一时间愣在了两个楼层之间。

脚下一停顿,身后追兵已经赶到。他们二话不说,抬手就开枪。一片枪林弹雨中,墙上的灭火器爆炸了。陈默感到背后一股力量传来,整个顺势鱼跃出去,肩头撞开了通往走廊的门。烟雾报警器响了,屋顶的自动灭火器一瞬间全部打开。身后楼梯间里全是灭火器里爆出来的干粉,眼前走廊里是一片瓢泼大雨。陈默浑身湿透,脚步蹒跚,眼神迷离,在走廊里跌跌撞撞。终于,他撞在了一扇没有关的门上,整个人摔了进去……

陈默睁开眼时,四周是灰蒙蒙一片。他只能确定自己刚才昏过去了——当年在兵团时,反审讯训练里有这个内容——但是不能确定昏过去多久。侧耳倾听,外面没有任何声音,好像追兵一下子都消失了。举目四望,四周灰蒙蒙一片,什么都只能看清个轮廓。他又打量了一下,发现墙上有条缝比四周亮。那应该是窗户。他慢慢起身,撑地。伤口使他不由自主地呻吟了起来。

然而仅仅一声之后,他就闭上了嘴。浑身肌肉紧绷,拳头紧握,像只食肉动物一样在原地警戒着。

他听到了窸窣声。

房间里有人。

屏息等待几秒,陈默听到了另一种声音。那是微弱的滴答声。他这才意识到,捂着伤口的左手已经被浸润得无比湿滑,鲜血已经开始往地上滴。陈默忽然笑了起来。他放松肌肉,站起身来,出人意料地开了口。

"出来吧,都到这分上了,我认了。我就想看看你是谁。"

灯亮了,就像是剧院在散场。陈默深呼吸了两次,转过身来,准备迎接自己的命运。然而他看到的人却像一颗子弹一样击中了他。

那是一个小姑娘,怯生生地站在墙边看着他。

她纤瘦微黑,头发略黄。她像陈默一样,鼻梁有点过高。她像赵娟一样,两颊像个苹果。

那是雯雯。

"这不可能!"陈默大脑一片空白,"雯雯明明已经……"

他忽然打了个冷战。

他记得当年在战地医院,听战友说过,如果伤太重,人快不行了,就会出现幻觉。比如说,看到思念的亲人,不管是死的还是活的……

难道,我就要死了?

就在这时,那个幻影动了!她朝着陈默走了过来!

陈默却毫无害怕的情绪。他只想抓住这个机会,好好看看这孩子到底长成什么样了。多少年了,如今看着这个形象出现在身边,他才真正明白自己错过了什么。他多么想跟这个幻影说句话,说句对不起,尽管明知不可能——有过濒死幻觉的战友不少,但是没有人记得幻觉会说话……

那个幻影走到陈默面前,左看右看,最后居然开口了!

她带着迟疑问了一句:"爸爸?"

这个词像是开启了某种开关。陈默像被剪断了提线的木偶,身子一下子垮了下来，堆在那个女孩身上。钢铁般的肌肉颤抖着，围成最柔软的怀抱，小心地保护着那个弱小版的自己。他的泪水在脸上沸腾。千言万语堵在喉咙，挤不出口。最后开口时才发现，声带已经扭曲得完全发不出自己的声音。

"我终于找到你了……"

他终于肯稍稍放松双臂，好腾出手，抚摸着去熟悉那张需要越过八千公里才能摸到的脸。雯雯也泪流满面。稚嫩的童声哽咽着，听来格外凄楚。

"你长得跟照片上一模一样……我就说我有爸爸……他们都不信，我说……你早晚会来接我……可你就是不回来……"

陈默觉得像是吞下一把碎刀片，明明外表毫发无伤，里面的撕心裂肺却怎么也忍不了。有生以来第一次，陈默放声大哭。他像个孩子一样把头埋在孩子的胸前，哭得上气不接下气。良久，他才想起，自己这样会吓着雯雯。抬起头时，那张小脸上却没有恐惧，只有跟年龄不符的慈祥和包容。

"爸爸，"她露出那种圣母像上常见的浅浅笑容，抚摸着陈默的头，"你这回不走了……"

"不走了，"陈默擦干眼泪，坚定地点了点头，"你要相信爸爸……"

"我信，这回你想走也走不了了，"雯雯露出幸福的笑容，然而说出的话却让人浑身发冷，"咱们不是都死了吗？"

陈默觉得浑身的血往下一沉。无数片段在脑海里一闪而过。
　　怎么我流这么多血还没感觉？
　　怎么追我的人忽然不见了？
　　最后，也是最重要的，雯雯的遗物明明在煤堆里发现，她已经死了啊，我怎么还能见到她？
　　答案像是印在电影屏幕上一样清晰：
　　是啊，我明明已经死了！

　　陈默其实设想过，如果自己在找孩子或者报仇的路上功亏一篑会是什么感觉。他本以为，自己会觉得愤怒、怨天尤人，起码也是不甘心。然而出乎意料，自己明明败得比预想的还要惨，不但失败，而且搭上了性命，心里却没有一丝那些感觉。
　　他只是感到无比的幸福。
　　因为他终于能牵着那只小手，告诉她一个自己能够遵守的诺言。
　　爸爸再也不会离开你。
　　陈默站起来，拉着雯雯的手。举目四望，他觉得周遭世界的一切像是万花筒一样在围着自己转。过去不再是苦痛和遗憾，未来不再是危险和无常。一切都已过去，一切都是开始，而且永远是开始。
　　陈默笑了。大概是三年来最开心的一次。他低头看着女儿，发现她也在笑。那一瞬间，他觉得好像自己从意大利赶回来，只是为了弥补没能送她第一次上学的遗憾。他看着前方那道门，觉得已经能够透过它看到后面洁白的圣光,还有那个肯定在门后的她,正在等待两个自己最爱的人。

"走吧,"陈默深吸了一口气,然后笑着拉了拉雯雯的手,"找你妈去。"

两人牵着手款款走向房门,宛如一切都没有发生。

"对了,"开门之前,陈默忽然想起了什么,从口袋里掏出纱巾,"这是你最喜欢的对吧?戴着去见妈妈。"

雯雯满脸都是惊喜,仿佛对死后世界的完美喜出望外。她戴上,朝着爸爸露出一个撒娇而顽皮的鬼脸。陈默维持着自己父亲伟岸而威严的形象,但是那一刻,他觉得自己的心被整个融化。

"爸爸你真好,这纱巾那天早上我上学明明忘了戴了……"

"你记错了吧……"陈默的手拧动了门把手,漫不经心地答道。

门外的光已经透了进来,陈雯依偎在爸爸身上,满脸都是憧憬地说话了。

"没记错,我还哭了呢……"

这句话在陈默脑子里引起一串火花。他低头看着雯雯,颤抖着提出了一个问题:"你……怎么见到我就知道我们死了?"

"大舅说,你早就死了啊……"

一道闪电打进陈默的脑袋。

——雯雯不是因为死了而说我们都死了。而是因为她看到我,以为看到了死人!

——我们可能还活着!

陈默浑身肌肉像通了电一样猛地一缩,想把门合上。但是已经太晚了。刚才毫无戒备的开门声已经惊动了门外的死神。他听到门外一阵"咔嚓""咔嚓"的上膛声……

第十章

怒海

陈默感到了海浪的起伏。自己好像又在云海里畅游,一切又回到了逃出西西里监狱的那个夜晚。他不禁想到,也许,一切都是一个梦。也许,那天晚上自己服下的药丸真的有毒,而这十天的一切,只是自己濒死前的幻想……

就在这时,剧痛无情地把他拉回现实世界。陈默发现自己身处一间阴冷的房间,四下一片灰蓝色的昏暗。他想动一动,却发现自己被绳索捆在一根粗大的铁柱上。绳子捆得相当结实,双臂被绑到柱子后边,手腕疼痛而麻木,大概还扎着捆扎带。

他想起了昏迷之前的事:他被好几支枪对着,女儿又在身边,只好选择投降。接着他就被电枪打晕……

陈默的心往下一沉:雯雯呢?

他四下张望,没有看到女儿,却见到有个男人也在房间里。他身材矮小,背对着自己。他的面前,是一面巨大的玻璃墙。墙外是漫天碎玉般的群星。

"我小的时候,有人告诉我,有钱就可以拥有一切……"那个男人似乎知道陈默醒来,开口说话了。

那嗓音很独特,陈默听了这半句就恍然大悟:"宁德为?"

"是我。"宁德为转过身来,一身唐装配高档皮鞋。珍贵的几根头发向后梳着,头皮在星光下闪闪发光。他慢慢朝陈默走来,一边走一边继续说着一些含义不明的话:"有钱真的万能吗?在某种意义上来说,这话不假。有钱可以的确买到世上绝大多数东西,比如地皮,比如人,比如忠诚,再比如……"

他不知按了什么按钮,玻璃墙的下半部也变得透明。陈默看到,墙外是浩瀚的大海。

"……比如这条船……"宁德为做了一个介绍的手势,"陈先生,欢迎莅临'葆春'号!"

对于主人的热情好客,陈默毫不领情,只是用刀锋一样的眼神盯着他看。宁德为也不介意,继续自己的长篇大论:"但是,钱也有买不到的东西。年纪越大,体会就越深。钱不能买回我小时候因为长相丑陋、腿脚残疾而受到的嘲笑,不能从我上学时喜欢却被百次拒绝的姑娘手里买来哪怕一次约会……我说的这些,你能不能理解?"

"你他妈有病。"陈默定定地看着他说。

"哎呀,你一眼就看出来了?"宁德为认真地扶了扶眼镜,"真的,我是有病。我自己诊断的。我有广东一个大学的心理学硕士学位,没用钱，实打实进修出来的。没想到吧，我跟那些暴发户可不一样，我特别尊重知识。我去交大旁听过两个学期，我还有北影的一个进修证，中戏的一个培训证……说起来，我可喜欢演戏了，投资了好几部，就是为了进去跑龙套。所以你跟那个警察那点花招，真是笑死了……说到哪儿了？哦，对，我的病。我这临床上属于，这个，积聚性心理压力创伤，是幼年经历造成的。它让我寝食不安，一口一口吃掉我的心。最可怕的是，这个病无药可医，再有钱也不行，不行啊……"

宁德为转身看着大海，愣了好久才继续说下去。

"这种病，说到底还是遗憾引起的。钱不能买回年少时错过的一切，不能买回哪怕是一个遗憾。年纪越大，体会就越深。我已经五十六岁了，这种遗憾早就烧得我夜不能寐。你理解吗？我只有一个办法能够消解这种痛苦，那就是重新面对那个时候的同龄人。所以……在孩子时代收获的遗憾，我只有通过孩子才能治愈……"

宁德为的话终于有了回应。陈默又虚弱地张口问了几个字。

"我女儿呢？"

"我向你保证，我绝没碰过她。她在我这里，只是帮朋友一个忙，算是寄存吧。"宁德为背着手走来走去，"就是你那天跟那个警察来问的人，萨伦托，派人送给我的。我当时就觉得有点问题——这么多年了，他从来没这么客气过啊——于是把小姑娘养起来。好在最后事实比我预想得要好得多……我养孩子的房间你去过了，条件不错吧?"

陈默狠狠挣了一下绳子。

"不满意?孩子们可喜欢了,"宁德为脸上浮现出天真的笑容,"墙纸,床单,花边,还有那些娃娃,都是我亲手挑选的。孩子们住在这里,不愁吃不愁穿,她们只需要保持单纯,保持童真,保持美丽……我每次去看她们,就觉得自己又从头活了一回。"

宁德为又好像入定了一样。

一想到他可能在回味什么,陈默很想吐。

"总而言之,你女儿在我这里过得很愉快,还交了不少朋友。她是个好孩子,心地善良,还把自己的衣服送给别的孩子穿……我要说的是,我真不是什么恶魔。我手下的孩子们,没有一个是我强行绑架来的,从来都是自由买卖……"

宁德为忽然停住了。因为陈默一口啐在他脸上。

"好,"他以极大的涵养唾面自干,"我知道锅炉房你去过了……但是,你想想,我这些年来做了多少慈善,帮助了多少家庭,资助了多少孩子?这种善念,正是出于我对孩子的大爱……"

陈默笑了起来,沙哑的声音把宁德为吓了一跳:"你说,我要是干了很多好事,但是顺道杀了你全家,然后说不好意思杀错了,你会不会算算比例,然后觉得我其实是个好人?"

宁德为愣了。

"挺难回答吧,"陈默好像忽然出了神,"我以前还真这么觉得……"

这话说得宁德为摸不着头脑,干脆不理。

"你没听懂我的意思,你没抓住重点!那些孤儿、被遗弃的孩子、亲生父母都不好好照顾结果被人贩子拐走的孩子,本来活在世上就没人在意、毫无价值……只有在我这里,她们的生命才有了价值!她们没有死,她们都成了我生命的一部分,此时此刻,她们就在我体内,体验着我的生活,她们一辈子想都不敢想的生活,这是何等的荣耀……"

"不,"陈默打断了他,"不是什么荣耀,你这怪物是在用活人当药……"

"年轻人,你看问题还是……"

"你到底杀过多少孩子?"陈默冷眼打断他。

"细枝末节我们还是不要……"

"多少?!"陈默怒吼起来。

宁德为意味深长地看了陈默一会儿,还是没有生气:"陈先生,咱们求同存异,啊。本来呢,我一个眼神,就会有人替我把你扔到公海里喂鲨鱼。可是我没有这么做。咱们之间,可以说是一场误会。你对我的误解,我觉得也是情有可原。深刻反省一下,我觉得有些小嗜好的确有点不好,以后我坚决改。咱们能不能尽释前嫌呢?"

"行,你把我放开试试。"陈默冷笑着,"要杀就杀,你这么多废话干吗?"

"我要的也很简单，我就是想问啊，我是说，难道就……"宁德为扶了扶眼镜，"你就一点都不觉得，我其实很值得同情？我其实是个好人？"

那双眼睛怔怔地看着陈默，令他忽然明白了囚室里为什么有那么多娃娃。他需要的不光是发泄。他更需要围观，见证，认可。

陈默起了一身鸡皮疙瘩。

宁德为忽然惨叫一声，倒地不起。他一不留神离陈默太近了，被后者一个头槌撞在鼻梁上。

"给脸不要脸！"宁德为终于丢掉了修养，"本来是想给你个痛快的，既然你连点理解的姿态都没有，我只能把你交给他了！"

他从桌子上拿起早就放在那里的一杯红酒，信步走到墙边，按下按钮。片刻之后，门开了。一个瘦高的身影走进来，朝着陈默打了个招呼。

"Ciao，"标准的西西里口音，"你好吗，毕加索？"

"你一定有很多问题要问吧，不过我可以简单地回答一句。都是我安排的。"文森佐依然保持着翩翩风度，微笑着对陈默轻声细语。说罢，他"扑哧"一声笑了，然后捂着嘴说了声"不好意思"。

"你是说，你让我越狱就是为了杀了我？"陈默也笑了。他觉得这人没法继承黑手党教父的位置是天经地义。这样的谎话恐怕连赵亮都不会信——杀个人在监狱里还不是一句话的事。

"不,毕加索,你想得太简单了。"文森佐好像看出了陈默的想法,他给自己和宁德为又倒了一杯红酒。

"这是一个很长的故事,你有时间听吗——哦,你看我这记性,"那天真无邪的笑容又露了出来,简直要把房间点亮,"你怎么会没有时间呢?你就要死了啊。"

这是一个说来一点也不复杂的故事。由于常年癫狂乖戾,文森佐失去了父亲的信任。出于对亡妻的尊重,老爷子没有直接废掉他接班人的地位,而是采取了一个相对温和的办法。他公开宣布,谁能跟宁老板谈成合作,一起开发非洲的矿业,谁就是下一任莫西亚诺家族教父。

对文森佐来说,这办法一点都不温和,这等于公开的废黜——萨伦托跟宁老板有生意来往已经好多年了,谁也不可能半路把生意抢过来。他面临着三条路:放弃争夺,临时抱佛脚去跟宁老板谈判,或者给萨伦托搞破坏。

"我当然选择搞破坏了,那多有意思!"文森佐琥珀色的眼睛在闪闪发光,"不过,我也面临一个难题:我们黑手党的手再长,也伸不到中国——是的,跟电影上不一样,我们也不是万能。就像那次给你们家人洗钱汇钱,就要转包好几次。还得先找日本人……麻烦得很,而且人家更脏的活坚决不做。更麻烦的是,我不管做什么,都瞒不过萨伦托。明里他是家族管事人,暗里他一直在监视我。我如果向中国派人,消息当天就会传到萨伦托耳朵里……怎么办呢?

这时候,我想到了你。"

文森佐又给自己倒了半杯酒,拿在手里轻轻摇晃。

"那次给你们家人汇款,我认识了几个可靠的掮客。他们收费不便宜,可是真的很敬业。他们帮我找到了著名的人贩子秦先生。"

陈默的眼睛睁大了。

"说实话,找到秦先生还是一个意外收获。我本来只是委托他们调查宁先生,阴差阳错,查到了宁先生一点不为人知的小爱好。"

宁德为有点尴尬地咳嗽了一声。

"BRAVO!我的新偶像!"文森佐夸张地朝着宁德为鼓掌,臊得后者满脸通红。

"毕加索,你可不要小看宁先生,"文森佐转过头来,正色说道,"要比杀人数量,咱们谁都比不过他!我知道的就有28个!他是我们三个中最伟大的连环杀手!买下一块地,建一座楼盘。把尸体烧成灰,倒进混凝土地基里,然后,再换个地方建一栋新楼……天才!我怎么没想到这个主意!"

一种连陈默都觉得恐惧的阴冷气氛慢慢淹没了房间。

"宁先生当然是不屑于沾手拐卖儿童这种低贱的生意。他的长期供货商,就是秦先生。我向秦先生预订了一个孩子,当然就是你的女儿。接下来的事就简单了,秦先生绑架了孩子,我再去买下来,送给宁先生。在这期间我用的名字,是萨伦托。当然了,具体讲起来还要更麻烦些。比如说,我还要收买一个内线……"

陈默的嘴唇在哆嗦。但是最终,他选择不信:"这根本不合逻辑。你就那么有把握让我成功越狱?你就那么肯定我能越过边境回到中国?你就那么肯定,我能追查到老秦那一步?有多少次我差点死了你知道吗?再说了,就算查到萨伦托,我就能杀了他?就是白痴,也不会把一切都放在运气身上……"

文森佐微笑着摇了摇头,好像是小学老师看着不及格的孩子。

"毕加索,不要自视太高了。你以为你是唯一一个吗?"

陈默一愣。

"有二十多个!有欠我钱的,有欠别人钱的,有欠我情的,有家人在我手里的……你,不过是碰巧成了最后一个!我从来就没指望你们中的任何一个成功!拿你来说吧,不管你是越狱死掉也好,消失在中国以外也好,死在中国也好,对我都是一样的——只要你们的尸体不被意大利警察发现,萨伦托就会相信,我往中国派了人马……"

那个时候,萨伦托的得力干将"博士"已经成了文森佐的内线。"博士"的实力不俗,但是也不能独自压制萨伦托的其他派系。因此文森佐要做的,就是把其他人从西西里调开。

既然瞒不住,就反其道而行之……

陈默忽然觉得自己有可能低估了这个疯子。

"文森佐往中国派了人马"的消息在黑手党内不胫而走。人人都说,这孙子又犯病了。

"这把萨伦托置于一个尴尬的境地。他不知道该不该信,但是又不敢不信。他能杀了我吗?不能。我爸爸讨厌自己儿子不假,但是还不至于到那个地步。他甚至连打我一顿都不能做,因为我一天到晚腻在我爸房子里不出去……哈哈哈……"

左思右想,萨伦托只好忍气吞声,加强安保。于是他此次来华,精英尽出,只留下博士等几个人坐镇老家。他没想到,这下正中文森佐下怀。他抓住对方老巢空虚的机会,收买加上恐吓,一举剿灭了萨伦托一派,掌握了莫西亚诺家族。

文森佐说完了,酒正好喝完。他放下酒杯,满意地等着对方的反应。陈默的脸色已经开始不对了。这个故事虽说离奇,但是挑不出什么破绽。如果事实是这样的话,那自己面前的文森佐,是个何等可怕的敌人!

"你就不怕我死了,你的证据被寄到警察那里?"陈默无从反驳他的故事,只好试图从前因后果上来挑破绽。

"毕加索,我跟你不一样。你太多疑了,我就很相信你。你说你死了就会有人把证据寄给警察?好,我信了。你在欧洲的熟人我早拜访了个遍,可疑的我都解决了。"文森佐的声音像是清风在吹拂沙尘,却让人忍不住想发抖,"如果你说的那个朋友在欧洲,那我就安全了。如果不在欧洲,我想,那我还有时间完成我的计划。"

"还是不信?好,让他自己来说吧。"文森佐拍了拍手,门开了。一个高大的身影走了进来。陈默一眼就认出,这就是那个自己无论如何都战胜不了的巨人。

"这是米沙,相信你们已经见过面了。"文森佐指着巨人介绍说,"我当了教父,看问题的角度就不一样了。比如说,本来我对宁老板恨得不得了,巴不得他被你杀掉。可是后来形势就全都不同了——我忽然觉得宁老板还是可以做朋友的。特别是他的钱和生意,都将是家族的好朋友。所以我派米沙先行一步,来保护宁老板,表达我的诚意……"

"烦劳挂念!"宁德为用英语插嘴道。

"宁老板,"文森佐朝他举杯致意,"我给你留下的第一印象还不错吧?"

"不错不错,"宁德为点着头,"莫西亚诺先生言而有信,说自己来,就孤身赴会,你赢得了我的信任。"

"那些都不重要,钱不重要。我现在非常希望能跟贵公司合作。毕竟,我们有着共同的利益和爱好……"

两人的对话陈默一个字都没听进去。他的注意力完全被米沙挟持的那个人所吸引。他没被绑着,但是米沙的一只手搭在他肩膀上,他颤抖如筛糠。

那是赵宝钢。

"雯雯说她那天没戴那条纱巾,我想起你不让报警,我就怀疑你在骗我。但是我就是不愿相信,"陈默咬牙切齿地开了口,"可你到底为了什么？"

赵宝钢低头不语了一会儿，然后抬起头，满腔愤怒地朝着陈默吼起来："你害死了我妹妹！都是因为你！"

陈默无奈地点了点头："没错，可雯雯是赵娟的亲生女儿啊！"

"为什么？！你说为什么？！"赵宝钢两眼通红，像是发了疯病，"我穷！我缺钱！我没本事！年轻的时候，别人有学上，我要辍学养家；年富力强的时候，别人都在养家，我下了岗！一把年纪，别人都要安享晚年了，我倒有两个孩子要养！陈默你说，你害死我妹妹，还扔给我一个孩子，凭什么只分给我们赵家十五万欧元？应该三十万全归我！"

陈默看着赵宝钢，说不出话。他没想到自己一片好心，换来这个结果。他更震惊于贫困能把一个老实厚道的人变得这般短视、自私、贪婪、无耻。

"赵宝钢我告诉你，"陈默一字一顿地说，"一共只有十八万。"

"我不信！"赵宝钢嘴上很硬，但是气势没了。

陈默正要让文森佐证实，赵宝钢自己把头扭向了米沙："你，老板，是不是，给了三十万？"

他一口俄语把陈默震住了。虽然听赵娟说过，哥哥当年是学校的尖子，但是没想到搁下这么多年他还能说出完整的句子。陈默看着他，忽然有点同情。他好像看到了多年前一个穿着蓝布衣服的孩子，坐在破烂的课桌前，认真地抄写黑板上的俄语字母。他的头顶是毛主席像，左边墙上是工人阶级领导一切的宣传画，耳边是老师慷慨激昂的话语："好好学习，你们以后都会是祖国建设的栋梁！"

米沙无奈地征求了一下文森佐的意见，然后开了口："十八万。"

赵宝钢的脸一下子白了，身子晃了晃，差点跌倒在地。他看看陈默，又看看文森佐。后者举起酒杯朝他做了一个敬酒的动作。赵宝钢一下子哭了。

陈默长叹一声。他知道，自己一败涂地。

"说实话，毕加索，你令我很吃惊。我根本没想到你能走这么远。你找到萨伦托的时候我就很惊讶，因为其他那些笨蛋大部分连国境线都没有过。于是我就想，能不能借你的手耽误他一点时间，或者打死他两个手下呢？没想到你一个人把他的骨干，连同他本人全干掉了！你知道我有多高兴吗？我当时正在紧张地布置，等着萨伦托从中国回来，跟他决一死战！"

说起这些，文森佐兴奋得两眼发光。

"我当时说的一些话，米沙不太高兴，所以坚持要跟你较量一下。"文森佐又憋不住笑了，"不过别介意，米沙可是俄国特种部队的精英，参加过三场战争，你输了不丢人。再说，你这次体现出来的最大价值，也不光是在打打杀杀上。你的勇气、毅力、制订计划和应变的能力，才是最惊人的！"

陈默惊讶地看着他。他知道接下来会发生什么。

"所以，我再给你一个机会：来帮我吧。"文森佐张开双臂，做了一个圣保罗耶稣像的姿势，"你和米沙，会成为我的左膀右臂。"

陈默盯着他看了很久，突然，笑了出来。文森佐保持着矜持的姿态等着他笑完，偶尔尴尬地看看地面。

"这么好笑吗？"文森佐终于打断了他。

"是啊，我突然想明白了，"陈默笑出了眼泪，"是啊，帮你，我帮了你一次，看看发生了什么？我女儿被绑架，我当成亲哥哥的人背叛我，我在欧洲所有的熟人都死了，一船七八百个难民也死了……然后，你又叫我帮你？"

"真的决定了？"文森佐把玩着手里的酒杯。

"帮你是我这辈子犯的最大的错误，"陈默咬牙切齿地说，"如果说我从中学到了什么，那就是永远不要再跟魔鬼合作！"

房间里死一般寂静。文森佐看着陈默，点了点头。然后，他慢慢把酒杯放在桌上。

"你有没有想过，我本可以用别的方式让你去中国，我为什么要费这么大劲绑架你的孩子呢？"文森佐走到陈默面前，和蔼地说道，"因为利用完了你，我还要逼你交出不利于我的证据啊……"

陈默的脸沉了下来。

"欧洲的可能性我排除了。接下来，该排除中国了……"文森佐打了个响指。门又开了。陈默顿时脸色煞白。他想起在老高车上那几通老是打不通的电话。

果然,这次进来的,是陈默的全部家人。赵亮被打得鼻青脸肿,双手绑在背后,嘴里塞着毛巾。陈静抱着雯雯,瑟瑟发抖。

陈默的头发都要倒竖起来。

"Surprise!"文森佐兴奋得像个孩子,"不要太自责了,这不是你的错。我可不是因为你闹着要回中国才开始着手绑架你的家人的。自从我怀疑你有证据开始,就在计划这件事。萨伦托一离开意大利,我就派人到中国来落实计划。"

他伸手把陈静拉到怀里。她尖叫一声,雯雯抓着她不放,也被拉到文森佐跟前。"我知道你是审讯专家,那我问你,你在我的位置上,会怎么审讯呢?用什么来威胁你?是用你妹妹的头,还是用你女儿的头?!"

文森佐露出一嘴细密的牙齿,像狼一样放肆地笑了起来。不过他旋即放开了两人,摇了摇头:"我不会用这么低级的办法。"

然后,就在陈默要松一口气的时候,他又补充道:"只要把你全家都扔到海里,证据即使存在,不也肯定没人知道了?"

"文森佐,你有什么冲我来,别碰我家里人,我就会把证据给你……"陈默万万没想到,自己有朝一日会向文森佐求饶,然而对方却哈哈大笑起来。

"我开玩笑的,"文森佐盯着陈默的眼睛,一字一顿地用意大利语说,"你女儿不用死,我要用她来讨好那个恋童癖!"

陈默两眼通红，每一块肌肉都在收缩、拉伸，挤出100%的力气试图摆脱束缚，拯救自己，更重要的是拯救雯雯。但是一切都徒劳无功。

文森佐笑着欣赏了一会儿，然后从房间一角拿出一个手提箱。打开之后，里面是一套刀具。陈默看到，跟自己杀吉普赛人那晚用的一模一样。

"野蛮……"宁德为嘟囔了一句，背着手朝门外走去。

"你知道吗，毕加索，"文森佐选好一把小巧的手术刀，对着灯光检查刀刃，"我知道你杀人居然不是为了快感的时候，我的心都要碎了。"

"你他妈是个怪胎……"陈默咬着牙说。

"对，我是怪胎，文森佐是个怪胎，当然了，他还能是什么！"文森佐的声音忽然多了一些波动，他喝了一口酒，旋即又平静下来，用蛇一样的瞳孔盯着陈默，"你还记得吗，咱们第二次见面，就是我爸爸面试你那次？你起身走出客厅的时候，我爸爸指着你的背影对我说，'就算生这么个玩意儿也比你强'。"

陈默愣了，不知他什么意思。

"我伤心吗？不。这种话我从小就听惯了。我妈难产死了，是我的错；我体育不好，我不务正业，我进过精神病医院，我是家族的耻辱……"文森佐心平气和地继续说着，"嘿嘿，他们越这么说，我就偷笑得越厉害——他们都不了解我，真的。我爸爸以为我只杀了两个人,其实呢?有十二个。"

一声闷雷响了起来,震得陈默心头一颤。

"是的,有十个女人谁也不知道。跟我住在一起的我爸不知道,整天监视我的萨伦托也不知道。然后,他们批评我不会低调行事。"文森佐笑了起来,"你知道吗,我掐死他的时候,没有一点感觉,我觉得自己只是在结束一个可怜的、无能的、卑微的生命,就像帮助一条老狗安乐死……"

陈默觉得好像有爬行动物钻进了自己的领口。闪电从窗口穿过,把那张精致文雅的脸庞照得像是个怪物蜡像。

"我不服任何人,除了你之外。你的技巧是我难以超越的,"文森佐端详着手术刀的刀刃,"没办法,我们这种人,都是这样的心理。只有杀死更厉害的连环杀手,我们才能变得更完美……"

文森佐慢慢走向陈默。陈静和雯雯同时尖叫起来。

"你看到了吗?"文森佐带着阴柔的笑容,慢条斯理地一根根割断勒住陈默腹部的绳索,"一切的一切,都是复制你的手段。我掌握了你全部的手艺,还会继续完善它,我,将是最伟大的连环杀手!"

他毫无预兆地一刀划下,在陈默肚子上开了一道半尺长的口子。陈默咬着牙发出一阵闷响。

"别担心,只不过是皮外伤罢了。真正的疼痛,在后面呢……"文森佐狞笑着把手中的刀高高举起。

陈默忽然嘿嘿笑了起来。

"请问有什么好笑的?"文森佐彬彬有礼地问,"告诉我你在想什么,告诉我你的感受!这样才能让我彻彻底底地享受!"

陈默没有回答,笑得声嘶力竭。

"别疯了啊,那样就没意思了。"等了一会儿,文森佐无奈地说。

"我……我没疯……我就是……哈哈哈哈……"陈默笑得喘不上气。过了好久,他才能够稳定下气息再次开口。

"文森佐,我那次杀吉卜赛人,本来是计划在都灵的。他忽然去了机场,我才跟到西西里。"陈默忽然说起一件似乎不相干的事。

"我知道,是我要面试他。"文森佐带着优雅的怀疑眼神,拖着长腔回答,每个字都在暗示陈默"你就是疯了"。

"我平时是用铁链锁住被害人的。那次因为带不上飞机,才在机场商店买了塑料捆扎带……"

"我记住了,下次我一定换成铁链,"文森佐把嘴靠近陈默的脸,一字一顿地轻声说,"这次你就不能凑合一下吗?"

"行,当然行,"陈默抬起头,脸上带着挑衅的笑容,"捆扎带的确是很轻便、很结实,几乎不可能挣脱,所以大部分绑匪都用它。可是你有没想过,为什么警察不用?"

文森佐愣了。还没来得及回答,陈默的眼神变了。他把身体一弓,双手朝后方一扬。然后腹部一挺,双臂猛地朝前一挥。

一声大叫,捆扎带应声而断!

陈默没有片刻停留，抓住文森佐的领子把他拖入怀内，另一只手夺过手术刀，架在他的脖子上。所有人都傻了。米沙也碍于文森佐，无法开枪，只能愣愣地举枪指着他们俩。

"我知道你爸爸为什么不肯把位子传给你，"陈默狼一样地眼睛盯着米沙，同时在文森佐耳边窃窃私语，"你根本没有亲手干过一件事，杀人也是别人帮你捆的吧？"

"老熟人了，你这样侮辱我让我很伤心……"文森佐举着双手，声音里却依然充满了潇洒和傲慢。

"最后一堂课：如果双臂成一定角度，向身体猛砸，再结实的捆扎带也会断。这玩意应该和绳子一起用，不能在手臂和躯干之间留空间。所以，下次不要随便乱割绳子了……"

斗室里的空气好像浑浊的海水，凝重而冰冷。陈默挟持着文森佐，跟五把手枪对峙。

他面前正对着的，就是杀神一般的米沙。

"放下枪！全都放下枪！"陈默小心地把身体和头躲在文森佐身后，用中文和意大利语把这句话重复了两遍，"要不然我就杀了他！"

米沙闭上左眼，又闭上右眼，反复瞄准，还是没有把握能绕过文森佐击中陈默，一时犹豫起来。

"米沙，"文森佐的语气听起来好像在叫侍者上菜，"杀了他女儿！"

陈默也不废话,手一抖,文森佐的脖子上多了一条红线。鲜血慢慢溢出来,把他的衬衫领子染红了。

"你敢我就割动脉,"陈默死死盯着米沙,"放下枪!"

"米沙,你放下枪咱们都会死,"文森佐慢慢移动举起的右手,蘸了蘸自己的鲜血,慢慢放进嘴里尝了尝,"数到三,他不放我,你杀了他妹妹,然后,再数三下,不放就杀了他女儿。"

米沙一把把陈静和雯雯拉进怀里,用粗大的手臂紧紧抱住。赵亮呜呜叫着想扑上来,结果被人用枪把在后脑勺上狠狠来了一下,委顿在地。

陈默这才体会到文森佐的难对付之处。别的敌人不管怎么厉害,总归是怕死的。但这个疯子完全不怕。

怎么办?

一……

陈默汗如雨下。

文森佐不能杀,更不能放。他的脖子和双脚还没摆脱绳索,想要冲上去跟米沙拼命也做不到。眼下唯一还能做的就是铤而走险,把手术刀当飞刀。可是连他自己都不相信,米沙会被这种雕虫小技击中。

二……

没有时间犹豫了,只能这样。

陈默决定杀了文森佐,然后用他的尸体做挡箭牌,看看能不能挣脱绳索，从米沙手里救人……

这个计划他自己听着都觉得是扯淡。他知道，文森佐一旦死了，自己第一时间被打死的几率是99%。

但是已经没有别的选择了。

三！

米沙的手动了，枪口向陈静的后脑移动过去。没有时间犹豫了，必须现在动手！

可是，难道自己就一死了之，把妹妹和女儿留给宁德为那个变态？

刹那间，陈默心如刀绞。

他明白，一家人的命运其实已经注定了。

没有人可以活着离开这条船。

"砰"的一声。

门开了。门板撞在舱板上，所有人的目光都被吸引了过去，连米沙都停了下来。

探头进来的是宁德为。

"您来得太巧了，"文森佐戏剧化十足地鼓了一下掌，"麻烦您吩咐您的手下，瞄准点，打死这个家伙……"

宁德为没有回答，只是脸色苍白地摇了摇头。

文森佐这才发现，他的背后有个人。一支枪从宁德为左耳旁边伸了出来，指着米沙。

"放下枪！全都给我放下枪！"

是老高。

老高没有死。宁德为的人毕竟不是职业杀手，对人的生命力之坚强估计不足，又怕被人看见，所以匆匆撤离现场，没看到自己半车水泥都砸偏了。没过多久，过往车辆发现了事故现场，报了警。老高身上没什么大伤，只是脑袋被开了瓢，有点脑震荡。醒来后也没失去记忆，当即就想起陈默当时没在车里。他一边让陪床的同事去局里报告，一边急匆匆出了院，想去现场找证据——没证据可没人敢动宁德为。走到半路，他忽然意识到自己还是忘了件事的。

手机不见了。

丢了？不对。陈默给他妹妹打电话的时候用过。

上面有定位系统。

急匆匆买了部新手机，让卖家帮着下载了追踪应用之后，老高找到了宁德为的窝点。他赶到时，正巧看到了顶层窗口透出的枪火，以及接下来的一幕：不省人事的陈默被塞进一辆SUV，跟着浩浩荡荡的车队开出小区。老高偷偷跟随着，直到发现自己来到了码头。

老高看到车队的人纷纷沿着铰接跳板上了船，心急如焚。一路上他给警队打了几次电话，援兵却迟迟不到。此时想再打，却没有信号了。有人在这里安了屏蔽信号的装置。

他眼睁睁看着装着陈默的那辆车也开上了船。

他忽然觉得好像这么多年的记忆都错了，自己其实没有错过儿子离家出走的背影。

"去他妈的，"老高掏出枪上了膛，"这次别想跑。"

他下了车，朝着船摸了过去。

宁德为的手下全部举起双手，退到墙边。赵亮被松绑，连忙跑过来，帮陈默解开了剩下的绳索。但是米沙完全不管，坚持用枪指着老高。

"我觉得，"文森佐叹了一口气，"是时候做一个交易了。"

手持武器的三个人交换了几次眼神，终于达成默契。文森佐脖子上的刀被拿开，米沙慢慢把枪收了起来，老高把枪挪到了宁德为的后背上。陈默犹豫再三，还是决定不挟持文森佐。毕竟不怕死的人质不是人质，而是定时炸弹。

手一推，文森佐很自觉地高举着双手，走到米沙身旁。

陈静和雯雯奔到陈默身旁，一头扑到他身上。陈默抱住她们，感觉自己拥有了整个世界。

"到底怎么回事？"

"不知道，"陈静依然惊魂未定，"那天晚上特别困，睡得跟死人一样，醒来就发现自己在车里……"

"差不多行啦，"老高紧张地催促，"先离开这里再说。"

"老高，你没死啊？！"陈默激动地叫起来。

"早着呢，怎么得等退休吧……"老高嘴里不闲着，眼睛始终没有离开过米沙。他知道如果有人要反抗，那么必定是这个大个头。说实话，他很想一枪打死这厮拉倒。但是枪声一响，天知道会有多少人赶来。他只好继续死死盯着他。

"你的增援什么时候到？"陈默小声问道。他这辈子还是第一次这么盼着警察赶到。

"没什么增援了，我在这没人知道。"老高低声说。

"那下一步怎么办？"

"下船……"

"好，"陈默点点头，从地上捡起一把不知是谁扔下的枪，别在后腰，然后又从文森佐的箱子里挑了把刀，"不过先等等我……"

话音刚落，他已经把赵宝钢推到墙上。后背撞在铁板上发出咚的一声时，刀刃已经举在空中，随时准备插下去。

陈静和雯雯同时发出尖叫。

"你疯了？"

"他串通人贩子绑架雯雯！"女儿的叫声使陈默犹豫了，解释了一句。赵宝钢惭愧地低下了头："没错，我一时糊涂，我罪有应得！动手吧！"

陈静不敢相信自己的耳朵，什么都说不出来。

"你把雯雯眼睛捂住……"陈默盯着赵宝钢的眼睛，吩咐陈静。

"陈默你住手！"一只手抓住了陈默持刀的手。是老高。

"你别管！！"陈默朝他吼道。

"让法律来制裁他好不好？"老高说，"给他一次机会……"

"你凭什么得到机会？！"陈默冲着赵宝钢吼叫起来，"是你，建议人贩子动手的时间和地点！是你，告诉他们去破坏银行的摄像头！是你，你告诉他们，该要多少赎金！是你，在家门口放了勒索赎金的纸条，还往里塞了雯雯的纱巾！"

"我财迷心窍，"赵宝刚老泪纵横，"本来说好，拿到钱就放人的……"

陈默眼里的杀气越来越重。

"我这次不杀他，谁知道他以后还会不会害我的家人？！"

所有人都认定，赵宝钢死定了。然而老高还没有放弃。

"这就是你要的？你要安全？世上犯错的人多了，你杀得完吗？你杀不完，你靠杀人永远得不到安全！还记得我说过的话吗？当初每次儿子犯错，我总是给他一顿痛打，还以为这就是教育。其实就是这种不给人机会的教育，让他破罐子破摔，越走越远……"老高的声音低了下去，过了一会儿，他才有力气继续说下去，"人人都会犯错，但不是人人都会一直错下去。给人改过自新的机会，他就有可能变成好人，尽可能多的人变好，这个世界才能安全。你不能连一次机会都不给别人……"

一阵沉默。

"说完了吗？"陈默忽然开了口。然后，他甩开老高的手，一刀刺了下去。在赵亮的惊呼声中,刀贴着赵宝钢的脸颊插进了墙壁。

"我欠赵娟的,我还不清,"陈默把嘴贴在赵宝钢的耳旁说,"但是欠你们赵家的,我还清了——回去就给我把抚养权交给我妹妹!"

陈默丢下瘫软的赵宝钢,走到老高身后。两人背靠着背,保护着陈静等人慢慢一步步退出房间。门被甩死,灯光刺眼。陈默发现,密室的隔壁竟然是驾驶舱。看着眼前这群人,又是人质又是鲜血,船长和大副目瞪口呆。

"这不是宁总吗?"大副结结巴巴地问道。

铁门那边传来呼喝声和喊叫声。接着,有人开始砸门。

"这船上有多少你的手下?"陈默厉声问宁德为。

"除了房间里那四个,还有四个保镖……船员只是普通雇员……"宁德为完全没了那种首富的架势,老老实实地回答,"意大利人只来了俩,还空着手,我就按照约定,只带几个保镖……"

"别杀我!"宁德为真害怕了,哆哆嗦嗦地说,"我可以让船开回码头……"

陈默点了点头。船长有点傻了。

"宁总,在这?不行啊,这片海域它……"

"快掉头!"宁德为吼叫起来,"你想害死我吗?!"

船长不敢再说话,指挥着驾驶舱里的人忙活起来。舷窗投下的影子开始旋转,船慢慢转向了。

不知过了多久，砸门声停了下来。

"还有别的门吗？"陈默问大副。大副摇了摇头。陈默检查了一下门锁和门板，对着老高点了点头。久违的稍许轻松像酒精一样上了头，他一阵眩晕，靠墙坐了下来。

他太累了。

一歪头，妹妹抱着女儿也坐了过来。

"这是你……这是你……"陈静笑得像个傻子，却哽咽得死活说不完这句话。

"我们早见过面了。"雯雯微笑着说。

"那个不算，"陈默装得一本正经地伸出手，"正式介绍一下，我是陈默，你爸爸。"

"我是陈雯，你女儿。"雯雯笑嘻嘻地握住那只大手。

两人就这么握着手，不断摇晃，笑眯眯的，谁也不说话。陈默肚子里有千言万语，却想不起怎么开头。

最后还是雯雯打破了僵局。

她跟陈静耳语了两句，然后一下子钻到陈默怀里。陈静掏出手机，给父女俩拍了一张合影。

"回家照多好，"陈默笑道，"我这脸脏的……"

"回家你再不见了怎么办？"雯雯认真地说，"不留证据，同学又要说我说自己有爸爸是吹牛了。"

陈默一怔，然后一把把女儿紧紧搂在怀里。下巴蹭着女儿柔软的长发,触感就像天堂里的云彩。

"爸……"抱了不知多久,雯雯在他怀里含糊不清地叫了一声。

"哎!"陈默答应着,激动得声音发抖。

"你真臭。"

陈静扑哧一笑。但是陈默没有松手。他感到胸前湿润了。那是雯雯的眼泪。她是在开玩笑。陈默忽然明白,原来孩子继承的远不止是血脉。还有灵魂。比如说,这种不肯向人暴露自己脆弱的倔强。

"不走了,"陈默流着泪笑了,"爸爸会一直陪着你,直到你出嫁那一天……"父女俩就这么抱着,一句话也不说,互相感觉着对方的心跳。陈默有生以来第一次感到如此的安心和幸福。他忽然希望,这船永远不靠岸,自己能跟女儿这么相处下去。

就在这时,隔壁传来了枪声。

陈默把女儿交给妹妹,跳起来一把勒住宁德为的脖子:"哪里还有枪?!"

"那间,墙上那幅画后边,有个保险箱……"

"为什么不早说?!"陈默从腰间摸出手枪,恨恨地用枪把给了他一下。

"这门锁,结实吗?"

"很结实,枪打不坏,"大副说,"电焊烧都烧不坏,想打开只能用密码……"

"密码谁知道?"

"只有我和船长……"

陈默正要松口气,船长忽然补充了一句:"你漏了一个人——水手长也知道……"

话音刚落,几声滴滴声传来。那是输入密码的声音。

"趴下!"陈默大喝一声,"老高!"

危急时刻陈默只来得及说这么几个字,好在大家都听懂了。该趴下的都趴下了,老高也没理解错:他知道自己应该挟持着宁德为到门口,阻止对方开枪。但是他没想到,最靠近门口的,不是宁德为,而是米沙。

门哐地被踢开了。顿时枪声响成一片。陈默躲在门后,一手用尽浑身力气把门往回顶,一手拿着枪从门板边缘别过去,朝着外面连连开枪。门被关上了,陈默喘着粗气,看着眼前的一切都变成了慢动作。他看到宁德为胸前多了个血洞,委顿在地。船长头部中弹,早已死亡。大副捂着流血的胳膊,看着宁德为的尸体,呆若木鸡。

就在这时,船身剧烈地晃动了一下。大副跳起来一看,面如死灰。

"触礁了……"他呆呆地说。

然后他像是猛然惊醒,大声喝道:"触礁了!"

他以迅雷不及掩耳之势按下了弃船警报,然后打开舷窗,甩下一条软梯爬了下去。赵亮惊恐地从窗户朝外看去。甲板上,船员们已经从穿着救生衣,开始哄抢救生艇。

大副所做的一切都没有被陈默阻止。因为当时他的注意力完全在别人身上：他看到老高目瞪口呆，用手循着疼痛找到了自己的肚子。一手的鲜血——那颗穿过宁德为的子弹打中他了。

背后隔着一道金属门板，也不知有多少人在推门，陈默死死蹬着地，才勉强顶住。门不断被撞开，又不断被陈默惊人的力量顶回去。

"赵亮，快，带着大伙快走！"

房间里只剩两个人。门板被撞得咚咚直响。老高咬着牙站起来，从墙上摘下两把手铐，把门把手铐住。然后又推过来几把椅子，把门顶住，陈默才稍稍能动弹一下。

陈默跟老高对视了一眼。两人都知道，自己要死了。

"你走吧，"老高把背贴在门上，脸色苍白。

"别瞎说，一起走！"陈默不由分说，要背他，却被一把推开。

"我不行了，弹头大概卡在肝那里，出去也没救了。"老高满脸都是虚汗，"就让我给你争取点时间吧……"

"老高，你别傻了……"陈默看着他满裤子的鲜血，知道他是对的，但还是抓着他的领子，要再次把他拖走。老高站了起来，旋即又像缺了两条腿的桌子，向另一边歪去。他靠在墙上，再次朝陈默挥了挥手。

"孩子我给你找到了，跟上去看紧点吧……别再丢了……"老高说着，挤出一个笑容。

四目相对，最终，陈默朝他点了点头，转身跑了出去。

撞门声越来越响。

老高深呼吸了几次，扶着墙站了起来。手碰到墙壁上挂着的船长制服，老高看了一眼，顺手拿下来披在身上。

"还挺像……"他自言自语。

老高站在门前，恍惚回到了警校毕业的那天。又好像是往日加班结束回到家中，门打开后，放学的儿子就会出现在眼前。

老高笑了。然后举起了枪。

船摇晃得越来越厉害，陈默爬在狭窄的铁梯上，几次差点被晃下来。等着了地，他又看不到赵亮和陈静他们。外面下着瓢泼大雨，天空中一颗星星都看不到，海浪像巨鲸般扑上船来，砸在甲板上，泼得人一身一脸的海水。

"救生船！救生船！"陈默像着了魔一样自言自语。一家人能不能活着离开这里，就看还有没有救生船了。可是眼看船上船员都跑光了，怕是……

"哥，快来啊！"他听到了前边的呼喊，惊喜地看到前方赵亮抓着船舷在兴奋地招手，陈静抱着雯雯，也在朝他喊：船！船！

陈默心里一股力量升腾而起，朝着他们跑过去。他目睹了奇迹的出现。他看到了一个白色的架子，还有黄色的船身。这条救生船竟然没被抢走？

陈默第一个跳上船,揭开船上的帆布,检查了一下。这是艘充气的救生艇,还有个马达。陈默在兵团受过两栖训练,驾轻就熟地打了火。听着有力的马达声,他朝大家竖起了大拇指。

陈静激动地哭了,跟赵亮拥吻起来。

"回家再亲热吧,"陈默打断了他们,直接把妹妹抱上船。赵亮不好意思地笑了,也抱着雯雯上了船。陈默第一次跟这么多家人挤在一起,忽然觉得像是在过年。

"回家了。"他轻声说,好像是在告诉自己。

就在这时,他看到了不远处赵宝钢期期艾艾的身影。

"别管他!"陈静恨恨地说,"就当没他这个亲戚!"

赵亮拉拉她的衣袖,也被她瞪了一眼,不敢言语。陈默看了赵宝钢一会儿,摇了摇头,朝他招了招手。赵宝钢露出难以置信的表情。

他三步并作两步跑了过来,陈静扭过头去不理他,赵亮尴尬地朝他干笑一声。赵宝钢叹了口气,低下了头。

"大舅!"雯雯见到他,亲切地叫了声。这声招呼却像子弹一样把赵宝钢击垮。他看看雯雯,捂着脸哭了起来,然后扭头跑开。

陈默伸出手想挽留他,却最终没有这么做。他抬头看看驾驶舱,发现还没有动静。这说明老高还在顶着。必须赶紧走了。他按下升降机的按钮,准备起航。

然而船却没有下降!

陈静顿时脸色煞白。

"别慌,"陈默想了想说,"我上去看看。"

他翻身回到甲板上,打开接线盒略一检查,心里就咯噔一声。电动升降机坏了。要把船降下去,只能手动。这就意味着,必须有一个人留在船上操作绞盘。不过陈默旋即感谢起自己的战争生涯来——在非洲,他遇到过类似的情况。当时战友的解决办法是用缆绳把自己和快艇连在一起,快艇一落水,他就跳海,开出敌人射程之后慢慢上船。

陈默立刻一看,小艇上还真有捆绳子,目测长度差不多。他立刻把绳子一头系在小艇的锚上,另一头盘住自己的腰间,然后把赵亮叫到身边。

"待会儿,"陈默的声音压过了怒涛,"一下水你就发动!我就跳下来!记住了!"赵亮有点受宠若惊,点了点头。

"不管发生什么事,"陈默又搂住他的肩膀,小声补充道,"你就朝着岸边开。"

"哎,哥这是……"赵亮傻了。

"就是以防万一……"

"你们说什么呢?"陈静觉得两人说话的样子有些怪。

"没什么,我教他怎么开船,"陈默故作轻松地答道,然后转头就换上了严肃的表情,"记住,不管发生什么!"

"哥,你……"赵亮还是很为难。

陈默很隐蔽地在他脸上抽了一下。

"今后,"他的声音郑重而冷峻,"你就是陈家的顶梁柱,主心骨,唯一的男人。我问你,我能不能把我最宝贵的财产——我妹妹和我女儿的生命交付给你?!"

两人对视着。

赵亮觉得自己内心有什么东西被点燃了,至于是什么点燃的,也不知是这些话,还是那个耳光。最终,他的眼神变得坚决和勇敢。

他点了点头。

陈默朝他一笑:"我信得过你!"

咔嚓几声,救生船开始下降了!

"雯雯,咱们要回家了!"陈静破涕为笑,激动得直捏雯雯的脸蛋,然后她朝陈默伸出手,雯雯却没有这么高兴,她猛地挣脱陈静的双手,拍打着大船的船身。

"爸爸,快上来!"

这声音像针一样扎进陈默心里。

"雯雯,你们先下去,"他抹着脸上的海水说,"然后我来找你们!"

陈默用尽浑身力气摇动绞盘。

"快点,再快点……"他在心里不停地催促自己。他知道,老高在驾驶舱顶不了多久了。一旦那里失守,文森佐发现他们不在驾驶舱,马上就会派人来甲板。MP5有效射程50米,到时候只要有一个人往海里看一眼,就能轻而易举把自己连同所有家人都送进海底……

就在这时，陈默听见几声枪响从驾驶舱传来。

"老高……"他的脑子里一片空白。然后就是一声惊呼从上面传来："船尾甲板！"

海浪依旧一个接一个轰鸣着砸上来，陈默听到了皮鞋踏上金属舷梯的声音。

太晚了。走不了了……

有那么一瞬间，陈默面色苍白。但是片刻之后，他的眼里又充满了力量。

"就让我来为你们做最后一件事吧……"

他加倍卖力地摇着绞盘，同时用只有自己能听见的声音说道："对不起！"

"陈静，我这次又不能在你身边了，拜托你照顾好雯雯……"

"赵亮，你是个老实人，跟我妹妹好好过日子吧！这个家以后靠你来保护！"

"雯——"轮到女儿，陈默刚说出一个字就哽咽得说不下去。然后，他抹干了脸上的海水和泪水，用更大的力气继续摇着。

下面传来啪的一声轻响，陈默知道，小艇终于下水了。接着，传来了轻微的马达声。

"雯雯，记住，你有爸爸！"他喊出这句话，然后掏出刀子，割断了绳索。

马达声越来越远,然后传来一声撕心裂肺的"不!"

陈默转过身来,擦干脸上的泪水和海水,朝着相反的方向跑去。与此同时,米沙端着冲锋枪出现在甲板上,朝他开了火。

子弹打在钢制的甲板上,溅出的火花形成一道火墙,把陈默从船舷边逼开。他贴地滚到舷梯后边,开了几枪,弹雨尾随而至。陈默不得不再次往侧面一跃,藏身在一根立柱后面。他看不清米沙的位置,但是对方却显然看到了他。两颗子弹打在柱子上,金属碎片擦伤了陈默的脸。

"看见我就好,跟我来,别往海里看……"陈默闭上眼默念着,好像在祷告,然后他猛地睁开眼,深呼一口气,动若脱兔般开始跑。陈默的 S 形路线跑得非常纯熟,每三五步就找一个落脚点躲一下,所以米沙的子弹几次擦着他的脚边呼啸而过,都没伤到他。

"差不多了,"在一个箱子后边,陈默大口地呼吸着,脑子里审视着心算的结果,"还有两发……"

他没给米沙提前换弹夹的机会,没歇两秒又从掩蔽物后跑了出去。果然,两声枪响之后,米沙哑火了。陈默抓住机会,尽全力狂奔!

一,二,三……

他在心里默数着。

最多三秒!

米沙枪响起的几乎同时,陈默朝前一个鱼跃,凭感觉落在一个巨大的掩体后面。喘息初定,他抬头才发现那是一辆汽车。前后左右,全是汽车。陈默刚刚注意到,这是艘运汽车的滚装船。

陈默猫着腰在上千辆汽车间潜行。他尽量利用轮胎隐蔽身影,哪怕遇到底盘高的汽车,他也绝对不钻车底——那里没遮没挡,也没法辗转腾挪,一旦被发现就是死路一条……

米沙在大声呼喊。陈默透过反光镜看到,几个宁德为的人已经跑了过来。一旦他们跟米沙汇合,自己可以说毫无机会。他慢慢掏出手枪,卸下弹夹检查。还剩四颗子弹。除此之外,搜遍全身,唯一还能用的武器是一把刀。

陈默骂了一句,但是随后又鼓励自己:地形毕竟对自己有利。

他停止了逃跑,躲在一辆车后面,长长呼了几口气,把自己的呼吸调整到最稳定的状态。他死死盯着反光镜里的追兵,直到他确定自己找到了最佳时机。

就是现在!

陈默忽然闪出去半个身子,连开两枪。

宁德为的保镖们赶紧躲避。然而藏好之后,枪声没有再次响起。互相一问,子弹没有打中任何一个人。然而还没来得及庆幸,一阵金属摩擦声刺痛了众人的耳膜。陈默的那一枪击中了固定汽车轮胎的钢索。钢索崩断,一整排汽车飞快地脱离了束缚,以泰山压顶之势滑了过来。

一阵巨响,他们都被埋葬在一堆铁皮里。

船依旧在颠簸，大海依旧在咆哮。陈默躲在原地，等着米沙露面。尽管没有亲眼看到，但是陈默肯定他没有死。这个俄国人的身手、枪法还有战场经验都远胜自己，陈默不相信他会犯那些菜鸟的低级错误。

这也意味着，想杀他，就算自己没有伤，也几乎办不到。

埋伏是唯一的办法。

陈默的手不禁紧握着枪把。他观察了一下四周，觉得必须把米沙引到车辆中间的走道里才有把握。但是这谈何容易。先别说米沙会不会犯这种低级错误，陈默自己有时候连走道都找不着。这就相当于在一片比人高的玉米地里寻找田陇，不登高是做不到的。而爬到高处，就是送死……

不知过了多久，陈默开始担心一件事：怎么死活听不到米沙的脚步声呢？他开始频繁地从车的缝隙里观察，但是丝毫看不到米沙的影子。

等等！陈默忽然明白了，他在高处！

陈默的冷汗下来了。这意味着自己跟这个怪物一起被困在这个废车围成的铁棺材里了。只要离开这辆车的掩护，一举一动都会被米沙尽收眼底……

"我怎么会犯这种低级错误……"陈默用后脑勺撞了一下车身，"怎么会自己走进这种死地，走进来还忘了抢占高地呢……"

占据高地可以眼观六路，可以掌控全局，还可以令对手难以发现！新兵都懂的道理啊！谁会放弃高地呢……

除非……陈默脑中忽然灵光一现。

陈默下了决心，从枪里卸除一颗子弹。然后他把手从车顶伸出去，胡乱开了一枪。不出所料，这引来了报复的弹幕。米沙看到了他的位置，朝着他倾泻了差不多一个弹夹。陈默静静地等他打完子弹，又把手伸到高处，扣动了两下扳机。

咔嚓。咔嚓。

撞针打空的声音在射击之后的寂静里清晰可辨。

然后连续而绝望的五声。

陈默像是等待判决一样，背靠着轮胎，等待着接下来发生的事情。终于，他听到了脚步声。他暗暗挥了一下拳头！

成功了！

米沙以为自己没子弹了，要来收拾自己！

他甚至能想象，那张脸上带着的狞笑。陈默用尽量缓慢的动作把最后那颗子弹压进弹仓。然后，他俯身透过车底空隙里看到了米沙的肆无忌惮的大号皮靴。

他来了！

陈默保持蹲姿，慢慢转向，把身体正面对着米沙。然后，他慢慢脱下一只鞋。

"就是现在！"陈默用尽全身力气,把鞋往米沙的左边扔了出去。米沙的反应真是不含糊，当场身体微微左转，啪啪两个点射，打中了鞋子。

几乎同时,陈默猛地站起来,手中的枪对准米沙,狠狠扣动了扳机!

死吧,你这个打不死的怪物!

死吧,你这个杀人机器!

你转身再快,难道比我不用转身还快?!

撞针被弹簧带动,积蓄的势能爆发出来,孤注一掷地狠狠打在子弹底火上!

然而陈默接下来听到的,只是咔嚓一声。

哑火了!

唯一的一颗子弹,是哑弹!

陈默的脸顿时变得煞白。

这个家伙,到底是人是鬼?!

陈默听战友说过很多关于死前是什么样子的。他们的说法多种多样,但唯独不包括这一种。眼前的一切变成了慢动作。陈默眼睁睁看着米沙的耳朵被肌肉牵动,然后浑身一紧,端着冲锋枪向右,朝自己转过身来。

陈默不知道眼前的世界速率大概是平时的几分之一,他拼命想蹲下隐蔽,却只能像贴在玻璃上的蜗牛一样向下慢慢滑动。

只要再过一瞬,枪口就会对着自己。

这次，真的要死了！

突然，米沙背后的天空变成了红色。那里出现了一个人影，高举着一只手，一颗红色的火球从他手中升起——原来他手里拿着救生信号枪。

与此同时，他还朝这边大喊了一声"嘿！"

突如其来的喊声和强光吸引了米沙的注意力。他下意识地一缩头，同时闪电般转身，并在一秒钟之内朝那人打了一个漂亮三发点射。不得不说，米沙的脑子是很快而且很清醒的。虽然面前就有敌人，但是这个敌人没有了子弹，已经被证明是没有攻击力的，因此背后的未知才是更大的威胁。

米沙成功地消除了这个威胁——对方像纸牌一样向后倒了下去。

但是他没有想到，陈默的左手还握着一把刀！

他来不及换成右手，用尽浑身力气，把刀掷了出去！

咣！

米沙手中的MP5落地。他嘴里发出嘀嘀的声音，双手从上下两个方向试图伸向背的中央，好把插得只剩刀把的匕首拔出来。陈默不给他任何机会，飞身上前，双臂抱住他的头，狠狠一拧。

巨人倒下了。

陈默精疲力竭地倒在地上。歇了一会儿，他爬起来，朝刚才的光源走去，想看看到底是谁救了自己。

也许，老高这个老东西还没死……

然而走到近前，陈默看清了，那人居然是赵宝钢！

他已经死透了，没有一丝生命迹象。

陈默抱着他的肩膀，心里五味杂陈。他因为羞愧而不敢站在雯雯面前，却同样因为羞愧，敢于在米沙面前站出来，救了自己。陈默恨他，蔑视他，但是却不得不佩服他为了改过和赎罪而做的努力。

"你说的还真是有点道理啊，"最终，陈默抬头望着高处，自言自语，"老高……"

又是一声爆炸声传来，甲板的倾斜度更大了。固定汽车的铁链和钢筋被拉得咯咯作响。陈默知道，船要沉了，得趁漩涡产生之前尽快跳海。他朝着船舷跑去，却又被一声枪响阻止。

他转头一看，文森佐拿着枪站在远处。陈默知道，自己这次恐怕真的没救了。别人好说，起码知道逃命，文森佐完全是个疯子，他要杀你，就是搭上自己的命也毫不在意。

"毕加索，"文森佐带着病态的微笑，用手抹了一下有些紊乱的头发，"我是不会……"

话音未落，一辆车终于挣脱了束缚，任由重力带动，沿着甲板飞快地滑行。文森佐被狠狠撞飞，掉进海里。

陈默再也没时间耽搁，助跑几步，跳进了大海。冰冷的海水刺激了他的神经，令他浑身精神一振。他开始游泳。船身开始发出吱吱嘎嘎的声音，船尾慢慢翘出水面。陈默知道，沉船的最后阶段，也是最致命的一个阶段要开始了。他拼命往远处游着,然而好像已经太晚了。

船尾优雅地滑进了海平面以下,上万吨的金属带了可怕的漩涡。陈默觉得自己像是被海底巨兽吸进了嘴里,身不由己地后退着,下沉着……

"我要死了!我死定了!"陈默脑子里不停重复着这个念头,直到他在漆黑的视野里看到几点光亮,"那是船!有船收到求救信号来救我了!"

陈默浑身顿时像是注入了力量,他用尽最后一点力气朝着亮光游去……

第十一天

几个小时之后,陈默在一艘陌生的船上醒来。他们是路过的邮轮,看到了一个红色信号弹,所以过来救援,结果救了陈默。

那颗信号弹……是赵宝钢发射的……

两行热泪奔涌而下,陈默自己也说不清,到底是在为谁而哭。

"我们要去香港,把你在那放下没问题吧?"船员问道。

陈默一愣。一瞬间,似乎有无数个决定等着他去做。香港,离内地那么近,离九安那么近,离雯雯那么近。他是多么想再次回家啊……

然而他也知道那是不可能的。

最终,他艰难地点了点头,"我正好要赶飞机……"

第十一章

救赎

第十二天

深夜，暴雨如注。

坐在长椅第一排的年迈神父被雷声惊动，微微抬起头来。

"安吉拉……"神父出神地轻声呢喃着。

然后，他捂着脸低下了头。

背后传来一声尴尬的咳嗽。

"哦，你先走吧。"神父半转过身，努力掩饰自己的失态，"我还有个预约。"

执事"哦"了一声，转身摇着头走出了大门。

这么晚了，正常人都不会接受预约。但是神父……

唉，那件事之后，这个老人算是垮了。

神父看着十字架，上面的耶稣一如既往地用混杂了慈悲和失望的眼神俯视着众生。

他的手不停地拨弄着念珠,心里默念的却不是经文,而是一个疑问:为什么?为什么要这样考验我?!生下她是罪吗?是。但是那是我的罪啊……为什么要……

脚步声从背后传来,神父觉得有些烦躁。长久以来同事目光里的同情和怜悯令他不堪重负。

"我说了,你先……"

神父的话停在了半截。

他看到,忏悔室的门帘在晃动。

"您这个预约可够晚的……不过没关系,我反正也没处去,"神父走进忏悔室的隔壁,抖了抖法袍,"不过,您是怎么认识我的?为什么要指名找我?"

忏悔窗隔壁响起的是一个犹豫、低沉、带着外国口音的声音:"神父,我犯了罪。"

"我的孩子,人人都会犯罪,"神父有点失望,但声音立刻变得老练而平和,多少个月来,他都是靠工作来冲淡那种令他痛不欲生的悲伤,"说吧,你犯了什么罪?"

然而今天,注定要事与愿违。

对方的回答像惊雷一样响起:"我杀了您的女儿。"

神父跌跌撞撞地冲出忏悔室,脚下一个趔趄,摔倒在地。一个高高的身影掀开门帘,走了出来。闪电连连,神父看到,那个毁了他生活的恶魔就活生生站在他面前。

"你……你……"神父颤抖的手指着对方,眼神里充满了惊恐,继而是仇恨,"是你!"

对方点了点头。

"你又要来杀我吗?"神父的身体剧烈地颤抖着。

然后,他平静了下来。

"你打电话的时候,我就有预感,"神父苦笑了一声,"他们说你淹死了,但我不信,我就知道……感谢上帝,回应了我的祷告,让我找到了一个不自杀,但是又能摆脱痛苦的路……"

"神父,"那个恶魔的声音显得犹豫而虚弱,"我的忏悔还没结束呢……"

获救后,陈默要了船员一身还算体面的衣服,简单处理了一下伤口,在香港下船,拿着往返机票毫无障碍地登上了返回意大利的飞机。11个小时的飞行,给了他很多时间思考。他回忆着在家乡的找寻、杀戮、团圆和分离,对于将来的计划也一直在变化。

他心乱如麻,一路举棋不定。终于,在飞机着陆的那一刻,他顿悟了:不管去哪里,不管以后以什么身份生活,有一个环节是无论如何也逃避不了的。

"……就这样,我找到了自己的女儿。"两人回到忏悔室之后,陈默用了很长时间来讲述自己的经历,声音从头到尾波澜不惊,"在这个过程中,我几次以为自己失去了她。在那些时刻,我第一次体会到把一个生命从她的家人手里生生夺走是多么残忍……"

忏悔窗对面传来了轻轻的抽泣声。陈默停了一会儿才继续开口。

"后来我救了女儿,却又不得不离开她。在回来的飞机上,我发现我的脑子里想的只有一件事,那就是怎么再见到她。我一直在想办法,怎么才能改名换姓,再回去,陪她长大,见证她成人,保护她得到幸福……可是我发现不管用什么方法,不管是换假身份,还是隐姓埋名重新申请难民等待大赦,想光明正大地见她都得等上至少十来年。就是在这个时候,我才能够百分之百理解,我对您造成了怎么样的痛苦。不管是十年,二十年,我至少还有个盼头,可是您呢……"

讲述的声音停止了。神父把头从双手里拔出来。

"是啊,可是我呢……我呢!"

一股怒火喷发出来。

"上帝啊,"他在心里默念着,"原谅我!"

他掀开法袍,掏出手枪!

然而打开忏悔窗,对面却空无一人。

"砰"的一声,木门被扯开。

陈默站在他的面前。

神父的背猛地撞在身后的木墙上。鼓足了一辈子积攒的勇气才买到的手枪此刻毫无用处。惊恐使得他连把枪抬起来都做不到。

"感谢上帝,赐给我解脱……"

他闭上了眼睛。

然而等了一会儿,却毫无动静。

睁开眼时,那个恶魔却浑身都在颤抖。

"我杀过很多人,而且杀了也不觉得有什么……我不知道是兵团、是战争还是复仇让我变成这样……可是,唯独您的女儿……您的女儿……"

陈默忽然说不下去了。

有生以来第一次,他对自己做过的事感到难以启齿。

"您的女儿,当时跟我要杀的一个人渣在一起。我想放了她,但是又怕她报警。杀我妻子的凶手,当时还有三个没有找到……"

陈默的声音沙哑而犹豫,每说一个字都像赤脚走在碎玻璃上一样痛苦而艰难。

"我在中国,杀了不少纯粹的人渣,也救了不少孩子。我本以为,这样可以赎罪,但是根本不能……我也想过逃到别的国家去隐姓埋名,可是我没法心安理得地活下去……每次想起您的女儿……您的女儿就像一座山,她的阴影,我怎么也没法逃离……"

羞愧的火焰烧得陈默无地自容。他扑通一声,跪在神父面前。

"神父,我对将来有不少打算,但是不管哪个打算,前提都是一样……"陈默猛地抬起头来,一把拉开纽扣,露出胸膛,"我答应了女儿,一定要回去,按理说我不该这样。可是我如果不这么做,就永远没法面对自己……如果您觉得法律轻饶了我,就请您自己审判!"

陈默长长吸了一口气,用当年第一次刺刀冲锋的勇气闭上了眼睛。

黑暗,寂静,雨点声夹杂在一起,几乎要让他紧张得胸膛爆炸。

过了很久很久,他要求的审判才终于降临。

一下,两下。

那是手拍在肩膀上带来的震动。

"唉……"一个苍老的声音响起,跟着就是金属物件落地的声音。

陈默的感觉就像第一次跳伞之后,如获重生。他的身子一下垮了下去。

"我当时……我真是……我不……我……"

他语无伦次地把头靠在神父的膝盖上,像个孩子一样泣不成声。

"对不起……我非常、非常、非常地对不起……"

他就像个断针的唱片机,只能让这撕心裂肺的片语只言不断重复着,重复着。

雨点敲打在高高的彩色玻璃画窗上,使得上面所有的天使一起在哭泣。

两人一站一跪,久久不动,好像米开朗基罗雕出的圣徒。

不知过了多久,神父的手放在了陈默的头顶。苍老的声音哽咽着,但又充满坚定和神圣,如同天使在屋顶敲响洪钟。

"我……以圣父、圣子、圣灵的名义,宽恕你的罪行……"

当晚十一时二十五分,连环杀手陈默在比安奇神父的陪同下,在都灵警察局叩门自首。

第十三天

罗马电。

突发新闻:两周前在西西里海难中失踪的重刑犯、"都灵屠夫"陈默于今日在都灵警察局自首。据陈默交代,他在海难中幸存,漂流到一个荒岛,独自度过愈十天后打造木筏,重回大陆。有关细节警方正在核实……

陈默坐在审讯室里,抽着烟。看着熟悉的一切,他觉得过去的十三天,尤其是最后两天有些不真实。重刑犯荒岛余生毅然自首的故事传遍了全国。陈默成了人人都想采访的新闻人物。然而他拒绝了所有记者,只提出想见一个人……

门被推开了。一个佩戴着胸牌的人走了进来。他把卷宗放在桌子上,然后开始自我介绍。

"我是高级检察官乌比诺……"

"我认识你,"陈默打断了他,"初审是你对我提起公诉的。"

乌比诺点了点头。

"那么,我能为阁下效什么劳呢?"他扬起浓密的眉毛,"坦白说,大明星,你的故事我一个字都不信。"

"你不信是对的,"陈默说,"那是一场失败的劫狱。"

乌比诺的眼睛一下子瞪大了。

"文森佐·莫西亚诺想杀了我,所以安排了人,想把我从监狱劫出去。"

"文……为什么呢?"乌比诺的眉头紧皱。

"因为我替他背了两条人命……"

两个小时之后,乌比诺整理着面前桌上满满的笔记和录音。他揉着太阳穴,消化了一下刚才的知识爆炸:文森佐·莫西亚诺,萨伦托·瓦伦汀,皮耶罗·莫西亚诺……连环杀手,谋杀,阴谋,夺权……

"这个警匪串通,"乌比诺觉得还有个漏洞,"你能不能列举几个名字?"

"狱警罗马诺就是一个。"陈默说。

"哦,那没用,"乌比诺点了点头,"他两星期前就死了。"

陈默微微一愣,然后又觉得理所当然。

"有了你的这些情报和口供,我们有很大希望扳倒莫西亚诺家族。不过……"乌比诺看着他,最终还是忍不住问道:"你到底为什么要做这些?我记得你当初嘴很严啊……"

"我的想法变了。"陈默长吐一口气,缓缓说道,"以前我觉得自己背了一身永远还不清的债,肩负着永远不能松懈又永远无法完成的任务,我累了,只想死。但是现在,我忽然觉得活着,也不光是那些累人烦人的事,还是有些美好在等着我……我做过错事,必须做些事情来补偿。这样,我才能干干净净地活到20年后,活到我假释成功的那一天,再见到我的女儿……"

乌比诺又思考了一会儿，终于做了总结："两个姑娘不是你杀的，安比奇神父也为你求情，你杀人是寻仇，这样案件性质就变了……我请你再确认一次：神父的女儿真的跟你妻子的死没关系？我是说，一点关系都没有？"

陈默摇了摇头。

"连站在旁边围观都没有？"乌比诺的表情很暧昧，"你想清楚再回答。我虽然很希望跟你做个交易，但是有一个无辜受害者和没有，毕竟是很不同的……"

"真的没有。"陈默正色回答，"她跟这事无关。"

乌比诺摇着头笑了，又点了点头。

"我得承认，我看错你了，"他站起身来，边说话边整理文件，"你其他的要求，我看问题不大：国际通信和短时间上网都可以安排。交易嘛，我会尽量跟上面争取，但是不敢保证什么。这些事对于你获得申请假释的资格还是有点帮助的，不过我得实话实说：你有可能要坐满21年牢。"

陈默点点头，表示不出所料。

"我不明白的是，"乌比诺犹豫着问道，"你为什么要回意大利？要知道，你要是往罗马尼亚或者科索沃哪个山沟里一扎，我们还真找不到你。"

"做对的，我从不忏悔，"陈默盯着他的眼睛回答，"做错的，我必须赎罪。"

一阵沉默。

"明白了,"乌比诺敲了敲窗户,呼唤警察,"请允许我亲自陪同您返回乌查多涅监狱。"

陈默又回到熟悉的囚室。
还是一样的床铺,一样的陈设。一切都好像没发生过。
唯一多出来的,是乌比诺转送他的一件礼物。
"神父希望您能读一读。"临走前他说。
那是一本中文版的圣经。
陈默拿起来翻了两页,又摇了摇头放下。看不进去。不过时间多的是,以后再说吧。
他在床上愣了不知多久,忽然站起身来,走向面前的墙壁,手持尖柄牙刷,在墙上画起画来。画笔大开大阖,白色的粉末落满墙脚。不多时,墙上遍布一个个方格。每一个方格里,都是年份和月份。

陈默退开几步,出神地欣赏着自己的作品。沿着这张日历,他看到坚强泼辣的妹妹陈静继续勇敢面对生活,抚养雯雯长大;她将跟赵亮结婚,生儿育女,为柴米油盐操心,为孩子的每一个小成就欢欣鼓舞。

他看到雯雯升入初中,某个生日得到第一辆粉红色自行车,然后开始收集唱片,变成个追星族;

她升入了高中,开始学着化妆,攒钱去听音乐会,为填报志愿而烦恼；

她会考上大学，在那里遇到心爱的小伙子，坠入爱河……

陈默知道，自己将错过这一切。

但是他无比坚信，自己不会错过其后的一幕：自己穿着西装，挽着雯雯的手臂，陪她走在婚礼的红地毯上……

这是一条遥远的路，一条艰难的路，更是命运留给他的唯一通往幸福的路。他别无选择，定将沿着这条路走下去，定能到达彼岸。如果有任何人胆敢在这条路上动土，他将毫不犹豫地再次拿起武器。到时候，不管什么妖魔鬼怪，都不能将他阻挡。

这一点，他坚信不疑。

这时，熄灯铃声响了。所有灯光"啪"的一声熄灭，一如往日。黑暗中，陈默端坐在床上，一手按着圣经，一手扶着膝盖，宛如冰封王座上的莫测王者。

他可能自己也发现了这一点，所以抬起头来，微微一笑。

"二十年……"他扭头看着窗棂外晦暗的星光，喃喃自语，"还有二十年……"

后记

我开始悬疑写作的初衷说起来一点都不悬疑——到了一定岁数,生活虽然还没到下坡路,但是天天拉着大车往上赶,老看着没有尽头的路面也挺闷的。简而言之,这个世界给了我很多,但很多时候也让我失望。我幸运地拥有一种超能力,那就是可以拿起笔创造一个世界进去转转。

《第十三天》的故事是怎么构思出来的现在已经说不清了,总之是一个挺长的过程,一点点积累起来的。我只记得其中一个来源比较高大上:弗里德里希·迪伦马特的《法官和他的刽子手》。当时看完这部小说,就非常希望能够有朝一日写出一个有类似的节奏和气势的故事。不难看出,拙作结尾也是在向这部杰作致敬。

总之,2014年2月,我开始动笔写。进展很顺利,一个月大约完成了七万字。这时候我犯了一个错误,那就是开始给一些编辑和出版机构看稿。由于没得到什么正面反馈,我开始怀疑自己,写作慢了下来,6月底才完成初稿。放在豆瓣阅读上,没想到颇受欢迎。最终,也就是各位现在看到的,这部小说变成了一本纸书。

在此我想感谢豆瓣阅读的编辑和读者们,没有他们,这个故事就像没有土壤的麦种,只能独自干枯。

当然我最该感谢的还是我的太太和儿子。要不是他们深明大义自己留在国内毅然把我赶回德国上班,我也不可能有时间完成这部作品。

最后,感谢你花时间读完了这个故事。希望它让你好奇、揪心、哈哈大笑,能让你从这个混凝土一般的现实里逃脱一小会儿。如果它做到了,我会感到无上光荣,并且用更大的热情写下去。

谢谢。下场梦再见。

梁 柯

图书在版编目（CIP）数据

第十三天/(德) 梁柯著 -上海：上海文艺出版社.2016.9
ISBN 978-7-5321-6171-3
Ⅰ.①第… Ⅱ.①梁… Ⅲ.①长篇小说－德国－现代
Ⅳ.①I516.45
中国版本图书馆CIP数据核字（2016）第224930号

出 品 人：陈 征
责任编辑：项斯微
封面设计：人马艺术设计·储平

书　　名：第十三天
作　　者：(德) 梁 柯
出　　版：上海世纪出版集团　上海文艺出版社
地　　址：上海绍兴路7号　200020
发　　行：上海世纪出版股份有限公司发行中心发行
　　　　　上海福建中路193号　200001　www.ewen.co
印　　刷：山东临沂新华印刷物流集团有限责任公司
开　　本：787×1168　1/32
印　　张：11.375
插　　页：3
字　　数：221,000
印　　次：2016年9月第1版 2016年9月第1次印刷
Ｉ Ｓ Ｂ Ｎ：978-7-5321-6171-3/I · 4923
定　　价：37.00元
告 读 者：如发现本书有质量问题请与印刷厂质量科联系　T：0539-2925888